吕 新 作 品 系 列

梅雨

吕新/著

山西出版传媒集团 北岳文艺出版社
BEIYUE LITERATURE & ART PUBLISHING HOUSE
·太原·

图书在版编目(CIP)数据

梅雨 / 吕新著. — 太原:北岳文艺出版社,2018.1
(吕新作品系列)
ISBN 978-7-5378-5383-5

Ⅰ.①梅… Ⅱ.①吕… Ⅲ.①长篇小说–中国–当代
Ⅳ.①I247.5

中国版本图书馆CIP数据核字(2017)第251975号

书名:梅　雨
著者:吕　新

策　　划:续小强
责任编辑:马　峻

项目统筹:马　峻
装帧设计:张永文
印装监制:巩　璠

出版发行:山西出版传媒集团・北岳文艺出版社
地址:山西省太原市并州南路57号
邮编:030012
电话:0351–5628696(发行部)　0351–5628688(总编室)
传真:0351–5628680
网址:http://www.bywy.com　E – mail:bywycbs@163.com
经销商:新华书店　印刷装订:山西万佳印业有限公司

开本:890mm×1240mm　1/32　字数:194千字
印张:8.875　版次:2018年1月第1版　印次:2021年1月山西第2次印刷
书号:ISBN 978-7-5378-5383-5
定价:48.00元

套着黑马的车往北方去，白马跟随在后，有斑点的马往南方去。

——《四车的异象》

第一章

周策田

我的家离河边不远。一座上下两层的杏黄小楼，几行青柳，几道粉墙绕着，墙下丛生着软绿的青草。院子里有两棵树，一棵石榴，一棵丁香，丁香树的枝叶常从敞着的窗户里伸进来。我睡得很晚，但并非是由于心事满腹所致。每天早晨，河水的气息不知不觉地漫进来，满院白雾。推开最高处的窗户以后，能看到有些东西正在那肥湿的晨雾里蠕动，凸现——那是一些乌黑的船头或船尾，正在早晨的时光里掉转方向，向下游一带滑去。船上载着稻草、煤、瓷器，红色的像胭脂一样的沙子。

满河烟水。

我走出自己的小院。去学校的路上，沿途的树枝晃动着。当昨夜的睡眠非常不好的时候，我常看到沿街一带的新楼旧宅都在摇晃，倾斜，仿佛水中的倒影。不久以后，隐现在树林后面的东西也能看清了，一长溜，坚硬，弯曲，倾圮——那是火柴厂黄色的围墙。寂静的火柴厂，它与另外两家纱厂和印刷厂并排着坐落在河边，黄浊的锈水从它们的怀中日夜流出。三家临河的工厂，像三位卧床不起的尿毒症患者，心灰意冷，灯火阑珊。残破颓废的厂房，布满霉斑的围墙和豁口，都在说明它们已濒临绝境，不可救药。在那里，一切都是锈的，毫无生机的，包括工人的牙齿和脸，管理者的手段和梦。

空气湿润的早晨，街上流动着树木的清香，沿街一带有我不少的学生。我在一所中学里任职，我是那里的校长。每天的这个时候，当我从他们临街的窗下经过的时候。首先看到我的是那些孩子们的父母。我差不多能听到他们的说话声，婚姻，祭奠，物价，躲避，香水，梦，变质的爱情……说什么的都有。我不停留地向前走去。这以后，他们就离开窗前，转回到床边，开始督促他们的孩子，拎着他们那又小又薄的耳朵，将他们从斑驳迷离的睡意中唤醒。上学的时间到了，一切暖烘烘的、潮湿的、可怖不安的、亢奋的、神秘的、沮丧的梦境，统统该收场了。谢幕。退场。迎接朝阳。是的，翻开历史看看，那些不朽的人，有几个是睡懒觉的出身？迅速穿好衣服，将手套的带子挂到各人的脖子上。校长刚才已经从街上走过去了，新的一天又开始了。遇到比较阴冷的天气，还要给他们穿上小棉猴，戴好皮帽子，然后打开门，放鸽子一样将他们从临街的那些房子里放出来。早起的孩子们如一只只从门洞里弹出来的球，接连不断地滚动在湿漉漉的大街上，出没在早晨飘着木香和露水的空气里。

是的，远去的校长越来越像一个令人紧张的符号，代表着准确的时间和生活的顺序。良性的开端。有条不紊的过程。他渐渐远去——用不了多久，在那阴沉沉的、铁灰色的天空下面，从那些红瓦的房子里面，便会传来嘹亮的童声伴唱和琅琅的书声。

沿街两边还有某些六七十年前的建筑，屋脊与窗户保留着那个时期的风尚与标志。山形墙的房屋。阁楼。雨廊。星形。箭镞。连环。坚实而流畅的黄菠萝木条。挂绿。飞白。三角支架。调整视觉的圆弧——设计成优美的彩虹形的弧线。风铃叮当作响。乌木的窗户是半圆的、菱形的和狭长的，多数开在高处，在高墙上形成窄窄的一条。又老又黑的窗户，有的状如皂角，命中注定它们要镶嵌在那些高大霉湿的粉墙上，里面又必有一位心旌摇动之人，体态风骚，柔情似水，时常会将她的乌发与雪白的脸探出窗外。黑窗与白墙只是一种生活的背景，住在里面的女人才是那一切的灵魂。

夏、秋两季，这一带飘满了藤萝和红叶。

转过一个街角以后，地势明显阴湿。脚下是肥软的青苔。它们是从路边的石板缝里溢出来的，形成一从一簇互相牵连在一起，茸厚，郁郁苍苍，犹如一群人的满腹心事。有一年冬天的一个早上，我路过这里的时候以为周围没人，以为冷清的街上只有我一个人在走，我的口中哈出一团白气。这时，对面的拐角处忽然也有一团白气飘了出来。我看到那团温暖的白气时，便知道附近不止我一个人。虽然那个人一直没有露面，但我已不再像刚才那样感到孤立无援了。那个人用一团白气向我证明在路上的并非我一个……我的眼前忽然湿润起来。事后我曾想，那个始终没有露面的人是谁？是从哪里来的？是夜游的神吗？说不定那就是我自己。是的，一定是他。我愿意这样相信。一个内心凄苦，外感风寒的人，在一个冬天的早晨有幸被他拉了一把。他并没有多做什么，仅仅是在那个昏暗的街角里吐出一团富有人味的白气，给那个断魂的行人以温暖和武装。呵气就是要证明有人存在，这就是他要做的。旅途归来，他不声不响地做完了那一切。

黎明时分，我从家里跑步出来的时候，大雾中安静的街道如一段危机四伏的时期。喧闹使人烦躁，寂静又令人略感不安。得陇望蜀的人，患冷患热的人，永远找不到恰当的良宵与满意的位置，烦恼一天天聚集，积少成多，耐心如毛边一样逐日磨蚀。实在很难将那全都归列于进步的名下。过了旧历的年以后，忽阴忽晴的日子循环不断，飞鸟降临，大批的迁徙，密集的行动，平原的上空喧哗熙攘，川流不息，连那些久居巢中的病鸟也展开粘连在一起的翅膀，摇摇晃晃地出现在距离最近的树梢或屋檐之上，看别人成双结对，比翼飞翔。

从十三岁那年夏天开始，每天早晨我绕着半个城跑步。从御史街到南门，正好五公里。途中所见的一个水塘曾经干涸过几年，原来的碧清明净的水面不见了，代替它的是一片荒草。茂密的荒草，草棵子细得像女人的头发，看上去是那样的禁不起摇晃与飘扬，甚至连视线都是脆弱的，不连贯的。再跑步路过那一带的时候，我看见有人在那里钉马掌。临时出现一个打铁的铺子，砧子啊风箱什么的一应俱全。炉火纯青。铁钎通红。火焰像北风一样呼呼作响。打铁的是一个肤色黧黑的矮个子男人，两条光赤的胳膊有其他人的腿那么粗，头发又短又硬，卷曲得十分厉害。粗壮的矮个子铁匠，很少与人说话，手中的那柄大铁锤从早到晚挥舞不断。在我的印象里，从来没见他有过休息的时候。叮叮当当……那时候我不大明白怎么会有那么多的马每天被牵到那里，接受理疗与武装，经过一阵例行公事，漫不经心地粗略敲打之后又顺着来时的路被骑走了。它们来这里的目的似乎只是为了除去旧日的积淀，穿上一双铁匠打制的新靴子，再去继续奔跑，驰骋，走更长更远的路。又有一天早上，我跑步路过那里的时候，看到那打铁的铺子突然消失了，那个粗壮的，日夜挥舞着大铁锤的矮个子男人也不见了，似乎是随着飞起的铺子一同被风卷走了。从此以后，再也没有人牵着马在那里等候了。有人从旁边经过时，只是偶尔投去匆匆的一瞥。茂密的草棵子里，时常有慌不择路的白鸟从天而降，扑棱棱地坠落进深草之中，四周飘起慌乱的羽毛。谁也没有想到。那里干涸多年，仿佛是一夜之间，忽然又有了水。铁匠铺的遗址和连绵的草丛消失了，绿汪汪的水面铺展在那一带，成天涟漪不断，波光闪亮。似乎有一片青翠的树林生长在水下，自下而上地将平静、清绿的水面缓缓地托起……

石板街道上传来纷乱的脚步。几个从后面赶上来的学生很快就跑到我的前边去了。他们回过头来，用略带羞涩的目光打量着我。在他们的眼里，黎明即起的校长，他的头发看上去多少有些凌乱，眼睛里停留着昨夜的血丝，衣服的前襟上有一片明显的洇湿的痕迹。水渍？

早上好，孩子们。

我在心里对他们祝福。我轻轻地说。要说无邪无猜，那只能是这些目光清澈的孩子，瞳孔纯净，眼白微微湛蓝。他们起床的时候，满街的大雾正在溃退，灵性的光泽开始露头。

我抬手撩起飘到胸前的围巾，朝他们露出早晨以来的第一抹霞光似的微笑。天是阴天，天边没有霞光，我不知道我的微笑能否算得上一抹霞光。非是我做校长的悲天悯人，这些孩子，早上醒来睁开眼睛以后，首先看到的未必会是他们的父母的笑脸。我们在街上多少次相遇，一切出于缘分，我认真喜欢他们，不仅仅因为他们距腐烂最远。黑暗已走远，我们又迎来了新的一天，这样的延续值得留恋。我们如同山的阳面，空气新鲜，光线充足，因而，生命并没有趁黑夜来临，趁我们熟睡或失眠的时候遗弃我们。一觉醒来，我们不无惊讶地发现自己仍然活着——不要以为这是一件很平常的小事，生与死的把握并不掌握在你自己的手里，更不取决于你的什么兴趣和能力，类似的遗弃已屡见不鲜——，平安无事，还会笑，还会表达各种各样的感情，弹性，强劲，挺拔，一应俱全，肺活量仍然相当不错，仍能吐故纳新。来到这大街上，做一次深呼吸——新鲜湿润的空气不打折扣，一吸到底，沁人心脾。昨天没有做完的事情，今天可以接着再做，活着不完全是为了赎罪。赎罪有何欢乐可言？而我们时常能体会到不同的欢乐与愉悦，可见动脑与动手那是何等的美妙。母亲，爹爹，大人，小姐，夫人，兄弟们，亲爱的，尊敬的，我们还在，黑夜没有将我们掳去，我们的灵魂也没有趁我们熟睡的时候发动哗变，悄然出窍。为我们祝福，为这不同寻常的得救与延续。刮脸。沐浴。漱口。更衣。披黑披肩的女人。对镜自揽的女人。脱去制服的男人。我们至今依然健在。亲爱的，知道我为什么打电话给你吗？就是为了临睡前听听你的声音。知道你活得很好，我是多么安心。一天。一年。簇新的问题。有人从我们的面前走过，有人把感情当作影子。童年时代的一只轮子，淋着雨水，在那里转得飞快，一下子就滚到我的心里去了。一百年不能说太长。一天也不算太短，整整一天，可以从容地，有条不紊地做完一些事情。剩下的一点空余时间，在斜阳中瞧瞧自己的影子，喝一杯水，吃一个带皮带泥的，烤得有些焦煳的土豆。坐下来给她写一封信，老老实实地写，不需要在辞藻和情调上反复斟酌，也用不着在某些方面求异，创新，有什么就说什么，想说什么就说什么，没有就止住，另起一行。

这绝不是一件简单的事情，相反，它来之不易，巨大无比。

那时候大约才会想到自省。刘先生怎么了？极度倾斜的神情停留在他的脸上。我真的一无所知吗？诋毁，不友好，讥讽，不屑一顾……昔日的种种恶习令人惋惜。天南地北，我们这一生相遇的机会也许仅此一次。只此一次，短短的十几分钟，相煎为何？为什么要过不去？为什么不能轻轻地说？或者走开。为什么不能用不掺杂质的表情最后道别？

几个孩子朝前面去了。他们跑得很快，害怕迟到。我落在他们的后面，注视着他们那轻捷的身影。冬天的早晨，他们去上学的时候也在路上这样跑着，肩上的小皮领子在奔跑的过程中不断地耸起——落下，棉帽耳子上下扇动着，摇晃着，像古代的乌纱。他们跑远了。

我渐渐地看不见他们了。街上的声音开始越来越多。杂音。他们赶到学校的时间要比我快得多。轻车熟路，一条直线。胡氏肉店。梁家油坊。一人巷。二仙桥。四喜胡同。王家旧宅。一棵树摇晃着，树上的水珠纷纷被震落下来，水珠晶亮，耀眼，像传说中的摇钱树。

独自又走了一阵。穿过几幢垂挂着紫藤的高屋，眼前是一片正在被临时居民的住所逐日蚕食的开阔地。人员在增加，开阔地理所当然地变得不开阔了，剩下来的是不大的一长溜空地了，只够三五个人打一场篮球。周围全是用柴草搭成的四面漏风的房子。墙壁用四处捡来的残砖断瓦垒起，屋顶上苫着柴草和废旧的油毡。整座房子，连一根像样的木头都看不到。住在这些外表丑陋而粗糙的、临时性的房子里的。是一些境遇同样不尽如人意的外乡人。在仅存下来的那一长溜开阔地上，昔日骑兵团遗留下的一片拴马桩正在随着时光的流逝而日复一日地慢慢腐烂。上个星期的某一天，我一个人路过这里的时候，有一个三十多岁的妇女正在挥舞手中的砍刀，奋力砍伐那些多年以前的木头桩子。从旁边的一间简陋难看的房子里跑出两个年幼的孩子，一趟一趟地往他们的房子里搬运他们的母亲砍下来的那些木头桩子。两个小家伙干得十分卖力，互相比赛，脸蛋儿通红，小脑门上冒着热气，像两只勤劳操持的小老鼠。他们只知道往房子里拖木头，当然不会知道这一带当初的情形。他们用不着了解过去，知道那些事情。一个作风放浪的骑兵团驻扎在这里，使得到处都飘扬着一种睡眠和草料的气息。腹部柔软的母马，臀部闪亮，柔滑而高耸，充满女性般的气息。这样的马，能打仗么？从早到晚，马匹的咴咴声此起彼伏……逝去的往事，只与少数心情闲适，衣食宽裕的人略有瓜葛。一丝红线，横穿南北……我站在路旁，看着他们的母亲。她握着砍刀的手停了一下，接着又继续砍去。这个三十多岁的妇人，往日的几分姿色全部消逝在清瘦与操劳之中，我的注视使她略感不安。如果我没看错的话，她显然将我认成一位地方官员了。我是什么官员？我具有那类人的某种特征吗？我只是匆匆路过，偶尔见到此景。我巴不得那些木桩很快变成温暖明亮的火光，照亮她和她的两个孩子。她们坐在光里，目光清澈，脸色鲜艳……而眼前，看看她们，母子三人，孤立无援，住在四面漏风的房子里，在漫长的阴雨中绞尽脑汁，谋划着下一顿饭的来源，在想象中勾勒着过冬的棉衣……尺寸，针脚。棉絮纷飞……幸福不会从天降，也不一定真的就能从我们的手中变出来。

是的，情形就是这样。

……

前面不远处，一位老人手里驱动一柄扫帚，正在清扫台阶。康牧师，昔日的神职人员，现在是茶叶收购站的守夜人，中间曾失业过几年。念经那一套在咱们这一带已经吃不开了。很多年以前，康牧师就听说过这种论调，那时候他当然不会相信。可是后来，宗教的衰败很快就开始了。衰败出乎他的意料，令他难以置信。一种多年形成的巨大力量竟然像一根透明的丝，一夜之间就断了，无影无踪了。他如同做了一个半途而废的梦，天还没有亮，他就被惊醒了。事情的开始和结束都非常简单。先是，惯常的祈祷突然消失了，该来的人陆续都不见了，他的眼前突然空旷起来——一种从未有过的开阔使他联想到了刻骨铭心的坍塌和荒凉。他迷惑不解是因为他没有留意事情的起因和过程，而一下子突然看到了废墟上的结果——令人瞠目的结束。惊愕。疑惑。不可思议。他像发高烧的病人一样在空荡荡的教堂里静候了几日，没有一个人从门外走进来。倒是有几个莫名其妙的人常在附近一带出现，探头探脑，神色诡异。几天后，他终于按捺不住，从教堂里走了出来。他四处打听，询问人们怎么了，为什么突然就不去了。那期间，教堂闲置下来了。那座高大巍峨的教堂永远闲置下来了。他吃惊地看到了另一个更加令他伤心的情景：成群结队的白鹳鸽正在教堂的那些高大的窗户上飞进飞出——

群鸟飞临，神人退位。

事情真的完了。万能的主！说完这就完了？从头到尾，草率得像一次没有主人的宴席。宾主颠倒，乱七八糟，不辞而别。

是的，生活已使很多人不再相信什么了，即使是天神，也不能例外。

从信仰一开始，他们就一心一意，没有往别处去想。说他们不信仰，那是不公平的。恰恰相反，他们非常信他，对他充满了极大的信心和希望。问题是，从一开始，他们就把他当成了自己的衣食父母，他们表现出的虔诚和顺从正是为了改善自己的境遇，期望每个月，每个季度都能从他那里得到一些具有实际意义的好处。财产，红运，一锭金，一笔额外的但又在意料之中的款子……祈祷，高唱赞美诗，诵读，轻手轻脚，踮起脚尖走路，默想，所有这些，目的却只有一个。站在圣坛下面的那些人，有几个不期望那笔来自天国的拨款？从天而降的资金，带着神的体温和关怀。不能不令人痴迷。无论现金还是期票，都是好的。期票应是带有保值色彩的，像金子一样永远不至于过时。

然而，他们终于失望了。他们原以为自己的信仰是有价值的，可是，他丝毫不理睬他们急切的呼唤和需要，那高高在上的人是冷漠的，对一切都置若罔闻，视而不见。

于是，他们愤怒了。

早些年，因为祈求不到一个风调雨顺的年景，他们曾毫无畏惧地推翻过本土的菩萨，将所有的大仙和罗汉搬出寺外，就地砸烂或焚毁。多少年来，灵气一直与客气成正比向前滚动，冉冉升起，历来如此。现在，面对一个装聋作哑的上帝，一个无情无义的冷血洋人，他们将更加不客气。人的生命是短促而易逝的，他们的耐心与等待也更加有限。是的，时间已经不多了，天意苛刻，时乖命蹇，不必再等下去了，不再指望他发善心了，稍一踌躇，不期然两鬓已成霜雪。期待需要资本，而他们没有。有趣的是，有本钱的人却从来不期待什么。为什么呀？为什么会变成这样？这么多年来，他可曾亲自或派人过问过他们什么？可曾给过他们什么？甚至连一个来自他那边的消息也没有，长期隔绝，失去联系，剩下的坚定者寥寥无几。并不是谁都能够在寂寞中苦练内功，克己修行，大多数的人是需要欢乐的，需要互相通气，需要温暖和健康。如今，他们的日子过成这样，他难道就没有一点责任吗？有些人认认真真，忙忙碌碌地辛苦一生，混到头来甚至连一条像样儿的狗都不如，什么原因？方法不对头？缺少天分？他跌倒了马上有人扶起来，他们跌倒了谁来管？自己要爬不起来就算完了。

信仰是个什么？也许相当于一个嗜血的梦，一摊烂泥，通过濡湿的云彩来散发他的膻气。爱是他的口头禅，安慰是他的法术，庇护是他的哈欠。他们决心已下，不再信他。谁能使他们脱离苦难，他们就信谁，——哪怕那是一头牛。偶像不是神，神不需要膜拜，神是那种能使你心里渐渐亮堂起来的东西，不是要在你的心里塑起巨影，使你充满黑暗与恭敬。

一切都值得怀疑。你的处境他的梦。我们的一生中到底有多少清晰可触的事物。婚姻，爱情，子女，财产，事业，友谊，所有这些，看起来都是那样的禁不起推敲，禁不起振动，就像瓶中的汁液，一经晃动，便会不可避免地泛起令人恶心的泡沫。我们的生活看起来更像一桩可怕的疑案。一桩不知所云的无头案。一位从事汉墓发掘的同学有一次这样写信告诉我。即使一件产生于数千年前的玉石器皿，也是那样的模棱两可，使人迷惘，不可信赖。信中流露出的感伤情绪使我想到了那种枯黄的经卷，一触即碎。那样的典籍，如同我们的友情，徒具观赏价值，只许看，不得摸，你若想用你的行为表达你的诚恳，你注定要失败，要两败俱伤，灰飞烟灭。是的，灰飞烟灭。

我来到康牧师的旁边。还有最值得我们信赖的东西？那要看我们的造化。福气，机遇，缘分，定数，缺一不可；时间，地点，灵魂，缺一不可。要凑齐这些谈何容易。

我和康牧师互致问候。

康牧师停下手里的扫帚，直起腰。脸色清瘦的老人，淡黄的胡须上结着一层晶亮的水珠。茶叶收购站发给他的手套破了几个洞，露出几处微微发红的皮肤。他面含微笑，看着我。他对眼前这个与他一样习惯于黎明即起的人充满了好感。对方是他看着长大的。他心里有数。教区这边的那些鸡鸣狗盗的年轻人他一个也不喜欢，他们是邪恶的繁殖与延续，一群没有信仰的猪，尾巴短粗，一身肥油。从某种意义上来说，他有所失职，未能很好地、及时地将正义与良知均匀地撒在他们中间。而现在，木已成舟，想重新唤回他们谈何容易，何况那是一项相当棘手的工作，其难度不亚于起死回生。关键是，他已经相当老了。

我望着康牧师鬓边的稀疏的白发。他至少有七十多了，脸颊上松弛的皮肉在某种时候会突然抽搐到一起，形成一种……时光的堆集？往事的凝聚与扭曲？我小的时候，正值教堂的鼎盛时期，教区这边的居民夜不闭户，路不拾遗。那时候的康牧师精力充沛，学识渊博，布道时清晰圆润的嗓音令人着迷。从某种方面来说，一个口齿不清的牧师不能算是一个称职的好牧师，表述上的失败先就输掉了一半，不能够很好地将那些最重要的内容传入人心，多半打了折扣，水土流失，似是而非。而康牧师无疑是一个成功的牧师，不存在那样的问题。

据说上帝很满意他的工作。

就是在那种时候，天国的大门仿佛就在他清晰的陈述中一层一层地渐渐开启，吉祥的云彩在每一个向善的人的身边缓缓缭绕，柔顺温驯的羔羊在他们的膝前徘徊不去，它们一身雪白，温文尔雅，因而能够充任神的来使。我跟着母亲，母亲身体笔直站在教坛下。她让我多看那些羔羊几眼。羔羊只是一种雪白的外表，一种活着的事物，重要的是其中的那种精神，那种忍耐。正如一座商店，店面仅仅是一种外表，利润才是那其中的思想。……以后。我每次打教堂附近路过的时候，都会听到一个经过教堂内部回音夸大了的温和慈祥的声音响在我的耳边：

“来吧，我的孩子，我主想与你谈谈。他欢迎你来。”

很长一段时间内，我一直以为那是基督的声音。我没想到基督本人能够使用汉语，讲一口比较流利的，略带南方口音的普通话，这真令人吃惊。我把疑问埋在心里，从教堂前的台阶下一溜烟跑过。有时候，我会大声问一句：

“什么时候?”

“任何时候。”

还是那个经过教堂内部回音夸张了的声音，温和，慈祥，多少有些可怕。他说任何时候。我由此认定基督并非一个忙忙碌碌的人，他的日子是清闲的，他好像一直都在养精蓄锐。

后来我就知道了，代替基督说话的那个人就是康牧师，他知道我是我母亲的儿子。他对她充满了好感。那时候他满头黑发，面孔红润，浑身上下一尘不染。闽地口音。那时候他的手臂和脸颊上还没有出现那些可怕的褐色的斑点。那些斑点是后来才出现的。先是零星的一个两个，像一种无意而微不足道的创伤，几乎不易察觉。后来，那种东西就越来越多了，坚硬，旺盛，层出不穷，密密麻麻，像毛孔里排出来的汗腺一样顺理成章而不可抗拒。再把它们看作无意的创伤，那就有点儿指鹿为马，欲盖弥彰了。他自己把它们叫作生活的烙印，这能说得过去，很长一个时期内我很能接受这种说法。他对我抱有好感，绝不是因为我不信神，而是因为我不渎神。渎神的人是想让自己也成为一个神。

我们已经有很久没在一起谈谈了。现在，康牧师，他的身体看上去快要散架了。之所以没有散架，是由于他的内心深处有一种东西在起着凝聚与支撑的作用……那种东西，胜过视力或心肌功能，至关重要。读一段《诗篇》，眺望那些远去的羔羊，白雪盈满他的视线。祭祀的血……傍晚的河流……发酵的面团……七天七夜……一双血手，到处涂抹……世道变成这样，这不是他的错。他从没有让他们那样做，恰恰是他们自己朝着那个方向越走越远……因而，他从来没有觉得自己无事可做，他要做的事情永远做不完。守夜，报晓，这只是其中之一。懒惰，贪婪，嫉妒，堕落，谁来消灭它们？这样的工作眼看已耗尽他的一生。老迈多少有一点，但问题并不严重，不至于一蹶不振。回想当年，我们曾多么长于攻坚……

信仰出自需要，冷漠源于不欲，一切都为着欲望，以各种各样的名义。

学校里的钟声响过了。

康牧师的两个瘦削的肩膀在早晨的空气里微微耸动一下，一丝明亮的东西从他的眼里一闪而过。那是什么——如此耀眼？我在问自己。旁边，茶叶收购站的一台磅秤上落着一只长尾的鸟。遍地水珠。要下雨了。雨季即将来临。摇曳的烛光与长篇的教义全都失去了意义。多数时候。谁也别指望用什么方式说服对方，感动他人，能保证自己的那一套不至于转向和流失，那已经就相当不容易了。

别指望滋润心灵，谁能把光洒到我们脸上？

茶叶收购站是一个蒙着篷布的世界，住在里面的人像一些绿林好汉。真难为康牧师了，满腹箴语，无处诉说。

第二遍钟声响过，学校里上课的时间到了，学生，老师纷纷走向各自的位置。告别了康牧师，我走向学校。扫帚发出的沙沙的声音在那些台阶上重新响起。前面，一位穿着玄色夹衣的老人正在我的视线里踽踽独行。老人托着一只棕色的木头盒子，背部佝偻得十分显眼，与其说他在行走，不如说爬行更为合适。那个盒子，有一个梳妆盒那么大，外表也很相似，漆面，金线，可放在里面的，未必就真的是梳妆用的东西。这样一位不久于人世的老人，他会为谁梳妆？谁需要他笨手笨脚，缠绵悱恻？一位与他差不多的老妇？风烛残年，情意绵绵，假如他们仍能暗送秋波，动手动脚，那倒真是富有活力的一对，每一个细节都充满了趣味。一经接触便泛起欲望的泡沫，呼天喊地，出生入死。还能那样吗？老先生，谈何容易。生活时时要求激情，激情使人心碎，彻夜空白。大约两年前，有人曾这样比喻：激情原是人工水库里有限的蓄水，你用去多少就会同样减去多少，一勺一瓢都记录在案，不见重新盈满，只见水位不断下降，最后的干涸离我们还会很远吗？可怕的生活成了一件不断缩水的衣服，隔一段时间就来一次。精于计算的时代，什么都可以制定出价格，人的感情以计量单位来计算，一小勺激情，一盎司感动，十二克同情，七分关注。一毫升热情，至少要分给两个以上的或更多的人，否则会造成惊人的浪费，挥金如土，暴殄天物。一个浅浅的微笑，至少也要面对两个以上的或更多的人，要让他们每个人都感到那是冲着他们自己的。

一石二鸟的时代，一本万利的时代。

很多年前的一天，我从外面放学回来后，看到我的祖父正在落日的余晖中与另一位白发老人坐在一起，晚间的光泽均匀而透明地洒落在他们的身上，使他们看上去像是两位镀金的老人，一身灿烂，满脸霞光熠熠。我站在门口，我发现他们从来没有这么好看过。两个暮年之人，竟如此耐瞧，如此禁得起打量，实在不可思议。那时候我一直以为世间最好看的东西只有美丽的女人，充满灵性，独一无二，而现在……他们像是从大雾弥漫的山间飘然而至的神仙，随意地在途中的一个不知其名的地方停留下来。捡起河边的黑白两种颜色的石子，不是咄咄逼人，高声吆喝着要杀一盘，而是在安详地对弈。是的，短暂的停留，安详的对弈。两位双鬓染雪的老友坐在一起，各自倾听，互相倾听。他们都是那种善于捕捉体内光芒的人。我们能干什么，我们能活多久，我们过得好坏，并不取决于我们的愿望，不是我们说了就算，我们谁都做不了这个主，根本插不上手，连旁听旁观都谈不上，因为，那种把握并不在我们的手里。是的，根本不在我们的手里。你从来就不知道会发生什么，一切都是未知的，自以为是的预测和推断什么都不能代替，只能代替无可奈何。迎着晚间的逆光，祖父拿起一颗棋子，棋子的背面如一个深不可测的黑洞。我们其实什么都不知道。我们的把握不在我们的手里。眼看一生行将结束，它仍然迟迟不见露面。两头茫茫，空无一物。把握。凭据。方向。所有这些，它们听上去抽象无比，高深莫测，如传说中的稀世珍宝，像一个无人知晓的祖传秘方。怎么可能会有人知道，或许本来就没有那样的一物。所有的人事实上都是两眼一抹黑的盲人，都是缺胳膊少腿的行动不便者，世世代代在一个魔掌中起卧，手舞足蹈，摇头晃脑，显示城府，炫耀身世，鄙视同伴，塑造自己，在盲目中欢乐，在漆黑中徘徊，假哭，假笑，装疯卖傻，羊头狗肉，狮身人面……

多少年过去了。初看起来，昔日的一切似乎至今犹在，但尺寸已不再是过去的那种尺寸了，旧日的轮廓已被突破。街道拓宽了，四通八达。水泥和玻璃变得越来越重要，几乎每天都堆放在我们的身边。汽车在我们的梦里嗞嗞地穿行，犹如从前时代里的穿街而过的妖孽。出于无奈和本能，我们每天都要接受那些陌生的事物和人，无论他糟到何种地步，也得对他报以温和的微笑。这不算是什么难事，笑一次是笑，笑十次不也同样是笑么，多笑一次又有什么呢，管他是谁。你笑完以后就没事了，过后你才会发现那是自己对自己投资，对他笑笑就是为你自己储蓄，资本积累。

不认识的人越来越多了。

祖父享尽天年，从我们的生活中彻底消失了。妹妹周环佩成了一个引人注目的漂亮姑娘。人去雁过，天高云淡。如今，偶尔出现在我记忆中的那位夕阳下的全身镀金的老人，似乎并不是我的那位满脸霞光熠熠的祖父，而只是我的一种略带感伤色彩的梦幻或想象。老爷爷直到人生的尽头，也依然没弄清那种至关重要的把握到底掌握在谁的手里，多年来他一直像一个孜孜不倦的寻宝人。不过，他临终时的表情是安详、恬然的，可见他已不再把那当回事了。他说，你们忙你们的去吧，让我睡一会儿，我想多睡一会儿，晚饭我就不吃了。

……

走进学校，只见操场上白雾漫卷，雾中传来琅琅的书声。我站在一棵曾经伤害过我的树下，耳边听到一阵熟悉的声音。

剔除老秀才。将树林边缘的那一排校舍重新粉刷一遍。

书声。校舍。白粉笔。石榴树。我想起了从前的那些头发从中间分开的教员，将苏东坡的诗词和莎士比亚的剧本背得滚瓜烂熟。戴红绒线帽的女生。忠于职守的校役。水塘。牛。

王家陵

并不是所有的眺望都注定要失败，白云千载空悠悠，也不是所有的触摸都注定要落空，当水中浮起苔衣，当窗户现出花纹——

冬末初春的一个晚上，我知道我有救了。虽然那个时候老市区里的灯光红得有些眩晕而夸张，可她还是在隔墙的丁香的映照下出现了。我先看见了她的脸，随后她的身体盈满了我的视线。我开始奔跑，我听见丁香树在滴水……

从第一眼看见她的时候，我就注意到她的脸上不断地有光在出现，忽明忽暗，像群星熹微。她是带着那种东西从远处走来的，一来了，就把整座房子都装满了。那么多东西，都不知该往哪里放，多余出来的那些粼粼的折光将天井里阴湿沉重的青藤照得幽幽发亮。到了七月里的夜间，它们会出落得更绿更亮，那时候它们可以喜气洋洋了。

我被缩小到一把椅子上。原指望我会膨胀。十指肿胀，如从前的回忆。

我坐在她的石榴裙下，我的手里有她的体温和裙子的折边。她轻轻地说，我静静地听。我想起了我的身世，我的梦想，我身后的那一大家子人……她说，哪个是你的左手，我把左手伸给她。她说，哪个是你的右手？于是，我又把右手给了她。她说，你的眼睛和舌头呢？我把我的目光和舌头也给了她。她说，还有一种东西至关重要，你一直没有拿出来，你为什么不拿出来？我摸遍全身，我什么也没有了。我把我的一只手放在衣服上的一个口袋里，许久不敢拿出来。羞于出手。我知道我的五个手指上闪烁着羞涩的微光。她又说，还有一种东西至关重要，你一直没有拿出来，你为什么不拿出来？于是，我把那只手从口袋里拿出来，我看到掌心通红，五指肿胀，先前的那种羞涩的弱光这时候已经不见了。

我抓住她的飘动的裙裾，如同按住了一张飘动的书页。经过无数次的反复以后，她对我说，你可以回去了。

于是，我站起来。我的影子在天井里阴湿的墙上蠕动。天井的墙上传来了阵阵霉味，周围的一切都又湿又滑。我回去的时候，它已经在那里了——人世间罕见的安慰之光。

天光云影。群星熹微……我穿过寂静的操场，紫藤在风中飘扬。

这是上午的第一节课。

刚从外面进来那会儿，薛隐只顾擦拭自己的眼镜，似乎还没有意识到这是一个天色阴沉的上午。直到打开《中国地理》以后，她才发现教室里的光线有些晦暗，模糊。我们拿出的是《世界历史》，而她带来的却是绿色封面的《中国地理》。是她自己搞错了。我们没错，不可能全班五十个人都出了差错。我们一齐望着她。她在上面停顿了一阵，然后她做了一个手势，示意我把窗户上的那张红纸揭下来……她叫了我的名字，她说，王家陵……

于是，我从座位上站起来。她指的那张红纸就蒙在我座位旁边的一扇窗户上，是上一个星期六诗歌朗诵的时候张贴上去的，当时是为了热烈，为了烘托一种气氛。红色是为了我们的感官……现在，为了明亮，必须得把它揭下来。几天前的热情与欢乐之色，今天成了传播晦暗，遮挡光线的障物。浪漫只是一种虚幻的瞬间，只能在我们的生活中做短暂的停留，人哪能总浪漫呢，那成了什么啦？

浪漫只能代表浪漫，不能代替其他任何的意思。

于是，我取下那张纸，将它在手里拿了一会儿。红色的有光纸，发出几声脆响。透过窗户，我看见我们的校长周策田先生心事重重地站在不远处的一棵石榴树下。

薛隐开始翻书了。我回到座位上。我旁边的那个座位一直空着。那是一位名叫韩话梅的女生，两天前，她的一位表姐来找她了，还替她请了假，不久，她们就非常神秘地走了。有一辆红色的汽车在学校外面的马路上等着她们呢。她们一离开学校，就立即钻了进去，汽车很快便开走了。韩话梅的那位表姐是一个结过婚的女人，胸前有一对令我们咋舌的、非常了不起的大乳房。韩话梅随她走了以后，我们议论了很久。主要是议论那位表姐，不是议论韩话梅。韩话梅有什么好议论的。今天已是第三天了，但那天的印象仿佛还在我们的眼前晃动……薛隐手里拿着书，眼镜后面的目光向这边的空位上扫了一下，很快又飘走了。

天气越来越潮湿了。教室里浮动着一种水蒙蒙的、树木般的绿色。

薛隐拿着书，在我们中间走来走去。她的脸，她的手，非常白皙。图书馆里有一位曾经做过修女的妇女，每次借书还书的时候，我们都认为她是全世界皮肤最白的女人。自从薛隐来了以后，我们很快就发现图书馆里的那位不够白了。是的，与薛隐相比，她很不白，薛隐比她更像修女。

薛隐住在学校东边的校舍里。那是一个带有天井和雨廊的院子，上下两层木楼。薛隐住在下面，一里一外，两间房子就她一个人住。窗户里面绿云如帐，窗外栽着木兰和石楠。他们都说，一到晚上，那里幽香袭人。

那花开得很艳，看上去竟同假的一样。叶片和花瓣上任何时候都能看到水珠。晚上，天井里没有灯光，只有住人的房里亮着灯。有时，楼下有光，楼上一片漆黑。夜色冥晦，看不见有人上楼，只听见楼梯上松动的木板吱咯作响。风从荷塘那边吹过来，雨点落在青砖的地上，砖地发出一种清音，如从前那种可以敲击的瓦。

昨天下午，金针从镇上到城里来了。我听到了祖宾患病的消息……祖宾是我的大哥，多年来一直在外面，去年秋天的时候突然回来了。我们都不知道发生了什么事。有关他回乡的原因，祖宾自己一直缄默不语。有些人对自己的经历茫然无知，但我想祖宾不至于那样。一身七成新的西装，两只装满书的箱子，那就是他的全部财产。他是孤身一人回来的。很多年前我们就听说他已经结婚了，娶了一位娇滴滴的妻子，很任性，很漂亮。我们的父亲说，她要是不漂亮她能任性吗？她有什么理由那么任性？我们承认父亲的话有一定的普遍性，可又觉得他的话里有一种蛮不讲理的意味。我们从未见过那位嫂子。……时光流逝，祖宾的形象在我们的记忆中已经模糊不清了，远不及一张发黄的旧照片，这个时候他却突然回来了。生活常常使我们感到措手不及，应接不暇。一件事情，在你毫无知觉的情况下已经发生了，已经结束了。事情过后，你无法排遣，难以适应，你如一只呆鸟。

我至今记得去年秋天的那个泥泞而晦暗的下午，我们最小的弟弟小海浑身湿漉漉地从外面跑回来告诉我们说：

“不好了，来了一个生人，打着白伞，提着两只箱子……”

那个人就是我们的大哥祖宾，他在回到自己阔别多年的家里时，他的表情是极为平静的，仿佛刚从外面散步回来。往事，陌生，激情，泪水，沧桑，思乡，抚今追昔，心潮起伏，悲喜交加…… 所有漂泊归来的游子们所具有的那份丰富的表情，那种小零碎，他都没有。

我上去接过他手里的箱子。箱子很重。我们之间似乎什么话都没说，只是相互看了一眼。正像小海所说的那样，他很像一个过路的生人，贸然而来。小海从出生至今，从来没有见过他。我只见过他一两次，那已是很多年前了。我们之间尽管谈不上什么手足之情，可乍一见到他，我的心里还是不可遏制地涌起一种热情。我隐约知道他在外面的工作相当体面，待遇优厚，受人尊敬，先在学院里，后又进入一个机构。我知道的也仅仅就是这些。

外面下着很大的雨。院子里水汪汪的，积水又出不去了。祖宾把他带回来的一把月白色的雨伞收拢后放到桌子上。伞上的水珠溅到我的脸上，我哆嗦了一下。他毫无察觉。

父亲经过短暂的惊愕之后，很快便恢复了常态。他首先看到了祖宾带回来的那只箱子，他似乎已经知道那里面是书籍，只是，他以为里面不全是书。现在，看到自己的多年不见的儿子远道归来，他在高兴之余觉得儿子多少有些费事，好不容易休假回来两天，却千里迢迢，负重而行……他暗自思忖：老大这次带回来的两箱书也许是专门带给弟弟们的，走的时候就不再带走了吧？怪沉的，像长途贩运似的……他只是随随便便地这么想。儿子的突然归来使他这个做父亲的在这个阴霉的雨天里获得了惊喜与温暖，却又略感不安，似乎什么地方有些异样？是的，某些地方确有变化，那种东西，不可名状，看似无有，却又影影绰绰，有声，有影。他在地上走来走去，忘记了自己要干什么。

“刚下船，是吗？”父亲忽然停住，对祖宾说道。“正好遇上这百年不遇的大雨，已经连阴了十几天了。”

他看着儿子的脸，不由得哑然噤声，打住了自己那有些絮叨的话，他看到儿子的头发和背后都湿漉漉的，他朝桌上的那把漂亮的白伞瞥了一眼。月白色的雨伞。

“有水吗？”祖宾冷冷地说道。这是他回来后说的第一句话。

风尘仆仆的祖宾，声音喑哑，满脸倦意，在跨进家门后不久，忽然感到口渴了，想喝一碗水……于是，父亲急忙去灶房里烧水。小海也跟着出去了，他们一前一后走了出去。小海知道能在哪里找到一把干柴。

我听见院子里传来了父亲和小海踩水的声音。前一个声音沉重，匆忙，仓皇若失。后一个声音是轻巧的，在行走的过程中溅起一片哗哗的水声。祖宾没有见过小海，小海长这么大也从未见过祖宾。小海这一年已经十二岁了。这就是说，作为我们的大哥，祖宾至少有十二年没有回来过了。兄弟四人，两头茫茫，最大的和最小的互不相识。小海看上去似乎很害怕祖宾。不久前他在雨廊下悄悄问我，这个打着月白色雨伞的人是谁，怎么还不走？得到的答复是多年在外的大哥回来了。他的脸上出现了疑问与惊讶。他已习惯了二哥三哥，大哥这个称呼使他感到意外和陌生。他注视着我的脸，他说，我不信。

屋里就剩下我和祖宾两个人了。我们听着漏水的声音。

“是五味吧？”祖宾看着我，笑了一下。“五味你长高了”。

我冲他一笑。他叫出了我儿时的乳名，我感到心里不禁一热。眼前这个多少有些冷漠的中年人，他还是我的大哥，虽然多年未见，我们仍然血肉相连，脉息相关。祖宾不是陌生人。陌生人谁能轻而易举，不假思索地叫出我儿时的乳名？我就是五味。在学校里，我叫王家陵。在家里，在这个风雨晦暗，光线不足的镇子上，我还叫五味。是的，大哥，我就是那个在兄弟们中间排行老三的五味。我们生活在两个不同的世界里，遥远隔膜，音讯不通，这么多年来，你还好吗？我们一如既往，我们都长大了。

“还在读书吗？”祖宾问我。

“在溆阳城里读高二。”我说。

父亲把烧好的水端来了。青瓷碗。竹叶杯。小海手里握着一根长长的竹竿，在院子里疏通水道。青蛙从水里跳起来，向门外游去，绿色的身影在我的视线里不断徘徊，重复出现。天气连阴不晴，墙上的霉斑已开始向上延伸，越来越多。白墙黑斑，苍苔连着拱梁。

祖宾喝过水以后，脸上的气色比刚进来那会儿好多了。这时，他环顾四周，他忽然想起了久未见面的母亲。

“母亲怎么还不见回来？”祖宾说。他看看我，又朝院里望去，仿佛母亲刚从街上回来，正穿过院子向屋里走来。

我告诉祖宾，母亲已在三年前去世了。……仿佛也是这样的一个阴晦霉湿的雨天，我从镇上的初级中学放学回来，临到家门附近的时候，我取下了头上的竹笠。正是晚炊的时候，我看到附近一带家家的屋顶上都在冒烟，唯有我们家的屋顶上一片平静，雨水沿着崎岖的黑瓦流得到处都是……接着，雨中传来了姐姐的哭声。

除了母亲，家里还少了一个越秀。已为人妇的越秀，是我和祖民以及小海的姐姐，祖宾的妹妹。第二年春天，她嫁到了河下游一个名叫竹罗的镇上。竹罗镇是一个风景秀丽，生活凄苦而又挥霍的地方，镇上的竹器店鳞次栉比。竹罗镇盛产丝绸和紫砂，但丝绸和紫砂的价格却昂贵得惊人。从这里到竹罗，坐船需要走一天一夜。越秀和她的丈夫住在一条又深又湿又窄的巷子里。那年，我们第一次去她们家，她的婆婆对我们说，你们都从那窄门里进来吧。

“三年前……”祖宾说，“我好像收到过一封载有死讯的电报，我当时还在想，谁又死了？电报是你拍的吗？”

“家里从来没给你去过电报。”我对祖宾说，“我们都知道你在外面很忙，母亲死了以后，就没有告诉你。”

父亲在一旁点头。实情就是这样。父亲正在对接两根短小的艾草，准备点燃后驱除晚间的寒潮之气。还没有正式点燃，我已提前闻到白艾的香味了，那感觉，如同傍晚时分一个人进入山中，穿着草鞋，带着斧子和软索。

祖宾陷入往事的回忆之中。回忆使他变得灰暗，茫然，斑驳而失神。过了一会儿，他脱掉外衣，他的里面穿着一件旧的白衬衣。他很瘦。从他一进门那时候起，我就注意到了。母亲的丧事，妹妹的婚事，他都一无所知。

现在，疲倦的奔走和风雨的剥蚀都结束了。他渴望一张床，需要一段为时冗长而昏暗的睡眠时光。他满脸倦意。

窗含烟水。远山衔黛。雨中的房舍只是一些模糊的轮廓。

……不久以后，祖宾蜷缩在一张靠近窗前的床上睡着了，外面的风雨没有将他惊醒。父亲将一块黄色的粗线毯子盖在他的身上，他的身体又蜷缩了一下。最初他躺在床上的时候，身体是笔挺而僵硬的，如一截潮湿的柏木，蜷缩成一团是后来才有的事。他在熟睡中感到了一种自下而上的阴冷。阴湿的天气注定要使所有的人受潮受凉，四肢沉重而不断蜷缩。

小海踮起脚尖来到床前，看了一眼熟睡中的祖宾，很快又踮起脚走开了。陌生使他害怕，使这个十二岁的孩子突然收敛起自己的一贯的本性，变得像大人一样心事重重，坐卧不宁。他搬了一只凳子，坐在门口，看着外面的雨水。银灰色的雨线织出一种极为繁复的声音和景象，从始至终笼罩在他的眼前。他从来没有像现在这么安静过。

他不断地挪着凳子，越坐离雨越近。

……

祖宾从床上醒来的时候，天已经完全黑了。外面的雨还在下着，受潮的红木床发出一阵吱吱扭扭的响声。屋里亮起了灯。祖宾从床上坐起来，几根青藤在冥晦的雨里飘着。

我将盛了水的铜盆送过去，让他洗手。父亲将一只青花瓷坛的盖子揭去，伸进一只手，从里面往外掏着茶叶。

我们坐在灯影里。一盆疏松的黄水仙在靠墙的桌子上开着。

“我还能算这个家里的人吗？”祖宾说。他慢慢地喝着茶，向外面眺望。他的脸上泛着一种潮气。下午以来的睡眠使他的眼神里增加了某些新的东西。他闻到了屋里的檀香味。一阵冷风吹动了门前的纸符和一串苦瓜条。

“怎么不算？当然算。”父亲说。

“我说算就算。”父亲接着说道。“即使你成了一个外国人，也仍然还是这个家里的人。不管你的眼界多高，看得多远，你的根总是埋在这个镇上。这么多年你一直没回来，我们也从没有把你当外人看。你问问这几个小的，他们可是什么都知道。”父亲把贮茶叶的青花瓷坛放好，又将滴着水的蓑衣挂到门后的一个钩子上，不久前他刚刚从外面回来。

小海把盐和姜送进灶房里。

天擦黑的那时候，父亲淋着雨从街上回来了。那时候祖宾还没有睡醒。父亲的手里拎着一束芦草，草上系着两条精湿的白鲢。另一只手上举着细细的两寸宽的一条腊肉。我接过他手里的东西，小心地放到桌上。父亲脱下蓑衣。回头看了一眼睡在床上的祖宾。祖宾睡得很死。

晚些时候，为了驱除潮湿的寒气，我们又从外面起出了那坛三年前酿制的米酒。坛子深埋在一丛树藤下面，潮湿的地气使它的表面冰凉如水。酒液则温良如初。那时候门口的那盏灯尚未在风雨中熄灭，光亮照着一堆盘根错节的树藤，部分家具也呈现在那种昏昏的微光里。

各家的灯都亮了。雨里的晚上，街上没有几个人。前街的低洼处在流水，后街的米店里飘来了隐约的胡琴声。

蒸好腊肉，又煎了鱼。我们坐在灯下，开始为祖宾接风。

金针穿着皮鞋，长袜，说话的时候，手臂上的镯子叮当摇晃。祖宾患病的消息就是她告诉我的。我们站在学校外面的那道阴暗年久的高墙下，她说，人哪有不得病的？她一定看到了显现在我脸上的那种不安的神色。从家里走的时候，我知道祖宾心事满腹，整天沉浸在悒郁之中，只是没想到他这么快就病倒了。我们都想错了，包括我们那位自以为眼光很毒，自以为能够洞悉一切的父亲。祖宾不是回来休假，而是永远回来了。这倒正好验证了父亲说过的那句话。父亲说祖宾，不管你飘得多远，你的根总是埋在这个风雨斑驳的镇上。是的，这次让他说中了。

现在，祖宾常在河边一坐就是很久，看着来往的船只，水面上的大雾有时会将他完全吞没。故土上的风物散发出无可奈何的陈旧与老迈，失去了从前的那种灵性和神秘，记忆衰败，梦想枯竭，陌生的水流过他的身边。

街对面一处微斜的旧宅，一个脑门发亮，穿缎子马甲的老头从旁边的那扇小黄门里悄悄地走出来，站在那里，望着我们。金针也看到那个人了。她飞快地向那边瞥了一下，抬起一只手，她的镯子立即向袖口后滑去。学校里有几个女人也穿着这种袖子很短的衣服，柔滑，轻飘，绣花的折边。她们姐妹三人，如今能走能跳的只剩下她一个人了。从前，我的姐姐越秀没有出嫁的时候，她有时会到我们家里去。

“五味，那个老头还在看咱们呢。”金针说，“他是谁?”

有一种人，过着一种非常悠闲自在的生活，从没见有人来找过他们什么麻烦，每天出来散步，扩胸，呼吸新鲜空气，仰望天空，隔岸观火，浏览河里的那些来来往往的船只，他们的生活，很有点不劳而获的意思，除了手中没有权力，身边缺少侍从，他们和那些大人物几乎没有什么两样。美妙而复杂的社会分工，事实上从来不会有人分给你什么。你所想的一切都需要你自己去争取。有时，争取也无济于事。

在金针的话里，祖宾的病似乎很重。我能听得出来。我觉得重的是她的话，是她那委婉起伏的叙述。女人都喜欢夸张，喜欢放大和膨胀，盈满与鼓荡对她们来说似乎很重要。我们说话的时候，她弯下腰，分开两条腿，往上拽她的袜子。我朝对面的小黄门那边看了一下，半圆的门楣，下面的门虚掩着，那个老头正在那里往这边伸他的脖子呢，越伸越长。

我看看金针，她的腿闪着亮光。

这个傻大姐，以为到处都是她们家的后院。我对弯着腰的金针说，“你朝对面的小黄门那边看看，你看他都看到你什么了?”就这么一会儿工夫，那个老家伙，他把她看了个遍。

金针放下裙摆，直起腰，脸涨得通红。她怒气冲冲地看着那扇又矮又窄的小黄门……他的头忽然改变了方向，像葵花一样扭到那边去了，将一个肥厚的背影留给了我们。

越过她的身体，一段僻静的街道呈收缩之态，向里面陷落进去。那个神情猥琐，目光散乱的老头，显然不属于现在，他的一切都属于过去，属于从前的另一个时代。然而，令人奇怪的是，他的一举一动都无不流露出一种地主的气息。那条僻静的街道，缩到几处院落附近的时候，没有通往任何一个地方便突然消失了。

一个时期以来，我常在想一些幼稚的问题。比如，人为什么会想家？家就是那几个你最熟悉的人和那间把你从小养大的房子么?

有人牵着马从那边过来了，他们停留在河边。那匹马在低声叫着，克制着自己的声音，仿佛害怕惊散一件什么事情。雾正在慢慢散去。水面上这会儿有一只浅蓝色的大船。那不是小鱼儿和她爹的船，她爹才不会把钱花在那上面呢。每次从城里回镇上，我都搭她们的船。她们的船板都朽得不成样子了，下面渗水，上面漏雨，她们——主要是小鱼儿她爹，渴望能有一只七成新的船。老头子差不多快六十了，小鱼儿才十五，他们一直生活在水上。

“五味，你要是想回去看看，我去找你们校长给你说说。”金针眨动着她的长长的睫毛。“他最听我的话了。”

“你是谁?”我说。

金针姐姐，长睫毛的姑娘，佩戴玉镯不是为了避邪，而是为了美丽。对面的那个老头已经不在那里了，小黄门紧闭起来，看上去关得很严实。谁知道那里面会发生多少令人意想不到的事情呢。台阶下面的一条小路将两边的植物从中间分开，茂密的青草苍翠，起伏，纷纷向两边倒去。其实我很早就想回去看看了，在不知道大哥生病以前我就这样想过了。不仅仅是回一趟家，随便看看，还有更重要的更让人难办的事情。去年和今年上半年的学费、食宿费已经不能再拖下去了，再拖下去，总务处会派人来将我的课桌搬走，搬进学校的那个堆满灰尘和杂物的库房里去。这只是第一步。除此之外，他们大概还会将我的名字从伙食账上彻底抹去。这样的无情无义的事情不是没有发生过，只不过是发生在别人的身上罢了。今年一开春的时候，董小五，姜南南，他们都走了，学校里的伙食账上再也没有他们的名字了，他们算是永远从那个“勾魂簿”上消失了。王进财走了一个多月后又回来了，这一回他是带着钱回来的，腰板笔直，目光放肆，神气十足，唾沫四溅。从此以后，王进财的名字又开始在学校里的伙食账上出现了。谁也不清楚他那钱是从哪里弄来的，通过什么方式……大家都觉得王进财有点儿小人得志，都不理他。

我告诉金针，最迟到这个月的月底，我会回去一趟的。我不回去，管伙食的人也会催逼我回去。回去找你老子要钱去。他们的忍耐也是非常有限的，这已经够宽容的了。要不是因为我的成绩好，我早跟董小五，姜南南他们一起走了。为我说话的人，正是我们的校长周策田先生。

总务处的一个姓陈的人，曾用充满讥讽的口吻对我说，忘了谁你也不能忘了周校长，等你将来有了出息，阔起来，首先不要忘了周校长。

我对他说，那是一定的。

傍晚的时候，金针要回去了。她在城里有亲戚，她舅舅一家人住在城东的御史街上。她说，你们校长是我的表哥。

我吃了一惊。

我看着金针。她的头发湿漉漉的，有一部分垂到肩前。空气里看似无雨，实际上飘满了水气，伸出手去抓一把，手指和手掌很快就会感到潮湿起来。我伸出手在空中抓了一下。金针不明白我在干什么，她的目光是倾斜的。

金针告诉我，过些日子，她和她的母亲将要离开镇上，来城里住一段。

我想起她还有一位瘫痪在床的姐姐，是她的二姐，一个美丽的，不能行走的女人。她们有一个祖上传下来的园子，她们现在住着的那幢空荡荡的房子就坐落在园子的边上。一个小小的荷塘，一群鸡鸭……所有这一切，都注定了无法移动，只能维持原状。但是，她们已经决定了，今年夏天，她们要在城里的舅舅家住一段时间，不仅仅是为了置身于繁华。

“二姐不同意我们进城。”金针说，“她说，‘你们都走了，我到哪里吃饭去？’”

“那怎么办？”我说。我听到我很焦急。

正好有一个人愿意为她们看守房子，那个人就是周策田先生。他最喜欢给别人看守空房子了，很大的空房子。金针说。

他最喜欢给别人看守荒废的园子，尤其是那种很荒凉很寂寞的旧园子，连喂鸡、放鸭的事他也包了。再说，园子里还有二姐在，他们很能谈得来。

薛　隐

一个女人活在世上，只要大体上还过得去，不至于腥风血雨，面目狰狞，被人爱上那是一件很容易的事。费事的倒是那个令她倾心的人，那倒真正值得考虑，需要她费心去寻找，等待。有时候，几十年的时光过去了，她依然没有在人群里看到他的影子，他像传说中的马，充满了极大的虚无色彩，蹄声清晰，气息遥远，一切的迹象到头来都是假象，蛛丝马迹只不过是日常生活中的一些庸常而琐碎的细节。……当然，无论找到与否，她都得活下去，可至此，她将重新改写她的一生，活着的劲头，深度，包括连续不断的日常生活场景，都太不一样了。找到他，是一种活法；找不到他，将是另一种活法，激情的饱满与否也正在于此。当那个人在她的期待中渐渐死去以后，她会变得更加恬淡，安详，宽容与慈爱开始溢出她的体外，在祥和的目光里日夜荡漾。众口交赞，都说她是一个美丽贤惠的好女人，对什么都能够容忍，他们不知道这么多年来她要找的一种东西一直没有结果。她已经不再等了，因为她已经老了。不久以后，她终于享尽天年，带着那具清心寡欲的身躯长眠在青草覆盖的地下。

……不知又过了多少年，从路的尽头摇摇晃晃地走来一个人。是的，他正是她生前一直要找的那个人，一匹不走运的马，天过正午他才满脸迷惘地出现在空无一人的路上。他好像也在找她，他当然什么都不会找到，他只能坐在摇曳起伏的青草上面休息了。墓地四周干干净净，连传说中的幽灵都没有，连一个象征着鬼魂的旋风都没有……疲惫，绝望，心灰意冷，这些东西像晚期的黄疸一样从里向外辐射到他的脸上，身上，并最终将他彻底摧毁，消灭干净——他是一个不赶趟的，没有福气的人。

想想她的从前，在她的桃花灿烂的爱情时代，一些不被她注意的闲人经常出现在她的面前。因为他们都爱她，所以他们认为有理由每天见到她，并让她也看到他们。他们天天在她的面前走动，叙述，甚至表演，一呆就是很久，不断地摆出各种各样的姿势，做出形形色色的表情，当他们感到眼前的空气略显沉闷的时候，他们就会诚心诚意地为她而幽默一下，说一两个轻松的故事，甚至颠三倒四的格言。那时她清高如云端，她想，说什么轻松，本来就是一帮行尸走肉，有何沉重可言？是的，他们不认为自己爱得很辛苦，他们觉得因为爱她而生活中充满了实实在在的意义。

当她无意中垂下视线，她忽然看到一个比她小得多的少年站在她的面前——他眉清目秀，唇红齿白，如传说中的吹笛少年。现在，他正一往情深地注视着她，踮起脚，要求她看他。

现在，他就这样站在我的面前。

窗外的花茎在雨雾中摇晃……我听到沉闷的汽笛声了，正在大雾迷漫的河面上飘荡。虽然是这样的季节，却并不显得有多么潮湿，他的灼热的呼吸使我感到燥热不安，无论如何，我都得承认这是一件非常偶然的事。

没有人知道自己这一生中将会遇到什么。

近来，我常想起我的姑母生前最爱说的一句话。在回忆自己的经历时，她说，刚一下车，就遇到了爱情。那种东西像暖风一样朝她迎面扑来。有时，她又说，还没起床，爱情就来了。在我的印象里，她的那种东西很有点儿程门立雪的色彩。姑母一生顺利，爱情和荣耀对她来说根本不是什么难题，一切都来得非常容易，唯一美中不足的是，刚过中年她就去世了。

盈满……窒息……

他的脸埋在我的两腿之间，我看到我的裙子上有一片地方被洇湿了。他似乎睡着了。我试着把我的手从他的胸前抽出来，他突然抬起头，脸上泛起点点血色。不久，他的整个脸颊都发红了，潮红，细腻。那种红色似乎是从他的体内一点一点洇出来的。突如其来的慌乱，震惊，意外和不适。他的手放在我裹着裙子的腿上，他还没有勇气将那薄薄的一层撩起来。这个孩子。我在他的嘴唇上轻轻按了一下。

我来到窗前，外面的天井里已积满了雨水，透明的水泡像密集的帐篷一样漂浮在水上。雨里有暗香，有我种的花。

他也跟着我来到窗前，他好像连雨都不认识了。这个昏头昏脑的孩子，又伸手抓住了我的裙裾……他声音嘶哑，我没有听清他在说什么，雨水盖过了他的声音。

我看见头顶上的圆天和墙角里的白伞黑褶的蘑菇在摇晃……我能看见他的头发，乌黑，柔软，湿润，成年的男人哪里会有这样的头发。我向上提提裙子，他抓得已不像刚才那么紧了。天井里那些帐篷一样的水泡正在逐个破裂，消失，新的一群水泡又在水面上泛起，重新组合成浑圆的球体，四处游动，漂浮。

透明的群体，瞬间的浪漫。

我回过头，我看到他的脸那么红，我忽然感到心里松动了一下。他仰起脸看着我，裙子的一角还握在他的手里。我像一匹马，被他牵着。他开始向桌子那头走了。这个牧马的孩子，我向他示意他的手里还抓着我的裙子，他看到了，立即松开自己的手，向桌子那头走去。我看了一眼被他松开的那一角裙子，上面留下一片褶皱。他不再像牧马的了。刚才，他就站在桌子的那一端，我坐在这头，我还没有开口说话，他突然从桌子上面抓住了我的手，很快，他又挪开身后的椅子，来到我的身边。

现在，他总算又回到桌子那边坐下了，身体笔直，端正。他看着我。他的目光如一根令人不安的绳子，牵在我的身上。我一动，他也必然会跟着晃动，跳跃。我在心里对自己说，雨季要来了……我坐在他的对面，使他安心了许多。这个时候我要是推门离去，他一定会不顾一切地扑上来。我多少了解他一些。渐渐地，他的目光开始变得温和起来，湿润起来，不那么令人不安了。

于是，潮湿和冷清又重新充满了这个下午。瓷瓶，木椅，闪着阴冷陈旧的幽晕。天井里的墙上自上而下垂悬着湿漉漉的青藤，有风的时候，它们会在墙上不停地拂动，飘扬，簌簌作响。小的时候，我以为它们这些精湿的青藤就是传说中的草莽，日日夜夜，不安分地在阴霉的高墙上动来动去，在凄厉的风声里张牙舞爪。

他脸上的绯红差不多已经褪尽了。红润，潮红，原本就不是他的本色，苍白才是他最真实最准确的颜色。

雨水几乎把一切的声音都盖住了。水汪汪的季节，所有的嘈杂都抬不起头来。到处都在下雨。鹅在雨里随意走动。

他看着我，似在端详一幅刚刚完成的人物素描，明暗对比。光线的强弱，使他颇费心思。我不过是一张草图。

十六七岁的少年，瘦削，孤独，想入非非。这个时候，谁都可以对他构成诱惑，成为他眼里的风景，使他随意弯曲，夸张变形。他说起了光，是光芒，不是光泽。他的陈述令我意想不到。一个启明星一样的女人，曾经出现在他的梦里。他的那份情感是真实的，毛茸茸的，可时至今日，对方一无所知，形同陌路……我不知道那个有着一副端庄容貌的女人是谁，可我想那不是事实，那只不过是他的某种迷乱的梦幻或飘忽的想象，那也许只是一场花影摇曳的雨夜惊梦……

从桌子对面望去，他的两只手平放在桌面上，在褐色木纹的映衬下，看上去如一双少女的手，白皙，纤细，没有血色，指甲泛白。坐了没多久，他的身体在椅子上开始不安地转动起来，椅子吱吱作响。不久以后，那双手从桌面上消失了。他侧脸望着我，就像一个人正在街上行走，意外地遇到一个多年以前的熟人，刚想打招呼的时候，才猛然发现已完全记不起对方的姓名了，灰色的笑容凝结在脸上，僵硬，黯淡，慢慢变形，消失。

我们仿佛一直坐在雨里。他还想离我再近一些。我们已经够近的了，一棵树上的两片树叶也不像我们这样近。失血的手，欲望在不断延伸。勇气使人与人变得截然不同，兴趣区别着一切。以前，每逢下雨的时候，他就会感到瞌睡，战栗，浑身发冷，满脸倦意，担心自己过不了雨季。有时，他又觉得自己像一种浑身涂满草浆的植物，遍体碧绿，不在乎雨季有多么漫长，闭着眼睛，听着劫难擦身而过……捧着拜伦的一张照片，他看到了某些共同之处。

“他们都说我长得像他。”他说。

乔治·戈登·拜伦。

“哦……那当然。”有点儿。

我需要重新打量他吗？目光悒郁，面容苍白，头发稀疏，柔软，这也许是他最接近那一位勋爵的地方，可那一位……

“他的腿，好像有点儿问题。”

“有什么问题？不，没问题。”他说，“什么问题也没有。那是一条倍受垂青与爱戴的腿，上流社会的妇女们尤其看重它，珍爱它。”说起那条遥远的腿，他的精神突然变得饱满起来，身体时而前倾，时而正襟危坐，眼里闪烁着稀有的光泽，看上去如同那种百年不遇的，名贵的金属。他听不见外面在下雨。他听不见。

“只要需要，”他说，“我随时可以把自己变成一个跛腿的人。”说完，他挪开椅子站起来，注视着我。

“没有人会真正喜欢一条跛腿。”我对他说，“谁也不愿意自己一长一短。她们喜欢它，只是喜欢那跛腿上面的另外一些东西……”

我们坐在午后晦暗的光线里，稀薄的亮色停留在他侧面的那个窗户上，他的脸看上去一半苍白，另一半黯淡无神。春天以来，他的血色仍没有增加多少，我常看见他在细雨中形影孤单的样子，一张水雾蒙蒙的脸，仿佛远在几个世纪之前。

是的，我在十年前的一个桃花灿烂的上午，他在十年后的一个晚上——一个阴湿的夜晚，天上下着凄清的冷雨，雨里没有人，只有鹅在轻轻走动。我们之间隔得就这么远。

周策田

一位瘦骨嶙峋的教员，一溜小跑出现在操场附近。我正在一道长满苍苔的高墙下慢慢走着，壕沟里的水已经积满了，渐渐漫进了小树林里。从我这个位置上望去，能看到树林里的水的反光，树上的枝丫在光影里摇晃着。

脚步声越来越近，他终于绕过操场上的沙坑在我的面前停住了。我看见他的嘴张了一下后又立即闭上了，两只脚交替着羞涩而不安地轻轻摩擦着地上的沙子，他站在那里等待着。他似乎在看着我，又像是在往别处张望，他的眼神很奇怪。时间仿佛停止了，正在某一个泥泞的地方原地转动，来回打滑。他是来找我的。

我看着这个莫名其妙的同事，他瘦得像一只春天的山羊。这样一副身躯，似乎生来就只适合教书。是的，我周围有很多这样的人，早已司空见惯了，有时乍一见到某些体肥肉厚的胖子，我会有意无意地感到意外和不适。巨大的习俗，有时不免会成为一种恶习。……现在，他站在那里，似在暗自思忖，一双疲倦的眼睛在飞快地眨动着……难道……校长睡着了？这样的天气里，要想舒舒服服地打一个盹。可不是一件容易的事。突然，他不可遏制地咳嗽起来，非常响亮的喷嚏和咳嗽使他自己也惊呆了。

我从阴湿的高墙下离开，走到他的身边。他似乎有些伤风。我手里的一张报纸饱含着昨夜的潮气，软绵绵的像一张熟过的皮子。这样的阅读物，简直糟透了。他怎么了？

“啊。周校长，”他满脸通红，伸手从上表口袋里掏出一块手帕，轻轻地擦拭着脸颊和嘴角四周的地方，低声喘息着。

“是这么回事。”他说，“尊夫人打来电话，说她今天中午不回去了，让你……想吃什么，自己看着办吧。”

他飞快地扫了我一眼，表示自己说完了，很薄的嘴角开始向里收缩，自然流露出来的强烈的好奇和兴趣代替了他刚过来时的那种慌乱和不适。他现在是可以这样饶有兴趣地打量别人了，看看他们和他们的家庭到底发生了什么有趣的事情，需不需要自己帮他们斟酌，谋划一下，拿个主意，排忧解难。是的，很多人都乐意干这样的好事，急他人之所急，这中间不仅仅是仗义。

我看着他。在他的身后，一树肥绿的树叶正在往下滴水。

他偷眼瞧着我，开始怀疑自己是否由于激动而遗漏了什么。他的舌头不知不觉地从嘴里吐了出来，粉红色的。短短的，形状如一瓣小金橘，轻轻地、试探性地舔了一下自己的上唇，像是在尝试一粒危险的、没有说明书的药片。上唇的温度一片灼烫，他似乎受到了惊吓，急忙将湿漉漉的舌尖重新缩了回去，不安地搓着双手，显出一副死里逃生的侥幸之色。

“啊，对了。”他终于又想起了什么，立即跳了起来，单腿着地。“一位学生的家长，”他说，“要请薛隐去吃饭。我对他说，薛老师这个时候正在给学生们上课。我这么说没有什么不妥吧？教员接受邀请，跟别人出去吃饭，在咱们学校里好像还没有先例，是吧？”

“薛老师知道这事吗？”我说。

“是的，两个电话都是我接的。”他说。他向前跨了一步。脸上露出一种不计得失，任劳任怨的笑容。“我就坐在综合办公室的电话机旁。”他说，“我刚想站起来活动活动，突然，电话响了。我拿起来，是那个学生的父亲，他是打给薛老师的，他想请她一起吃顿饭。他为什么要请她吃饭呢？我对他说，薛老师这个时候正在给她的学生们上课，我这么说没什么不妥吧？本校的教员们还没有过这种先例呢。”

“我曾经出去吃过一次。”我说。

“是吗？”他愣了一下。“那是很久以前的事了，对吧？是的，那已经很久了。……和那位家长说过话之后，我刚想活动活动，突然，电话又响了起来。不大一会儿工夫，怎么会有这么多电话呢？我拿起来，一听到那清脆悦耳的声音，我就知道是尊夫人打来的。她说她中午有事不回去了，让你想吃什么，自己看着办吧。……说实在的，让男人们自己动手弄饭，可是够糟的。有一次，我刚把满满一锅水烧开……”

“赵老师，”我说。“上面让咱们唱的那首歌，你学会了吗？”

“你问这个？啊，快了，我想差不多了，再用不了几天就能全部唱下来了。”他又掏出他的那块手帕，拿在手里。“其实，歌词我早就掌握了，就那么几行，就像咱们国家的七律诗词或五言绝句一样。”他说，“麻烦的是那个曲子，唱着唱着，调子就跑了，就再也找不回来了。我也不知道那是怎么回事，这很怪。”

“回去好好练练。”我说，“一定不能唱跑了调。学生们唱得都很标准，当先生的要是跑了调，那真说不过去。”

“是的。”他说，“可是，歌唱需要真挚的感情，对吧？”

“那当然。”

“我对它没有感情。我不想唱它，我连哼哼几句都不情愿。”

“赵老师，你不会不知道吧，那可是一首友谊之歌，传播的是国际感情——”

“呸！”他说，“我没看出友谊在哪里。从第一行到最后一行，从词到曲，全是……”

“回去对着镜子练练。”我说。我将一只手放到他的肩上。我触到了他的骨头。我的手很热，血在指头里鼓胀。他感觉到我的手了，回头看了我一眼，顺从地点了点头。

“注意口形与喉咙的变化。”我说。

“是的，我连吃饭的时候都忘不了要矫正我的口型。”他说，“我这张嘴啊……我的妻子以为我牙疼，啊，我说她了，真是妇人之见。”

是的，我们不用心唱，只用嘴唱，甚至像戏曲那样使用假嗓。

当年，在大学里的时候，系里的一位姓陈的先生给他的女儿取名叫曼。那个叫陈曼的小姑娘，我们都叫她阿曼，小曼。她的名字有源可溯，来自于托马斯·曼。资产阶级·曼。无产阶级也有自己的曼，大嫚，二嫚。

去年冬天的一个上午，一场大雪刚刚下过不久，我接到了教育局俞局长的一封热情洋溢的举荐信，被举荐的人是一位名叫薛隐的女大学生。俞局长在信中说，作为举荐人，让薛小姐来这里执教，他是非常满意的，于公于私，都相当不错。淑阳中学的风气像她的环境一样优美，人才辈出，随便一块砖头，一座门楼，一只书柜，都能在上面读到一段庄严的或令人警悟、令人心酸的历史。信中除了称赞薛小姐的美丽之外，并未涉及其他。为了国家——请多多关照。信的最后，俞局长这样写道。

为了国家？

多么明朗而又含糊的说法！教育当然是为了国家。撇开了国家意义的教育，只能是一种土生土长，自动明灭的山寨草莽。

我从椅子里站起来，视线落到窗外的几棵枇杷树上。天上落下来的大雪，使整个校园变得宁静祥和，仔细深究起来，还有一种影影绰绰的圣洁。遍地白雪，书声琅琅。火光温暖明亮，令人安心。又是一年要过去了。

是的，很快就要放寒假了。然而，俞局长在信中明确写道，薛隐小姐将在最近一段时间内带着自己的行李与书籍来学校报到。我不免有些吃惊。这就是说，整个寒假期间，薛隐小姐将要住在学校里，安顿下来，一直等到明年春天开学以后，才能正式上课。老天！这么急着风尘仆仆地赶来，难道她是一位无家可归的姑娘吗？为什么不趁着冬闲的大好时光与自己的亲人团聚？不想团聚吗？假期是荒凉的，黑暗的，其间的困难可想而知。冷清，寂寞，无所事事，还有意想不到的危险和麻烦……

我的眼前猛烈地跳动了几下。我想到了那几间尚待修缮的校舍……伙房后面的一口水井……整个冬天里，那些破烂的窗纸常在寒风中呼呼作响……还有每日必备的柴草……粮食，蔬菜……食用油……寒假一到，所有的师生员工皆作鸟兽散。这种时候，单独让一位远道而来的，年轻美貌的小姐守在这偌大的，空荡而萧瑟的校园里，人地生疏，凄风苦雨……无论从哪个方面来说，都是不恰当的，万一……她自己也许想得比较简单，很少顾虑，没有意识到什么。新时代的女性，都是这样，可以什么都不在乎。可是，作为从事教育数十年的俞局长，难道也不知此举欠妥吗？是的，非常欠妥。树老成精，可俞局长……有必要写一封信给俞局长，向他陈述一下自己的某些想法。开门见山，水落石出。薛小姐一身光芒，能屈尊来这里从教，我在欢迎之余倍感荣幸。剔除老秀才，输入新血液，我早有志于此，只是此举目前来说还只是一股暗流，一道地气，其清晰度远不及一根皮下的血管。是的，愿望和变化都有，只是用肉眼是看不到的。……另外，这里不适宜大刀阔斧的砍杀，一切都得慢慢来，否则会引起其他的变异和意想不到的飘移。青梅煮酒，以温暖动人。咄咄逼人，不可一世，那是多么令人憎恶。这里的环境嘛，说平静也平静，说不平静，也绝非违背事实。寒假日渐临近，学校里近来人心浮动，波光摇曳，一种涣散的，分崩离析的没落情调在雪后的日子里悄悄地延伸着，不知不觉地扩散着。寂静而不安的校园，耸立的枯枝令人惆怅。

薛隐小姐，她为什么不能等到明年春天再来呢？选择一个河水回暖，草木泛绿的日子，搭船或者乘车，那时候来……

南边一带的刺眼的积雪上站着两头牛，喂牛的老头正低着头在一片树篱前仔细逡巡，似乎丢失了一件什么要紧的东西。那是学校里养的两头牛。除此之外，学校里还有几匹马，一百多亩地——都在郊外——，每年雇人耕种收获，补贴学校的开销。需要重新物色一名会计。

拎着皮箱的薛隐小姐和俞局长的回信几乎是同时出现在我的面前的。握过薛小姐冰凉的小手之后，我打开了俞局长的信。信中说，薛小姐自己都不在乎，你这是干什么呢？你这样瞻前顾后，婆婆妈妈，你知道你怎么了？你老了。是的，你的一举一动，都在说明你他娘的已经老了，往日的锋芒全不见了。我将一位美丽的小姐推荐到你的身边，你却一味地退缩，战战兢兢，你要退到哪里？什么意思？

是的，我这是怎么了？我以前可不是这样的。我真的老了吗，更何况，人已经来了，戴着眼镜，拎着皮箱，打着雨伞……

那天晚上，我回到家里，浴室的里面亮着灯，张芸正在里面洗澡。我告诉她，学校里今天新来了一位小姐，是教育局俞局长推荐来的，人长得很清秀，很漂亮，很优雅。

一阵水声消失后，张芸从闷热的蒸气中走出来，她从浴室的门口走到镜子前，在那里停留了一阵后，来到我面前。

“你有病吗?”她说。语气是关切的，芳香扑鼻，暖风拂面。

“我没病。”我说。

晚间的沐浴使她看上去容光焕发，咄咄逼人。她将头发向旁边一甩，水珠溅到我的脸上。“需要我帮你擦背吗?”我说。

未置可否。不需要。她已经洗完了，走到那边开始梳理头发。她的头摆来摆去，浴衣在身上飘扬。从孩子五岁以后，她开始当着我的面换衣服了。那不是因为结婚多年的原因，而是因为她目中无人，目中无物，没有什么值得避讳的东西。美丽与经验可以压倒一切。我的请求明显落伍而不合时宜。人们都说已婚妇女没有廉耻，我不这样看，我认为那是她们的勇气大于一切，有了那样的无所畏惧的勇气和信心，相信她们什么事情都能办妥，什么样的难关都能攻得下来。床上堆满了张芸的衣服。丝带。胸罩。连裤袜。衬衣。银灰色的折边。一只经过长途跋涉后的皮箱……我刚把它拎起来，薛小姐戴着手套的手忽然伸了过来。谢谢，我能行。她说。是的，她能行。还有她。她们都是了不起的女性，能够独自撑起一片晴空，化干戈为玉帛，点石成金。

我松开手……我很想洗一个澡，就用张芸用过的水，仅仅是为了多少浸泡一下。我来到浴室门口，看到浴缸里飘满了白色的泡沫，大团大团的白色泡沫，像北方地区的那些正在解冻的河流…… 凌汛……

事实证明我的担心是多余而可笑的。整个寒假期间，薛隐一直住在寂寞的学校里，安然无恙。是的，真正的安然无恙。她有时出来买书，与书店老板也很能谈得来，有时到河边浏览两岸的景色，在弯曲的小桥和斜仄的石级上闲逛。

一个人一生轰轰烈烈，大起大落，风流多情，那不算什么。一个人一生什么事都不出，窝窝囊囊，唯唯诺诺，那其实也真叫奇迹。

中午一到，那些在河边的纱厂、印刷厂和火柴厂里干活儿的工人们便都拖着各自的疲惫的身体陆陆续续地出现在街上，开始向四面八方蠕动，深入。他们当中的大多数人的脸色就像他们工作过程中排放出来的那种水流一样枯黄而虚浮，似乎他们整天浸泡在其中，在水里作业。他们拎着饭盒或衣服，一群一群地迎面走来，黏稠，浑浊，有人将他们称为黄泛区，那是指他们集体的脸，麻木而无奈的群落。

在天气最炎热的日子里，街上的这些树木上都不同程度地挂满了烟尘，郊外的水塘和麦田一望无际，在风中起伏。尔后，一场雨水会将那些沿街的树木重新洗绿。街道还是多年以前的街道，人却比原来多了几倍。形形色色的人，绝大多数当然都互不相识，仿佛是一夜之间突然从地下冒出来的。很小的时候，我看见过母亲生豆芽。她在洗干净那些光洁明亮的豆子以后，又将一块湿布蒙在上面，然后对我说，好啦，它们要睡觉了，你也该睡了，总看着它们，它们是长不大的，会什么也长不出来……带着满腹的疑问与悬念，我不甘心地钻进被子里。紧接着，母亲熄灭了灯，房间里变得黑暗无边。远处传来沉闷的汽锤的声音和低远的流水声。梦中总有人站在岸边观望，涉水泅渡，落水而死。仿佛也是两夜或两夜以后的事，母亲的盆里一下子突然长出那么多苍白脆弱的细芽，密密麻麻，不计其数，令人眩目。后来，巷口里的一位年老的盲人告诉我，胎儿的形状其实就是豆子的形状。他说，你以为你是什么？你不过是一颗豆子。我对他说，要照这么说，你也是一颗豆子。那当然，他说，我们大家都是一些豆子，糊里糊涂地在这个不平坦的世界上滚来滚去，互相拥挤，碰撞，冲突，有的被生了豆芽，有的被炒熟了，又被扔进嘴里，最终进入大肠甚至结肠，大多数的被榨干了油，灰飞烟灭，消失在人类的那些大大小小的缝隙里。

人与人互不相识，真是一件轻松的好事。假如所有的人都是熟人或朋友，那么，所有的人都会不可避免地被拖垮，累死。我不认识你，是由于对你的珍爱，不想过早地使你衰竭而亡。陌生是安全的，更是善良慈祥的，其间充满了怜惜与珍爱，延伸着生命的长度。

中午，我没有回家吃饭，从学校里出来后，我一个人来到河边。孩子可能在我的父母那里，也可能在张芸的父母那里，不管在哪，他都不会没有饭吃，一群人宠着他。

从河边那几家工厂里涌出来的下班的人群像一股飘忽不定的、软性的气流……我在水边走着。记忆中，这股滞重、泛黄的气流是陌生的，从来没有与自己贴近过，就像远处的芦苇和古渡一样毫无瓜葛。在这样的一群人当中。当然很难找到自己熟识的人。他们如同从前年代里的那些准备聚义暴动的奴隶或苦役一样，一声不吭地走着，目不斜视，心事重重。渐渐地，他们陆续在前面的深巷和路旁消失了。潮湿的河风从旁边吹来，我的眼前飘满了弯曲而绿色的影子。这些人在离开工厂以后都要回到各自的家里去，即使遭遇再惨，也很少有人露宿街头，这就是为什么一到深夜大街上就空无一人的原因。他们的区别只是在于路途的远近，在于回去以后将要面临的那种状况，有的家里鸡飞狗叫，吵闹不休，生活的程序和日常的器皿乱作一团。有的家里幽暗漆黑，冷清凄凉，窗外的荒草随风起伏。

没有办法了，今年要饿死。有一次，一名学生的父亲来到学校里这样对我说道。当时我还嫌他有点儿诈唬，我想，不至于吧，哪里就至于到了那种地步，怎么可能会变成那样？因为，我们曾经都是领受过荣耀的人。

“嗨——”

沉默行进的人流里，突然传来一声沙哑的呼喊。我停下来，抬起来。我看到一个脸色泛黄的人，手里拎着一个掉光了漆的旧铁皮饭盒，从那股浊流中像一条鱼一样游离出来，来到我的面前。在我犹豫之际，又是一声沙哑的招呼。我愣了一下，我看到我的眼前站着一个雾蒙蒙的人，浑身充满铁锈味。眼镜出问题了。我摘下眼镜迅速擦拭干净，重新戴上以后，我看清他了，我惊讶地叫了起来：

“尤健——尤大鼻子。”

两个少年时代的朋友，站到一棵树下，近在咫尺，从旁边走过的人朝我们投来冷漠而不经意的目光，他们缺乏语言，无悲无喜，水土不服，甚至连河两岸的油菜花的香气也闻不到。尤健将手里的饭盒挂到一根树杈上，揉了一下那双熬得通红的眼睛。我记得他小我一岁，可现在看上去，他如同我的叔父。胡须在他的脸上纠缠不清，皮鞋在他的脚下咧嘴笑着，唯一没变的还是他的那个引人注目的大鼻子，依旧像从前一样高耸挺立，前面弯曲，微微带点儿鹰钩。没错，仍旧是从前的那个大鼻子。

“你怎么会跟这些人在一起？”我说。

“我怎么不能跟这些人在一起？”尤健说，“我就是他们当中的一个。”

我看看从旁边走过的那些面无表情的人，又看看身边的尤健。我刚才还在想，这些人我一个也不认识，陌生，遥远，不可名状，可转眼之间……我上中学的时候，有一位身材瘦高的姓孙的老师，曾经在课堂上非常自豪地告诉我们，他已经二十年没有病过，没有吃过一粒药了。他说这话的时候是一个上午，到了当天下午，他就奇迹般地住进了学校对面的一家医院。消息传来，我们都不相信。全班的男生女生都跑到医院去看他。我们没有看见他的脸，高高隆起的氧气包把他的脸挡住了。在病榻的一边，我们看到了正在默默垂泪的师母，透明的液体倒悬着流进他的体内……全班同学谁也没有打听用的是什么药，一齐屏声敛气地退出病房。

我们都在朝天上看。从那时候起，我们开始相信神灵。天地之间有一个神，无所不在，无所不能，能听到所有人说的悄悄话，能洞悉所有人干的秘密事：你信他，他就常驻在你的心中，你也可以不信他，但不能阻挡他的知觉，他对你所做的一切了如指掌……自从有了这个神以后，我们自觉地安分了很久，脑子里成天转悠着礼仪，廉耻，慈爱与良知，连骂人的话都不敢说了。我回去告诉母亲，我们发现了一个神，已经自觉地在心里把他供起来了。我只想向母亲请教他是哪一位菩萨——

“是有那么一位。”信奉基督教的母亲对我说道，“那就是我们的上帝——万能的主。信他吧，他有的是荣耀。”

我去告诉我的同学们，大家都不以为然。我们不喜欢西方人，当然也谈不上对西方的神有什么兴趣。我们要信的是中国的神——穿着丝绸，披着桑麻，摇着羽扇，守着瓷器，吹着箫管，唱着乐府的中国的神。而他们的那个神，想来和尤健比较相似，高鼻子，黄胡须，白脸。

类似的生活常常使我们措手不及，哭笑不得，尴尬和难堪早已不是什么新鲜之事。你刚说自己红运齐天，意想不到的灾祸这就来了。十年前，你用闲适的、幸灾乐祸的心情嘲笑别人的忤逆不孝的子女，十年后，你的儿女使你的家族蒙受了前所未有的耻辱，并使你死无葬身之地，男盗女娼，在你的子女的身上得到了活灵活现的验证，一切都令你意想不到。……神不喜欢夸夸其谈的人，嘲讽，嫉妒，不屑一顾，都是你的不可饶恕的罪孽。

谁没有过那种被一举端掉老窝的感觉？

我刚说在那群疲惫不堪的工人中间没有一个熟人，我昔日的好友尤健就立即像一条鱼一样从那中间游了出来，来到我的面前。我相信这是冥冥之中的一种安排，他听到了我的那种自以为是的得意之词，他要出面干涉，施行毁灭性的打击和粉碎性的揭露……在他布下的一切面前，我看到了宿命与无奈，感到了彻骨的恐惧与战栗。他是对的，他什么都清清楚楚。

我想起了那句不得要领的谜语一样的话。在我外出求学的那些年里，我与尤健之间的音讯一直没有断过。那时候，尤健开始在城里闲逛，时而准备从军时而又要外出闯荡。虽然尤健的父亲一直没有离开工商业界，但他们的家境已谈不上富足和殷实了。有一天，我收到尤健寄来的一封信，信中说他已经找到职业了，是一种“大事化小，小事化了”的职业，我如同坠入雾里，猜想了许久也没有弄清楚大鼻子到底找到了什么职业，在干什么。什么样的事情会大事化小，小事化了呢？遗产纠纷？家庭冲突？航运？最后的手术？我曾经想到过气球。可即使一只漏气的气球，也仍然还有一副空瘪的皮囊，仍然不能算是彻底了结，除非将它付之一炬，那就干净了，可世上好像还没有一种专门焚烧气球的职业。我把什么都想过了，羽毛，蚕丝，蒸气，焚尸炉……我甚至以为尤健成了一名熟练的技师，专门为政府制作、放飞节日庆典的纸鸢，手中的线一旦扯断了，那个轻飘飘的东西立即就会消失得无影无踪。

“我就在那里——”

尤健说着，向河边的一带杂树林子前指了一下，树枝之间露出一段几米高的黄色的围墙，残垣断壁。火柴厂。

“火柴厂？”

一片停留多年的疑云从我的记忆里迅速散去，真相在顷刻之间袒露无遗。这么多年来，尤健一直在树林后面的那个工厂里制造火柴。制造火柴是一种分工多么细致的职业，从巨型的圆本到袖珍的火柴，流水作业，一气呵成，硫黄使它们充分得以燃烧，最后灰飞烟灭。从参天巨树到一小撮灰烬，生命的过程多么短暂而迅速，稍纵即逝。是的，只有火柴才能算得上大事化小，小事化了，它的祖上根深叶茂，大有来头，城府坚深，荫庇百尺，它们自己毁灭起来却相当神速，轻而易举。繁茂需要时间，衰败无师自通……这样一种工作，真不知这个大鼻子当年是怎么想出来的。

“现在，”我说，“我总算明白你说过的那句谜语一样的话了。”

“什么谜语？”尤健愣了一下，“我说过什么谜语？我还会说谜语？”

“你说过。”

“我没说过。”他说。“我觉得我活在这个世上才是一个难解的谜。”

“你说过。”我对他说。“你给我写信，在信里你告诉我你找到了一种‘大事化小，小事化了’的工作，让我乱猜一气。那时候我没想到你是在成天做火柴，我以为你在搞风筝。”

“风筝？”

尤健抬起那张气色灰暗的脸，似在回忆，又像是在专心倾听，等待我的下文。满脸茫然若失的神情说明他已不再记得从前的那些事情了。风筝……气球……书信……火柴……这些互不关联，莫名其妙的东西怎么会无端地牵扯到一起，重叠起来？那都是些什么？如烟往事？平心而论，他的确不记得它们了，纵然无限美好，又能怎么样？生活中有许多远比记忆更为重要的东西需要他去认识，铭记，绞尽脑汁。许多东西尽管模糊一团，但已不需要再去深入搜寻探究了。史海钩沉，那只是闲人干的闲事。并非力不从心，而是没有信心与趣味了。他把那些不太重要的，没有什么实际意义的东西都不知不觉地丢掉了。他根本用不着它们。

现在，昔日的伙伴站在他的面前，衣冠楚楚，风度翩翩，似乎对什么都想说上几句，打听一番。天气不错，兴致很好。

尤健知道自己已经彻底完蛋了，虽生犹死，鼻子越长越大，兴趣和勇气却越来越小。他告诉我，他已经结婚好多年了，娶了一个多少有几分姿色的老婆，是城里一个小贩的女儿。正是那可怜的几分姿色，使她成了一个好高骛远的女人，也使他饱受了煎熬与折磨。疲于应付，虚晃一枪。是他目前生活的真实写照。作为丈夫，他能给予她的只是几分她早已看惯了的苦笑，这当然不行！用这点儿可怜巴巴的东西连一个三岁的小丫头都打发不了，更何况他面对的是一个已经成熟了的，成天想入非非，各种欲望都非常强烈的女人，谈何容易。

“她成天只知道……”尤健疲倦地看着我。“睡觉时永远把身体摆成大字。老兄，我现在才知道大字是多么可怕。”

可怕的岂止是一个大字。生活的难题如果仅仅只是一个由人体摆成的大字，那倒简单多了，那也就世上无难事了。

不是么，并非是难以招架，实在是因为一无所有。除了坐以待毙，哪里还有什么至上的良策？妄谈理想，祈求鸿远，命中无有，还非要强求幸福。没有，这些统统没有，那都是发生在从前的事。现在，连差强人意也谈不上了。

时间已过中午，为什么周策田独自一人在河边徘徊？难道……周策田娶的是本地一位阔佬的小姐，对方的容貌、教养、知识什么都一应俱全，他是否也有某种不可名状的难言之隐？尤健在心里对自己说，大鼻子，这可不是你要考虑的问题，与你毫无瓜葛，你根本插不上手。世上没有穷人为富人担忧的道理。夏天快到了，她们究竟该穿麻纱还是真丝，需要她们自己考虑，不需要别人隔帘望月。狗拿耗子。

与尤健一同出来的那些人现在大部分都已经走散了，如一颗颗雨后的水珠，蒸发、消失在各个角落里。我们已经很久没见了，尤健提议去他那里喝一杯。他从旁边的树杈上取下自己的饭盒，拎在手里。改天再说吧，我想，我不是怕他屋里的那个大字，有机会我倒想见识见识，看看是一位何等样的人物，致使尤健变成了今天这样。当年的那个尤健可不是现在这样的，不是的。

我们简单地握别后，尤健拎着饭盒向前面走去。我目送着尤健的背影，他走得很慢，背影十分蹒跚，看上去像一位行动迟缓的老人。他不像是在回家，更像刚从家里出来，正在雨后的街上慢慢行走，而沿途所见的一切他又明显地熟视无睹。眼前这条路他已重复走了多年，一切都早已烂熟，有的人或许闭着眼睛也能走回去。我告诉尤健，有空我会去看他的。现在，他是火柴厂里的一名技工。说起来，他的工作与我们的生活密切相关，可是没有人会记得，不需要。前一个时期，有人在报上撰文说："火柴到底还能划多久？"又过了几天，另一个人撰文说，"你想划多久就划多久。"连续几天的报纸我都看了，我赞同后一种观点。

再过一些日子，我想到乡下去住一段时间，顺便替我的姑妈看守园子。我已经很久没去了，我非常想念那里的一切。

薛隐有一次问我，乡下有什么？我告诉她，乡下有雪白的稻米，碧绿的荷叶，水里有红菱，岸上长着鹅黄的药草……

事实上那是一个非常玲珑的镇子，漆黑的乌篷船日夜停在河边，砍树的声音在茂林修竹之间回荡。金黄的油菜花是雨季里最鲜亮，最温暖的风物标志，站在那中间，它们纷纷簇拥着你的腰，使你一度忘记了腰痛的老毛病。天空阴晦，村庄霉湿。明亮的网络状的稻田。古老的耕作制度。乌黑的船头在绿色的桉树叶子之间时隐时现。满载瓷器的马车从疏朗的桂树下穿过，车上蒙着绿色的篷布，萧萧辚辚，诡秘而不法。

在那碧草连天，烟雨迷蒙的乡间，少数清心寡欲的人喝着圆形水坛里的明亮的水。挂满露珠的蔬菜和水果鲜艳欲滴，叮当作响。往事虚泛，蝉鸣不止，水塘里浸泡着陈年的竹器，柔软的薰衣草在他们的身边日夜疯长。

扶着湿滑、起伏的芦苇，踏上岸边的蒸发着白气的湿地以后，就能看到那些稀稀落落而又暗中交错的房舍了。姑妈她们一家人就住在竹器店后面的那座七十年前的旧园子里。随着时光的流逝，从前的一对威武的石狮子已经不再能够镇住什么了，苍老的容颜代替了它们昔日的锋芒，苔藓爬满了它们的全身，利爪消失了，怒吼消失了，寂静与萧瑟很快便覆盖了一切。几乎每根廊柱上都闪烁着一种阴森的幽晕，每一道台阶上都潜伏着死亡的气息。

灾难如初春的绿意……

先是，园中的灯火渐渐失控，不再因人的意志而明灭，有时彻夜通明，有时漆黑一团。先前的那种良好的，正常的循环中断了。你按照往常的情形去熄灯，灯光却经久不息。

就算你是一个大大咧咧的粗人，无所顾忌，什么都不在乎，但当朋友如约到来时，你却因园中一片黑暗而看不到他的面容，只能凭借印象依稀辨别出他的声音。黑暗使许多事情都无法开展。你数次起身去开灯，但均无亮光，灯光仿佛全部死去……当你不需要光的时候，园中的灯突然亮了，贼亮而凶猛的灯光使你无法入睡，几乎照亮了一切，甚至让你无地自容。

于是你照往常的情形去熄灯，灯光却经久不息……

最先发现这种反常情形的，是我的那位胆大心细，勤于思考的姑夫王佐。在平淡而有序的日常生活中，他突然察觉到一些使他深感震惊的蛛丝马迹。经验和理智告诉他。这座花木攀绕的园子里已不全是往日的幽静与阴湿了，某些新的，令人顿失安详的东西开始出现在其中，诡秘，异常，闪烁，森冷，任何时候似乎都有人在其间行走，衣衫簌簌作响，步履急促如水，叹息声隐约可闻。那段时间，他总听到有人在花木深处不断叹息……当他循着声音走到近前时，又发现什么都没有，只有油亮的树叶和花枝在轻轻颤动，那个低声长叹的人仿佛刚刚离去……王佐没有告诉家里的任何人，他像捕猎一样在园中四处行走，开始加倍留心，谛听，观察，搜寻。园子虽说是自己的园子，是祖先遗留下的一种荫庇，但这样认真地仔细浏览，在他生平还是第一次，园内的不少地方都使他感到生疏而不可名状。四十五岁以前的王佐是一个有名的浪荡鬼，他和他的孪生兄弟王英一样都生得风流倜傥，仪表堂堂，他们懂得科学，拥有知识，财富，智慧，胆略，什么都不缺。过去的那些年，真是他们的时代，绯闻韵事一桩接着一桩……四十五岁以后，王佐的心才收了回来，开始安心地居家过日子。他没有儿子，只有三个女儿。现在，当那不祥的幽灵在湿漉漉的园中日夜徘徊、叹息的时候，他忽然想到要是有一个儿子该有多好……儿子不仅仅是传宗接代的象征，更是一种兄弟般的援助，并肩行走，促膝谋划。王佐手持一柄锋利的钢叉，孤立无援地在园中行走着，繁复的花木互相纠缠，四处攀缘，使他尝到了艰辛。那种辛苦，远远胜过昔日对女人的追逐、玩弄与抛却。有时，他蹲在园中的暗处，长久地观望，等待，雪亮的钢叉静静地躺在他的脚下。钢叉是冰冷的，他的手温早已从上面散去，飘走。事实告诉他，一个兄弟般的儿子才是世上最锋利的武器。胆略不是遗忘，辉煌也不能代替心碎。

终于有一天，一向身强力壮的姑夫突然咯血死去了。是一个雨后的傍晚，他突然感到喉咙里一阵腥热，很快有一个黑色的东西从他的嘴里掉出来，落到了青砖的地上。他看了一眼，以后就什么都不知道了。一个时期以内，王佐的死亡给河两岸的那些星星点点的村庄和城镇蒙上了一层可怖的阴影。因为他正值中年，精力充沛，乐观豁达，他从前的那些狐朋狗友慨叹他英年早逝。因为他魂魄不散，不管白天夜晚，总是阴风习习，很多人都曾恍惚看见过他那高大的背影。

丧事的阴影尚未完全散尽，不久大表姐又死了。她是在园中的一棵树下纳凉的时候去世的，她坐在那张黄色的藤椅里，像是睡着了。事实上她已经死去很久了，裙子的花边翻卷到大腿上。最小的妹妹金针在她的脸上发现了一片绿色的树叶，两只乳房上也各有一片树叶。大表姐仿佛是被树上掉下来的树叶砸死的……噩耗传来，我和爸爸从城里赶到镇上。

时间正值初夏，那么绿的树叶，根本不到坠落的时候，怎么会从树上掉下来呢？亲人相见，泪如雨下。姑妈手里拿着那片翠绿的树叶站在我们面前，积存在心中的疑念与悲伤使她变得六神无主，憔悴不堪。

“她已经不会哭了。”金针对我们说。

我们望着那片纹路清晰的绿叶，它上面的最初的那种油亮的光泽正在收敛，消逝。姑妈似乎已忘记了啼哭。眼前的情形使我们感到多少有些不寒而栗。初夏时节，树上的每一片叶子都在生长发育，由浅绿向深绿慢慢过渡，从含苞卷曲延伸为最后的舒展，这种时候，它怎么会从生机勃勃的枝条上坠落下来呢？不偏不倚地落到大表姐安详的脸上和丰满的乳房上……是的，不能想象那是几片富有知觉，饱含风情，渔于女色的树叶。不可思议的事情。

父亲绕着那棵美丽的树转来转去，他不知道该用什么办法来安慰自己的苦命的姐姐。他什么都没有想好，甚至不敢理直气壮地抬起头来。距此一个多月以前，我们从城里赶来，为姑父王佐奔丧，如今又是大表姐的丧事。那一次，我与大表姐聊了很久，也是在园中的一棵树下，大表姐穿着白色的孝服，不断地安慰别人……等待出殡的亡灵停放在一片小树林里。

“舅舅，你坐呀。”金针穿着白凉鞋，追着他的背后说道。

“我不坐。我不想坐。”父亲说。他站在那棵树下，远远地打量着他的姐姐，又抬头向树上仰望。金针站在他的后面。那棵树在园子里并不算太高，一树碧色。

“你倒是给姑妈拿个主意呀。”我对他说。“她把你叫来不是让你来度假的。”

“别这样说你爸爸。”姑妈对我说。

他终于迟迟疑疑地从浓荫下走出来了。我看见他的脸上罩着一层水蒙蒙的雾气，模糊，飘忽。他站在那里，一副大病初愈后的光景。这么半天以来，他还是什么主意都没有。他不像民间里那些能够主宰沉浮的娘舅。传说中的那些闻讯而来的娘舅都是一些说一不二的人，手段如铁，雷厉风行，强劲的声音响彻民间。

“忠儒。”姑妈叫着他的名字。

“那么你呢？”父亲对我说道。“你光说我。你也老大不小了，你为什么就不能安慰安慰你姑妈？你光说我。”

他们姐弟俩站在一起，苍翠的藤萝垂挂在他们的身后。也不一定非要讨个什么主意，人已经死了，有多少主意又能如何。我就是想让你们来。姑妈说。你们来了，我就安心了，有着落了，就不那么怕了。这个园子好像不能再住人了。父亲的一只手摆了几下后忽然变成一只拳头，轻轻地捶打着自己的腰。刚才他在那棵树下站了很久，似乎受到了寒湿的侵袭。他告诉自己的姐姐，他浑身的骨头都是凉的。

大约半年之后，有一天早晨，二表姐起床以后，突然发现自己不能行走了。二表姐在穿衣服的时候听到外面正在下雨，雨水打在宽大的梧桐叶上，溅起阵阵沉闷的回声。她听见水道里传来哗哗的流水声。那时候她还没感到自己的身体有什么异常之处。她想，这么大的雨，似乎整整下了一夜，雨水一定将那窄窄的水道涨满了。她掀开帐幔，两条腿首先着地以后，她忽然吃了一惊。她感到自己踩空了，脚下什么都没有。睡榻与地面之间的距离不过二尺左右，可她的两只脚就是落不到实处。“地没有了。”楼板仿佛在她熟睡的时候被人暗中抽掉了。二表姐终于发现自己的两条腿不管用了，她蜷伏在床前，听着外面的雨声。她开始意识到，没有别人的帮助，她自己已再不可能走到窗前了，她的下半身死了……不久以后，恐惧的哭声和绝望的呼喊惊动了早起的人们。

谁从外面走进来，都会首先看到她的那扇高高在上的窗户，开在园中的最高处，显露在树梢之上。窗户上有一对工整的菱花。园中大量的花木挡住了来自外面的亮光。阴森。冷清。光线不足。……也许二表姐的窗户上并没有那样的一对菱花，我已两年没有去过那个旧园子了，也许那只不过是我的一种不祥的记忆。

第二章

魏 马

这些日子以来，河水一直猛涨。

昨天夜里，我做了一个令人丧气的梦。在梦中，我跪在两根白色圆柱之间的温地上，被痛打五十大板……早晨醒来后，四肢酸楚，疼痛难忍。我咬着牙，几乎咳嗽了整整一天，什么事都不想做。我不愿意相信打我的人是他们，可是我在梦中看到了他们的衣服和表情，这一带只有他们穿那样的衣服。我对自己说：那是一个梦，一个晦气的噩梦，与梦较真是可笑的，可是，我那周身的痛楚是怎么回事？头一天晚上睡觉之前，一切都还好好的。我不能面对，无法解释。我的心凉了大半。我担心是否有大祸临头，我甚至想到了那无情的死。这一切，难道已离我不远了吗？为什么我至今毫无察觉？我不是一个混混沌沌的愚人，我也曾善于捕捉那种微妙的光芒，那种蛛丝马迹，为什么临到自己的头上一切就都不灵了呢？住在巷子尽头的沈真如昨天死了，他为别人算了无数次命，却从来没有算出过他自己的劫数，他的命对他来说像一条黑暗的路，幽深莫测，模糊无边。他的确没有料到他亡命之日是在昨天，他总以为自己的时间还很多。前天，有一个比他小十几岁的女人来找他，他与她一起吃了饭，随后又到附近的华盛商行里定做了几身衣服。人逢喜事精神爽，接着，沈真如又购进了蓝桥公司的股票。一个算命先生购买股票，这使他在生活中的位置发生了颠覆，本末倒置，一下子由裁决者变成了被裁决者。不过，他好像提前预测过了，他用必胜的口吻说七天后见分晓。这一次他似乎赚定了。然而，不可知的命运很快将他湮灭，使他提前做了古人。

自从做了那个不祥的梦以后，我几乎很少出门。我清心寡欲地在家里静坐了几天，回避所有的人，不和任何人见面，唯恐发生口角或碰撞，招来横祸，惹出那种一鸟九命，一文小钱造奇冤的尸案。事实证明我的闭门谢客的做法是正确而灵验的，日子很快就在那种平静的光阴中过去了，不知不觉。轻松而安静地向前滑去。

我对自己说，没事了，灾难看样子已经从门前过去了。灾难像一个形迹可疑的人，像一支出殡的队伍，已经从我的门前过去了。下一站它去哪里，我不知道，具体去找谁，我更不知道。不过，那已经不关我的事了。我不是一个混混沌沌的愚人，也不是沈真如那种自以为参透了天机，实则是始终在黑暗中摸索，对什么都一知半解的人。我知道我是谁。雨水稍一收敛，我就从家里出来了。河水，房屋，小桥，空气，外面的一切看上去都是那么美好，令人心怡而留恋。一段时间以来的静坐和等待把我闷坏了，我多想出来与随便一个什么人说上几句话，哪怕是一只狗，我也愿意与它相互吠叫几声，过过做人的瘾，大声地说话，大声地笑，响亮地咳嗽，大踏步地走路，看那明亮而弯曲的弧线从眼前清晰地拱起，直至消逝。我好像从来没有做过人似的，从来没有活过似的，一切都让我感到新鲜，有趣。街上虽然潮湿泥泞，但到处都是活灵活现的意义。活着的意义。

一个人要是有罪，当灾难到来时，那是躲不过去的，即使闭户不出，在家里躲上几年，那也无济于事。老天爷是个明白人，很清楚谁是谁非。懂得量刑的分寸与慈悲的尺度。比如我，没有罪孽，在家清净几天就果然没事了。而沈真如就不同了，他经常装模作样地代表神说话，发号施令，满口胡言，乱点鸳鸯谱。他是谁？他怎么能代表神？那么，报应是必然的。

神说，这个人不行，他很坏呀，我给了他机会和尽量多的可能，我的本意是要他行善，他却经常以我的名义胡来，干那种不仁不义的恶事，这样，我势必收回那一切。

上天舞动长袖，收走了地上的沈真如。从此，民间里少了一个不义之人，多了一股烟尘或一条狐狸的尾巴。每当在街上看到一个旋转不息的旋风时，我就会想到是沈真如。如今，他只能以这样的方式回来看看他曾经住过的巷子和街坊邻里。每当那旋风在我的门前徘徊旋舞时，我就知道它迷路了，不认识它的家了，我就对它说，快回你的院里去看看吧，你当年不就住在巷子的尽头么——那旋风原地转着……不久，果然往巷子深处去了。我一直目送着它消失在那尽头。有人问我在看什么，我说：

“昔日的老街坊回来了。”

是的，人哪能会没有灵魂？雨季到来之前，我又获得了赦免。

树林。石桥。谷仓。菜园。浅绿色的青苔……一走进河对面这个烟笼雾锁的镇子，一走进那个熟悉的院里，我又仿佛回到了从前。那些年，我的姐姐在世的时候，我断不了常来，自从她去世以后，我不怎么来了。如今，我来看望祖宾，听说他病得很重。作为他的舅父，我已很多年没有见过他了。虽然他们的母亲不在了，但我对他们兄弟仍然还像从前那样。

祖民，五味，小海，他们都在院子里，栅栏使他们看上去很斑驳。我从外面进来的时候，他们谁都没有发现我。我咳嗽了一声，他们被惊动了，一齐抬起头看着我。

“祖民五味小海，你们好。”

我叫着他们的名字，走进院里。他们开始看我，我也挨个儿把他们每个人都瞧了一遍。我把头上的草帽摘下来拿在手里，一张纸片儿从帽子里飘出来，小海跑过来伸着手想要抓住它，可没有抓到，纸片儿落到水里了。他弯腰把它捡起来，端详着。我知道那上面什么也没有。小海长高了，个子已快到我的胸前了。

“那是舅舅的纸，”五味对小海说道，“你把它还给舅舅。”

“一张没用的纸。”我对五味说，“他想要就让他拿着，玩吧。”

“一张破纸有什么好玩的！”祖民阴着脸说道。不知他在说谁，他的火气很盛。“女人的月经纸你也要玩吗？”

我一怔。什么意思？这是冲我来的吧？从我的草帽里偶然飘出一张纸片儿，他就说是女人的那种纸……女人们的那种糟糕的纸怎么会从我帽子里飘出来？这个……

我看着祖民，我真不愿相信他也是我的外甥，可他的的确确是我姐姐的亲生儿子。在我的记忆里，他从小就常常与我作对，闹别扭，你不让他干什么他偏要干什么，他曾在家门前挖掘了一个又一个的陷阱，陷害我，使我的踝骨发生骨折，几个月不能行走。当然，那时候他很小，还是个孩子，可现在，还能说他是个孩子吗？

院子里的两个草垛都发霉了，东边那个看上去要稍好一些。祖民坐在旁边，两只手垂在两腿之间，闻着从草里散发出来的霉味。我看了一眼这个我最不愿意看见的人，他穿着一件让人一看就很不舒服，很憋气的衣服，领子又瘦又硬，上面的扣子紧邦邦地扣着，把那个粗脖子都勒得不会转了。小眼睛。满脸粉刺。我从外面一进来，他就朝我翻白眼，他以为我没看到呢。这个瘟神，全无半点儿亲情。要论身体的壮实程度，他简直没的说，虎背熊腰，浑身上下的肌肉发达得像一头豹子。这一带，河两岸最有力气的人就是他，能够单枪匹马地拉动一只船。可是，作为一个人，光有这些就够了吗？他的脾气坏得要命，要多糟有多糟。我得离他远远的……我有一种不祥的感觉：一看到祖民，我就会闻到一种浓烈的血腥气。作为他的舅父，我知道这样的念头很糟，很不仁义。

还是小的好。我想，小的听话，胆小，不至于让你伤心，只需一碗饭，几句话，就把什么都对付过去了，我拍拍小海的头。

“孩子们，你们的爹？”

“一清早就出去了。”五味说。

“知道他上哪儿去了吗？”

我看着说话的五味。要说几个外甥，我最喜欢的还是这个。十五六岁，文静、勤奋，知书识礼，眼下正在城里上学。人生在世，我所缺少的正是这样的一个孩子。

祖民在那边起劲地挤着他脸上的粉刺。冷清的院子，即使人多势众，也好像仍然代替不了那种冷清。这真是一件怪事。冷清是一种景象，热闹也是一种景象，可是都不取决于你有多少人。真正冷清的时候，有多少人在场都没用。有时候，单独一个人也能变得很热闹。一个人天上地下地胡思乱想那就很热闹。有时，即使一个人没有，也还能看到那种喜气洋洋的光泽或气象。我想起了逝去的姐姐和出嫁的越秀，要是她们还在，院子里不会这样冷清。现在，满院湿气，青草疯长。草丛里传来吱吱的叫声。小海拖着一根木头来到我的身边，仰起脸看着我。他说，舅舅，你有五十岁了吗？岂止五十，我早就五十一了。人生的一多半没了。祖民在草垛那边对付他的粉刺。我仿佛听见“哧——”的一声，破土而出的血水穿透溃烂的皮肤溅到他的手上。又有一个粉刺被他挤破了。含毒的血水。麻木的面孔。疼痛使他龇牙。小海在我的身边走来走去。门前的石板上也有水。五味消失在屋里。不久以后，他托着一只罐子从里面走出来，走到墙头那边，将罐子里的水倾倒在墙下，又拿着罐子进去了。我身边就缺少这么一个人，聪明，懂事，有孝心，还能执掌门户，顶天立地。沈真如活着的时候曾对我说，做梦去吧你，世上哪有那样的人。

我向屋里走去。我知道祖宾在里面。来到窗下的时候，一张瓦片在我的脚下发出咯咯的声音，我吓了一跳。

隔着窗户，我看到里面垂挂着布幔，灰色的布幔。

“舅舅，”小海走过来，低声对我说道，“你把什么踩碎了？”

“瓦。”我说。我低头看了一眼脚下，就是一片薄薄的瓦。小海手里拄着那根木头，站在一片浅水边。我向窗户里面又瞟了一眼，那垂悬着的，灰色的布幔让我感到透不过气来，仿佛雨前的乌云，还没有见到人，倒先看到了它。从四十岁以后，我开始越来越讨厌灰颜色的东西，我憎恶那种奄奄一息的，带有死亡气息的垂悬物。

“你大哥就睡在那个布幔里，对吧？”我对小海说道。

小海朝我点点头。我明白了。“他的耳朵可灵了。”小海说。“地上掉一根针，他也能听得清清楚楚。”

“怎么不出来走一走呢？”我说，“手里拄根棍子，四处走走。”我听说他回来已很久了，我以为他会抽空到我那里去看看，可一直没见他去。他把我这个做舅舅的忘了吗？我们虽然住在两个不同的镇上，可实际的距离仅仅一河之隔。不过，我不计较他，每个人都有自己的重点，一个人活着，应该为那些最重要的事情付出，哪能面面俱到呢？那也许不值得。比如过河去看望舅舅，这本身就没有多少意义。

“他怕光。”小海说，“还怕声音，各种各样的声音。”

“连琴声也不喜欢吗？”

“有一天他突然被一种声音惊醒了，他的身上出满了虚汗，他不停地朝天上看……我觉得他听到了天的声音。”

“天的声音？”

“我觉得他肯定是听见了天的声音，不然他不会那么害怕。”

他害怕了吗？他害怕什么？天的声音是什么声音？像铁器？像雷声？像水流的声音？很多年前的一个傍晚，我还是一个孩子的时候，我正坐在一棵树下啃甘蔗，忽然听到旁边传来一阵笑声，是水在笑。我听得明明白白是水在笑。我扔掉手里的甘蔗，离开那棵阴湿的大树，哭着向家里跑去。

“你爹怎么又不在？”我对小海说，“他难道不知道家里还躺着一个病人吗？”从前那些年，只要一见面，我们总是断不了要争吵。后来，我们都老了，几乎不再吵闹什么了，现在竟想不起当初总是为什么而争吵。

我走进他们的屋里，那个灰色的布幔静悄悄的。祖宾还在睡着。我远远地打量了一下，几乎什么都没有看到。五味在堂屋里摆好一张凳子，示意我坐下。我对五味说，还是到院里坐吧。靠门这边的墙上挂着一把白伞。

我们来到院里。我喝着五味递上来的茶，看着他们兄弟几个。家里没个女人真不行，一切都乱糟糟的，没有头绪。不成体统，兄弟几个各自为政。草垛那边，挤粉刺挤得难解难分，又痛又痒，祖民的嘴里传来咝咝的、吸吸溜溜的声音。五味站在门口，手里飞快地削着一根木条。他不断地向那里瞟着。

“朱大夫不是不让你随便挤吗？下次见了，他又要说你了。”五味对祖民说道，“你老不听人家的，你就不怕挤成一脸麻子吗？”

“我爱挤，我痒，我憋得难受，我就想变成个麻子——”祖民说。说话之间，“吱”的一声，又弄破一个。老天爷，我觉得他那含毒的血水射进我的眼睛里来了。我闭上眼睛，脸前一阵痛痒。我看到了四处飞舞的血花。

“你别再挤了。”五味说。

“这是我的脸，你最好少插手。我要把它们全部挤死。”

全部挤死？我睁开眼。五味脸色通红，低声道，“我是怕你引起真菌感染。”祖民说，“我才不在乎什么真菌假菌。”

“你们把他吵醒了。”小海对他们说，“他又在蹬被子呢。”是的，窗户里面，那个布幔正在抖动，当它渐渐鼓起来的时候，就像一面灌满了风的船帆。它不断地下坠——

“别吵了，孩子们。”我对他们兄弟说道，“你们的大哥他生气了。你们不想把他气死，对不对？那就都别说话了。五味小海，帮你们的大哥翻翻身，把他的头垫高一些。祖民继续挤粉刺。粉刺熟透了就得挤掉，不挤还不行呢。葡萄熟透了都得摘下来，不能在枝上烂掉。”

“舅舅，”祖民对我说道，“你不觉得你有多么糟吗？”

“怎么了？”我说，“我怎么了？我怎么就糟了？”我没觉得。

“你也小声点儿吧。”祖民说，“其实就数你嗓门最大了。”

是的，这个我也察觉到了。不知怎么回事，我有些激动，有些按捺不住。祖民用拇指和食指将上嘴唇拉长，绷直——老天爷，我可是清清楚楚地什么都看见了，那上面也长着粉刺疙瘩呢，还不止一个。我向屋门口走去。五味和小海从里面走了出来，他们的手上湿漉漉的。我在门口遇到他们。

“怎么样？”我问他们，“他不闹了吧？”

“他的头不能垫得太高。”五味说。

“那就低一点儿。”我对他们说，“总之，要尽量让他感到舒服。”

“我看。他的脖子好像断了。”小海说，“你没看出来吗？”

“你别乱说，你什么也不知道。”五味把小海推到一边，“他的问题主要出在下面。把你手里那根长的给我。”

五味的脚边堆着一层木屑，那都是他一刀一刀地削下来的。我进来那会儿，他就在不停地刨啊削啊，忙得满头是汗。从他那很认真的脸上，你看不出这家里还有一个病人。他放下手里的刀，拿起尺子，蹙着眉头，思索着。白木片在他的脚下发出嚓嚓的响声。小海是个听话的孩子，瞟着哥哥的脸色，拿着那根他当手杖玩的长木条过来了。那棍木条超过了他的头顶。五味有些心不在焉地对他说道：

“你怎么又动它了?”

“我没给你弄坏，不信你检查一下。我只是拄着它走了几步。”小海用寻求援助的目光望着我，“是不是，舅舅?”

“是的。”我说。

“我还没把它刨光呢。”五味说，“那上面有刺。你的腿没毛病吧?”

长条，短凳，两个一尺多长的木框子，还有几个用小刀刻成的木球，每一个木球都有一个无花果那么大。来了这么半天，我还没看出他们在干什么。锯末像沙子一样。

“学校放假了?”我问五味。

“他是回来拿钱的。”小海对我说道。“我三哥，他非得有一笔钱，他要是没有一笔钱，那他就麻烦了。”小海在我面前用手比画着钱的数目。我吓了一跳。

“什么事要那么多?”我忍不住问道。学校疯了吗?

五味回来已经有几天了，向家里敲警钟，催款，到时候如果还一直弄不到，事情就真的很麻烦了。雨丝又飘来了。

“把你老子又吓坏了吧?”我说。

自从得到这个糟糕的消息以后，他们的父亲在家的时候明显地少了，我想不出他会去哪里转悠。是祸躲不过。躲了初一躲不了十五，这样藏着掖着，他难道就不打算再露头了吗？消息尽管不好，可也不至于将人逼进地狱……两个孩子六神无主。我拿起他们做好的一个木框，我以为是一只相框，可他们不是在做相框。

“咱们重做一个吧，头一回谁都不可能干好。”小海对五味说。“你忘了咱妈生二哥的时候，头一天也是不行，怎么都不行。半夜里月亮出来了他才出来。”

我看着小海，小小年纪，却自愿充当往事的见证人。我告诉他们别做了，我家里有一个，成色旧了点儿，不过还能用。木头不是青菜，不需要多么新鲜，有水汽还不行呢。他们看着我，他们的脸上有锯末。我向屋里走去。

小海说，“哥，咱们就不做了吧?”五味说，“把锯子给我。让我再试试。”“舅舅刚才不是答应要给你一个吗?”“傻瓜！他连咱们做什么都不知道，”“怎么给？给你拿来一个凳子？……那我干什么?”“拿砂纸帮我把那几个木球磨光。”

我来到那个灰色的布幔外面。“祖宾，”我轻声叫道。

“你知道谁来看你了？我是舅舅……”我小心地将那灰色布幔的一角掀起……

祖　宾

油菜花开了……漆黑的乌篷船像梦一样浮在水面上……

王尔荡

孙彩云说她那里有去除粉刺的药膏，抹上后立即有效。神奇得很。要是在从前，听到这样的消息，我会很动心的。我首先会想到祖民的那张多灾多难的脸，不管如何，只要能把他的那些讨厌的粉刺杀死，那就比什么都好。都二十五岁的人了，满脸疙瘩，差不多一点儿的姑娘们都不愿意找他。照眼前的情形来看，恐怕只能找一个寡妇了，而且还不一定是那种上乘的寡妇。有资产又有心计的寡妇，既有经验，又难糊弄，那是一些真正下过水的人，滑得像泥鳅。祖民能行吗？他的难题，我的心病，铁一样的麻烦。

可是，所有这一切，与祖宾目前的情形相比较，都显得那样渺小而微不足道，无足轻重。年轻人，几颗粉刺算什么呢？那也许是健壮的标志，人生的硕果。为什么要狠心除掉它们呢？而精力充沛地活着才是最重要的，不是吗？如果说从前的祖宾是一座山，那么，现在这座山已经完全坍塌了，山峰枯萎，水汽消失，原来依附在上面的那一切令人赏心悦目的东西全都不见了。你见过死去的山吗？从他去年秋天一回来，我就察觉到了。我知道出大事了，是那种无法让人津津乐道的大事。

几天前，在南边的一片麦地里，我遇到了王佐家的三姑娘金针。那个出落得越来越漂亮的姑娘，使我的眼前突然一亮。我想起了我远嫁他乡的女儿越秀……

雨后的青麦在风中荡漾。

那些年，王佐家接二连三地出事，祸不单行。我一直不明白王佐那样的人怎么会突然死去？家里有钱，身强力壮，仪表堂堂，为人风趣而讲究，突然之间就令人难以置信地死了。谁也没有看出来，谁也没有想到。河边那个茶叶收购站的会计吴梅塔，据说从二十岁就开始生病，生各种各样的病，一生中没有离开过药罐子，到现在七十岁了也没见要死，依然还是从前的那个样子，只是头发有些花白。人哪，真不知怎么回事，不知如何才对。

我对金针说，我们家穷是穷了点儿，可人都不坏，你要是能嫁给祖民，这个家就全由你做主了，你说了算，一呼百应，你想干什么就干什么，我们一家大小都听你的，包括——，我的话还没说完，金针就笑弯了腰。她说：

“大叔你就饶了我吧。我不怕穷，就怕他那粉刺……”

是的，一脸粉刺。我也在麦地里笑了起来。灰白的小鸟傻傻地从我们的身边飞过。我感到很开心。我适才说的是笑话，金针也明白我是在说笑语。就算人家再背运，就算人家真的满门抄斩，树倒猢狲散，脾气很坏，满脸粉刺的祖民也还是配不上眼前这位亭亭玉立的姑娘。有些东西你看着很好，可就是觉得不合适。如同一件衣服，长短肥瘦都没错，可你就是觉得不对劲，觉得自己穿错了。说到底，那不是自己的。——既然成不了事实，为什么不能借此说几句笑话呢？过日子不能没有笑话，哪能总一本正经的呢？那样不行，总有一天会从某个地方突然裂开一道口子。令你意想不到，令你魂飞魄散。笑笑吧。为什么在自己活着的年代里不多笑笑？当你变成鬼的时候，你还能想笑就笑吗，据说，鬼是从来不笑的，他们徘徊，匆忙，每天不知在忙些什么。我的猜测是，他们缺少开心的事情。

我和孙彩云并排走着。

从小桥上下来，对面的菜园子里站着一个人，正在向我们打招呼。我刚想应声，忽然看见身边的孙彩云正在朝那个园子笑着。那个人是在问候她呢。我把已经举到耳朵边的一只手重新放了下来。他们什么也没说，只是那样笑着。过了桥以后，脚下的路开始分岔了。往西边这条路是去孙彩云家的，往南边那条是回我家的方向。我们向西走去。我要跟着孙彩云到她家去看看那药膏到底灵不灵，真要是灵验的话，祖民的那张脸还是值得一试的。车到山前，为什么不试一试？这种事情，不亲自见识见识是不行的。据我看祖民脸上的那些玩意儿毒性深重，一般性的、轻描淡写的药物根本不可能奈何它们，须得来狠的，以毒攻毒才行。有一段时间，我曾想过把他的那张糟透了的脸放到石灰水里浸泡几个时辰，说不定效果也不坏，说不定那些强大的毒疙瘩就真的没有了，从此以后再不冒了。谁知道呢。

艾蒿。浆果。金盏花。几只鹅出来了，沿着水塘的四周走来走去。我回头看看，有人在那座小桥上吸烟。刚才我和孙彩云从桥上经过的时候，没看到有人在那里。

我们来到那弯曲的石径下。从这儿已经能看到孙彩云的家了——屋檐，粉墙，丝瓜架。房子坐落在小树林前，屋顶黑得如多年以前的簸箕。黑色的筒瓦上长着草。屋顶黑压压地从上面斜泻下来，仿佛要立即扑向地面。

是那绕院子一周的白墙阻挡了摇摇坠地的屋顶，它出现在地面与屋顶之间，分清了上下的层次。墙是一种多么安静而又有意义的东西！我们的一生都离不开它。谁过过没墙的日子？……我又看见水塘边的那几只肥鹅了，它们看上去沉甸甸的，充满了重量和胆识。有人说，鹅是大地上最肥最厚道的食物，我不这样看。如果真是那样的话，那么，猪呢？宽宏大量的猪该往哪里放？从一出生以后，猪就在污水与忍让之间日夜徘徊，低声哼着自己的歌。不嫉妒，不疯狂，清心寡欲，给什么就吃什么。

"我有一个熟人，"我对孙彩云说道，"他可是吃过人肉的。"

孙彩云走着，眼睛斜了一下。

"别以为那么平常，那其实很了不起。"我对她说，"知道人肉的味道吗？鹅肉是什么味道，人肉就是什么味道。人家给你端一碗上来，事先要是不告诉你，你还以为自己吃的是鹅肉呢。""呕——"声音是从孙彩云的嘴里发出来的。尽管她用一只手掩住了口，我还是听得清清楚楚。她掩着口，怨恨地看了我一眼。

我们走到石径上了。孙彩云突然飞快地走到我的前面去了。

“我看你就像个吃人肉的。”她说。

真的么？我倒没觉得。这个难对付的女人，在这样阴晦，霉湿的天气里，她的胳膊她的腿暖烘烘的，相当感人。美好的肉。热气腾腾的女人。她的体温打动了我，令人难忘。我紧走一步，又赶上了她。

我碰碰她的胳膊。

“干什么？”她说。

“我说，你的那药膏真就那么灵吗？我就不信它有那么神——”

“那你还跟着我干什么？我又没让你信。你回去吧，我到家了。”

“好不好，我只要闻闻就知道了。”

“闻闻就知道了？”

“当然，不需要太复杂。”

“我们家王英也是那样的。”

孙彩云突然笑起来，我在后面注视着她那两条摆动的腿。接着，她分开两腿，跨过前面的一道小溪。过了小溪，就来到她的家门口了。紫藤。瓜架。白色的山墙。一只狗卧在门前，看见我们过来，它慢慢地站了起来。一只很大的狗，通体光滑水亮，黄毛，白额，像一条狼。

我停住了。我看见它在朝我们——主要是我——龇牙。

“看住它。”我对孙彩云说，“它要咬我。你对它说，别让它那样。”

“它不咬人。”孙彩云说，“你没见过它，它可仁义了。”

“你看它那样，它在朝我龇牙呢。”

我打量着这个仁义的家丁，我不知道它不仁义的时候又是一副什么样子？我向后退了几步。我怕它突然吼叫着扑上来……身后是那条明亮的溪水，孙彩云家熏黑的屋檐和白墙倒映在水中。一个看家护院的牲畜，养得膘肥体壮，长了一口相当锋利结实、雪白整齐的牙齿，真让人羡慕。不是我自贬，大多数的人都不见得能有这么一口好牙。包括他们，包括我自己。

“看住它，别让它过来。”

这么大的一个东西，眼露凶光，雄心勃勃，我不明白孙彩云为什么不用一根铁链子将它拴起来，难道它可以与那些打着灯笼，捏着罗帕，娴静如水的侍女们相提并论吗？这样下去，早晚要出事。苏家埠的张子清也曾养过这么一条狗，厉害得不得了，像豹子一样，看见什么咬什么，一咬一大片，下口很重。那时候很多人就觉得那“豹子”早晚要出事，可张子清不以为然，根本听不进去。后来的一天中午，它终于被毒死了。它死在河边，附近一带的猫啊鸡啊什么的都来了精神，纷纷在它的身边跳来跳去，欢腾雀跃。是的，称霸乡里的恶棍死了，它们有理由高兴。生前，它没少欺凌它们，它们一个个像可怜的小鬼一样，吃尽了苦头。

“王英，”孙彩云说，“趴下。你又想让我生气吧？”

天哪！这就是她家的“王英”？我吃惊得差一点儿跳起来。刚才，在路上的时候，那个名字险些使我陷入回忆之中……它很顺从地趴下了，吐出一条又长又热的红舌头。看得出来，它很听她的话，根本不会让她生气，人与人也难得有这样的默契。有些时候，生儿育女真不如养一条狗。可是……

“你是什么时候给它取名叫‘王英’的？”我说。我把那个名字说得很重，孙彩云不会听不出弦外之音。王英，一个曾经多么耳熟的名字，这么多年来一直像一只干硬的蜘蛛一样尘封在一段如烟似雾的往事里。他太像时光网里的一只蜘蛛了，人已死去多年，干硬的躯壳却一直留在那个网里，无声无味，风干已久。

“它满月的时候。”孙彩云说。

“我怎么一点儿都不知道?”

“你是它的什么人？亲娘舅?”

当然不是。瞧她说的，距离好像忽然就近了。亲娘舅？连邻居也谈不上。我怎么会认识它呢？一身黄毛，眼睛深蓝。就算它真的就是从前那个活着的王英，我与他也不是同一条路上的人……现在，它不再向外吐舌头了，眼睛半睁半闭，似在监视我的举止。真正的狗眼。我打算进去了。一条猩红的舌头，长长的，热热的，带着黏稠的津液，深入浅出……我退回到溪水那边，它闭上眼睛了。

我的影子和近旁的芦苇都映在水里。从水里看去，芦苇仿佛都长在我的身上。

孙彩云在院里消失了。不久以后，她披了一件红坎肩出现在门口。“真不巧，”她说，“不知什么时候都用完了。”那张脸光洁得像一个瓷盘，她怎么会使用那种药膏?

不太走运，我对自己说。

溪水闪亮。石径蜿蜒。我沿着来时的路往回走，它睡着了，一身黄毛向一边倒去。我曾听说狗也会做梦，理由是狗通人性，长期与人生活在一起。但明显的事实是，人不可能在狗做梦的时候走进狗的梦里，看到它的梦境和梦中的内容。它能梦见什么？一堆骨头？一只刚出锅的酱鸭？一团模糊不清，似是而非的光线？

“王英”。它的名字令人心寒。

一个男人活着的时候，最好不要做那种对不起女人的事。很多年前，经常有一个苍老的声音在水边回响：

“王英，不要太过了……”

那劝谏的话语是苦涩的，喑哑的，每一声都包含着挽留，充满了期望。

我想起了昔日的那些时光……孙彩云轻浮的笑声突然化作雨雾里的哀哭……眼前的这只膘肥体壮、一身金光的家犬，难道真的是王英投胎所变？如今，它日夜守候在她的门下，听她的口音，看她的眼色，恭敬从命，忠心耿耿。一条猩红的舌头，长长的，热热的，带着它的体温，带着黏稠的津液，深入浅出。

你若被一个女人所憎恨，你就如同一夜之间忽然多了一条剪不断、藏不住的尾巴，你注定了再不会洁净，再不会理直气壮，任何人踩住那条尾巴，都会听到你刻骨铭心的哀号，看到你浑身痉挛，战栗得像风中的芦苇。

你若被一个女人所恨，死后你也不得安宁。

祖　民

这天晚上，雨又下起来了。

白猪在岸边狂奔。

我站在胡家米店的后廊下避雨，身后那月亮形的窗户内传来清晰的洗牌的声音和女人的笑声。他们不断地推倒重来。

镇上的白猪冒雨在岸边狂奔。

我已断定那不是一只母猪。无论如何，母猪不可能跑得那么快，命中注定它要长着十几个哺乳的奶头，命中注定它是大地上的一道慢腾腾的影子，像一位退休的老人，领着一群天真而不懂事的小孙子出现在河边，走走停停，回忆往事，消磨时光，哨音一响，又立即带着那些小鬼们回家吃饭，饭后睡觉，鼾声如云。

去年秋天里的一天，我在溆阳城里的星形广场上听到一位号称“夜莺”的先生当众发表演说。夜莺在这里的意思是，白天休息，晚上思考。可是，有的人反驳说，无论白天还是夜晚，夜莺从来是不思考的，它们只要一开口，必是歌声。而会思考的，谁知道那是什么鸟。

尽管这样，人们还是习惯于称他为夜莺，管他思考不思考呢，那种事情纯属个人私事，与他人无关，与活着无关。人们都愿意在没事的时候听他说话。他不断地提出问题，之后又一一地将答案告诉他的听众，有的问题司空见惯，答案却出人意料，这对于憎恶思索，追求结果的人们来说非常不错，很对他们的胃口。他似乎能够总结一切，描摹一切。比如，他说，世界上什么时刻最繁忙最无序？接着他就说，那就是——人类离开地球，往月亮上搬家的时候。这一次集体的迁徙，只搬动我们的身体，其余的一切都无法、也不可能带走。几千年形成的政治、经济、艺术、法律，都没用了，工业文明，农业硕果，水利灌溉系统，就不带了吧？军队是不是可以考虑先走一步？实验室里的灯光为什么还在亮着？谁把这些讨厌的坛坛罐罐、国际关系堆在这里，阻挡了我们上天的路？赤手空拳的先头部队已提前抵达那里。

他说，我们总以为自己已经很进步了，很文明了，事实上我们一直在原地奔跑，比陀螺强不了多少。什么叫原地奔驰？微笑就是原地奔驰，笑容从哪里出来，接着又在哪里消失。谁的笑容也不会从脸上跑到手上，出现在脚上。

他说，为什么到今天我们还不能使自己的身体离开大地，在空中飞翔起来？为什么？许多自以为是的人把这归结于地球的引力和缺少翅膀，地球为什么不能把飞着的鸟吸下来？翅膀只是问题的一个方面，不过是一件可以扇动的小摆设而已，真正阻碍我们的拖住我们不放的，是我们自己身上的一个烦恼的东西——我们的糟糕的标志。

细雨。大地晦暗，天空微微发红。我站在广场上的人群里，望着那位患有失眠症的“夜莺”先生，我觉得他考虑的问题很有趣，提法也够得上新颖。初看起来，他似乎把什么都考虑到了，可是，他明显地忽略了一种东西。

“那么，请问，女人呢？”我在人群里大声问道，“她们可没有我们那样一副糟糕的东西，为什么她们也飞不起来？”

“是的，她们怎么了？”人群中有人附和我的话，“都在坐月子吗？”

雨地里荡起一片笑声。

“这个问题是谁提出来的？是哪一位？”“夜莺”先生站在广场上那座巨大的铜像下面，目光在人群里搜寻，流淌。我没有站出来，别人也没有站出来。我们都站在雨地里，有人打着伞，有人被雨淋着。我的身上早已被淋湿了，不过我不怎么在乎。我的身上揣着卖生丝的钱，它们最多受点儿潮，不至于发生霉烂。我没有什么牵挂的，精神松弛，心放得很宽。我想听听他怎么回答。人群在雨水里移动着。他不知道向他提出疑问的是一个脸上长着粉刺的年轻人。后来，他潦草而轻松地摆了摆手。他也被淋湿了，雨水从他的眉毛上淌下来。

“这显然是一个比较有趣的问题。”他向旁边甩了一下头发上的水滴，用一种十分愉快的声音说道。“这个问题很有来头，但不值得深思。”他说，作为世界的阴面，她们并不比我们轻松多少，有一种同样可怕的负担在拖累着她们，使她们无法脱离粗糙的地面和烦琐的日常生活，从而直线上升，自由起落。相反，她们却一直都在向下坠落——下沉——破裂——流淌……谁能阻止堕落?

“你说的那是什么?”一位老人对他说的那种东西产生了兴趣，一边大声问道，一边湿漉漉地向前面挤去。

“很显然，我指的是她们的……她们的……”他的声音忽然没有了。他和我们一样都遇到了色情……湿漉漉的人群向巨大的铜像下面纷纷涌去，在那里蠕动，呼喊。长满绿锈的青铜塑像，每年的雨季里都要不可避免地蒙受到损伤和摧残，在阴雨中变得越来越瘦削，越来越憔悴。“夜莺”先生很快被淹没在人群中，我完全看不见他了。泥牛入海。暗无天日。广场上到处可见绿色的柏树枝和梧桐树的树枝。木屐。竹笠。残缺不全的自来水笔。血。

我听人说，“夜莺”先生每隔十几天就要在广场上的铜像前出现一次，发表他过去两周以来的思考。全城只剩下他一个人还在做最后的思索，很多人都笑他。梦想的飞翔是平凡的，在情理之中的，而肉体的升起就不那么容易了。骨瘦如柴的肉体，丰满健壮的肉体，不借助任何的事物，要想腾空而起，自由运动，难度可想而知，可能性简直没有。……灵魂出窍的肉体……投胎转世的肉体……烟熏火燎的肉体，狮身人面……这些都是他说的。他后来说的那些，我都一一地忘记了。

我不知道有多少人在认真听他的话。人们站在一起，形成一种团结的景象。这些日子以来，从城里到乡下，无论走到哪里都人心惶惶，一些神秘的船在河里驶来驶去。那些蒙着绿色篷布的马车，常在傍晚的时候才动身。当人们勉强能够看见它们的时候，天事实上已经完全黑了，能望见的只是一种影影绰绰的轮廓，一种越走越远的响声。

我回到家里。一位大夫的灰蒙蒙的背影晃入我的视野。

我看到一盏孤灯，灯影里有一本打开后的书，没有人读它，书页里不断地有强劲的药味飘散出来——是山中的草药，在炉火上煎煮的时候熬出来的那种药力。

一转眼的工夫，那个大夫的灰蒙蒙的背影已从我的眼里飘走了。我听到雨水溅到了苍白的墙上，因而我断定他是消失在雨里了。我站在门口，鸦雀无声的家使我怀疑自己迷失了方向。地上已是汪洋了，天还在漏。漏。

我离开屋门口，向灯下走去。我看到一根辫子粗细的白艾，它的一头有火星在明灭。灯下的地方很狭窄，我到达的时候已有人坐着了。我靠墙站着，我听见冷水从屋瓦上漫过，流出一种粼粼的清音，如一架幽亮的琴。

五　味

雨是斜着飘进来的，四十五度角，靠近门口的那一段墙的下半截已经被打湿了。我把箩筐里的稻米搬到屋子中央的桌子下，这样一来，从外面飘进来的雨线就不会直接溅湿米箩了。

发霉的墙角里长出几支白伞似的菌子，我将它们连根铲除，扔进外面的雨里。我回来的这几天里，天就没有晴过，一直又低又暗，像人们的脸色一样阴沉沉的。今天早上，我正在屋门口坐着看书，忽然听到外面有两个人边争执着边走了过来，听声音，他们设法要搞到一套干爽洁净的被褥，但经过几天的奔波，仍然毫无结果。于是，一个人开始责难另一个人。连绵不断的阴雨使一切都发霉了，他们情绪灰暗，好像就要动手了……我放下手里的书跑出来，街上没有人，雨地里回响着一种长长的又像风笛又像叹息似的声音，从阴霾的天空里看不到丝毫放晴的迹象。满河烟水，一只船停在河边，船前撑起一片雨布，有人正在下面生火煮饭。红的火光，白的炊烟。

里面传来一声轻微的叹息。他好像醒了。我把米箩放好，来到他的床前，他闭着眼睛，一动不动。刚才的响声也许是他在做梦。我们在他的床边上下平行着拉起两根绳子，像栏杆一样护着他，怕他从床上掉下来。今天早上的时候，他的额头不知怎么在床前碰破了，流了很多的血。小海找来一块胶布，贴到他的伤口上。血是止住了，可更大的麻烦跟着也就来了。我告诉他们这样做会化脓，他们都不大信。不管他们信不信，我把那块带血的胶布从他的头上揭下来了。他们以为胶布是万能的，什么样的情况都能对付。

我开始用盐水给他清洗伤口。他本来处于平静状态中的五官突然抽搐到一起，嘴里发出沙哑的叫声。他的嗓子几个月前就已经哑了，要不然这时候他的叫声会非常响亮而尖刺。我不断地对他说着话，有些是谎，有些又完全真实。我对他说，一点儿也不痛，用盐水洗过以后你就没事了。他用一种我非常陌生的眼光看着我，他的眼睛像玻璃。胶布紧粘着他的汗毛，揭下来以后，我看到他的伤口四周的肉已经被捂得发白了，出现了明显溃烂的迹象。再不及时揭下来，他就完了，这一片地方会全部溃烂。

“看见没有？”我对小海说，“都是你干的好事，不懂就不要插手。胶布一点儿气都不透，你就敢随便给他贴上去？”

小海站在我的一侧，那处溃烂的伤口把他吓了一跳。他没料到事情会变成这样，他清楚地记得，当初，他拿着胶布准备往上贴的时候，那伤口不是现在这样的。他望着它，感到十分吃惊。过了一会儿，他突然想起了镇上的一位医生，那一位也常常使用胶布。“我见过他给别人贴，”小海说。“我就是跟他学的。”

“他是医生，你也是吗？”我说，“再说，那也并不是直接往皮肤上贴。”

“怎么不是？他就是直接把胶布贴到人的肉上。”小海说。“你哪儿有毛病了，他就那么啪的一贴，就得了。”

“他就这么看病？那他肯定不对。”我说，“真正的医生不是他那样的，他们从来不用胶布，不直接刺激病人。真正的木匠从不用钉子。”

“他们用什么？”小海望着我，“他们的干法难道和他不一样吗？都是一样的医生，怎么会不一样呢。”

“他们用纱布。”我说，“非常雪白的纱布，消过毒的。”

小海想起一件事。有一次他去隔壁的林家，那个医生正在给别人贴胶布，一个女人仰面躺在床上，裙子翻卷到大腿以上……当时小海听到那个医生说，“最近，我也不太好，我也病了……”

“他怎么也病了？”小海说。

洗过伤口以后，祖宾安静多了。整个上午，他其实一直都在昏睡。

“三哥，其实你也能当医生。”小海对我说道，“你在镇上开个诊所，你当医生，我做你的助手—— 护士。”

“你当护士，你还想滥用胶布，把咱们的病人都变成脓包?”

里间的窗户不能打开，只要一打开，外面的雨就会飘到祖宾的身上，用不了多久，他就会湿透了。我没想到他会病成这样，整个人都变形了。枯槁。昏迷。疼痛。麻木。在他的眼里，别人似乎也变了形，失去了原样，变得模糊不清，难以辨认了。我从学校里刚回来的头一两天，我觉得他一直没有认出我来。他不知道我回来了。就是最近几天，我也仍然不敢肯定他是否已经认出我了。我站在他的床前，不断地对他说话，想勾起他的某种记忆。一本书，一个人。一件从前的事，去年秋天的一个晚上……金针一点儿也没有夸大事实，他脸色蜡黄，噪音喑哑，我不知道这是怎么了。

“他的耳朵可灵了。”小海说，“咱们听不见的声音他都能听见。”

可是。当我们站在床前，嘴里叫着“大哥”或“老大”的时候，他多半是听不见的，他睡得那么沉实，好像自从出生以来就从来没有好好睡过似的，要赶在下雨的这些日子里把以前所欠的睡眠全都弥补起来，睡够，睡足。他们也都是这么认为的。我不这么认为。那看上去不像是什么好事，一个人哪能那么睡呢？不说不笑，不闻不问，睡得昏天黑地，暗无天日，不知屋里还有谁，不知今夕是何年。

红木床吱吱作响，我来到他的床前。“你冷吗?”我说。

我看见他在床上又蜷缩成一团。“要不要给你把头垫高一点？”

满屋子飘着煎煮草药的苦味。

从学校里回到镇上不久，我就去找那个女人。祖宾的病似乎与她有着密切的关系，祖宾从她那里回来后就立即病倒了。有些时候，一个人垮掉或躺倒，不完全是由于心碎。

是父亲最先告诉我的，他似乎发现了某些至关重要的蛛丝马迹。从父亲那慎重的脸色，从他那压低声音讲话的神秘中，我感到一切都是真实的，而且一切都早已经发生过了。父亲事实上说得相当含糊，什么都没有说明，他像一个矛盾而糟糕的证人，一边有满腹的话要尽情倾诉，同时又感到自己什么都不清楚。在我的再三追问下，他终于说出了那个女人的住处。

于是，我去找她。

沿着那些布满苔痕的石级拾阶而上，一座粉墙的院子出现在我的眼前。黑瓦盖着白墙，瓦楞上的青草枝枝直立。墙里长着青藤，墙外长着幽篁，黑色的院门半掩着。

黑门开在墙上，青草簇拥着苍白霉湿的山墙。一位读书的少女坐在墙外的一块白色的石头上，又黑又长的头发披泻下来。我看到她的白凉鞋了，瘦削，玲珑，一尘不染。我从她的旁边经过，向那个院里张望。我看到一个葡萄架，几扇绿纱窗。

“你找谁？”

她忽然抬起头问我。那本打开后的书摊在她的腿上。她的年龄大约与我相仿，十五六岁，十六七岁？纤弱。白皙，娴静如水……我看着她，突然转身沿着来时的路向下面跑去。长满青苔的石径湿滑，陡峭，一级一级地消失在我的身后……她不是我要找的人，她也许像我一样，也是刚从学校里回来不久，或者……我沿着河边的松软的草地跑着，在经过茶叶收购站的时候，里面的那只又高又大的看门狗突然狂吠起来，漆黑的铁锁链哗哗作响。

……

第二次又去那里的时候，墙外已经没有那个穿白凉鞋的女孩了。可是，在攀登那些湿滑的石径时，我却认定她那纤弱、文静的身影还在那里。白墙。白石头。紫藤。嵌在白墙上的乌木门框。一本打开的书。又黑又长的头发……在那弯曲的石径上，我走得十分卖力，因为我想我很快又能见到她了。这一次我不会像上一次那样转身就跑了，这一次我一定要问清她的年龄，她肯定比我小一岁。放在她腿上的那本书也许是《呼兰河传》。

是的，一定是《呼兰河传》。

当我站在那苍白霉湿的山墙外面时，我看到一个很有姿色的女人正倚在那乌木的门楣下面梳头。我忽然想起我是来干什么的了。于是，我朝她走过去。我站在她面前。

她拿着梳子的手停住了，她伸出另一只温软的手在我头上拍了一下。

“小兄弟。”她说。

我的头向一边扭去，她的那只手落空了。柔滑、飘逸的丝绸像水一样在她的身上波动着，流荡着，芳香馥郁。我想起了病在床上的祖宾……眼前的这个女人，眼含秋水，红袖飘拂，她站在那里笑着，一副从大风大浪中过来的样子。我不知道我为什么要来找她，找到了又能怎么样，我是瞒着家里的人独自来的，他们谁也不知道。

我就是想看看她是怎样的一个女人。

以前，人们都说王尔荡是一个乐观者，不消说，我们就都是乐观者的儿子了，可生活中的实际情形却从来不允许我们乐观，我们反而常常被挤压得哭不出声来，到处都是流血的伤口，黑手，肮脏的池塘和丑陋的脸，世界如一台犬牙交错的机器，油腻，沉重，铁面无情。我们吃力地活着，机器一转，就把我们挤死了。

小海

水塘里飘满了水蛇，红色的，土色的，细得像线一样，至少有一千条。它们都活着，可是你永远别打算弄清楚哪一边是它们的头哪一边是它们的尾，它们看上去就是一堆线，你不可能瞧见它们的相貌。五味说，把它们捞到干净的白瓷盘里，然后用显微镜才能看到它们的头和脸。我蹲在水塘边，用棍子在水里一搅，它们马上就都盘起来了，收缩在一起，形成一堆乱麻一样的线。水塘是它们的家。要是放进河里，它们转眼就会被冲得无影无踪。

经常有人会无缘无故地死在他们的家里，像牛瘟和鸡瘟一样一传十，十传百，一死一大片。五味说，那都是因为他们不移动，不出去闯，结果就像白菜一样都烂掉了，非烂不可。五味说，要是不烂，那倒奇怪了。

可是，另外还有那么一种人，一离开自己的家，马上就完了。

“那是怎么回事？”我问五味。为什么后一种人会在移动的过程中突然死去？走时还好好的一个人，转眼就变成一具尸体了，有的还尸首不全。他们为什么不能出去闯？八字还没一撇呢，人就先倒下了，那算怎么回事？

“那当然，这还用说么。”五味说，“肯定要死。树叶从树上落下来还能再活吗？一两天以后就都枯了。”

我说不过五味。无论怎么看，他都对，道理全在他的那一边。我不知道这是怎么回事，他肯定在什么地方钻了我的空子，我只是暂时找不到那个漏洞罢了。我还小，而五味已经是中学生了，这些事情在他们的书上明明白白地写着。就像桥边的孙继祖读医书一样，一开始的时候他也是什么都不懂，连雄黄和党参都分不清楚，后来，他慢慢就明白了，据说已“完全读进去了”。再后来，他已能给自己和别人开方子了，戴着一副石头眼镜，像一个货真价实的医生一样了。学习使人从头到尾地改变。

我刚从河边离开，雨就下起来了。

树林里有白烟。

我在雨中跑着。河两岸到处都在下雨，石头，树，河水和路都被淋湿了。路越来越窄，我觉得自己就像跑在一根躺着的柱子上。青蛙不时地从旁边的草丛里跳出来，我一抬脚，马上又逃回去了。圆圆的小眼睛，亮晶晶的像两粒豆子。一路上尽是这些跳来跳去的绿皮，我再也不想看它们了。我来到桥边，五味果然还没有出来。雨落到树上，树上开始流水。

对面的一座房子上有一只鬼鬼祟祟的猫，肚皮贴在屋瓦上，匍匐前进，正在一寸一寸地接近落在屋脊上的一只鸽子。

本来说好了我和五味一起去宋先生的店里为大哥抓药。看来又去不成了。昨天临天黑的时候，我们把屋檐下的那个风铃摘下来了。这两天，又没怎么刮风，它却尤其响得厉害，又清脆又嘹亮。大哥睡不好觉，主要是因为有它在窗外不停地响起，因此，我们决定不要它了。

“上去两个人，”爹说，“把那个勾魂牌摘下来，看它再响。”

于是，我们——主要是我和五味——就上去了。五味站在下面，我站在他的肩膀上。它在我的眼睛上面丁零零地响着，有板有眼地左右摇晃着，像是有人在暗中一直指使着它与我们捣乱。透过窗户，我看到大哥睡在布幔里，全身只露出一个头顶，看上去是那样的巨大的一堆。人睡着以后和醒着的时候是不一样的，一个病了的人和一个没病的人躺在那里也是不一样的。不知他以前是不是这样的，他是一个身材细长的人。五味在下面快要支撑不住了，他让我快点儿下来，他的身体开始摇晃起来，向外旋转。

对面的坝上飘着绿烟。

我向家里走去。一个人从棉花站里走出来，拐进路边的那个小酒店里去了。刘大王家的酒店，木房子，棕皮屋顶，雨下到那个屋顶上以后，一点儿也看不出来，和晴天的时候一模一样。我从酒店前面路过的时候，刚才进去的那个人正从里面探出头来向雨里张望。我认出他了，阴白的长脸，胡子是黄色的，稀松而平常，是那个喜欢告密的人。我不知道他告过谁的密，但人们都说他最喜欢告密，有他在场时，人们什么都不说，怕被他听了去。

酒店没有门，两边垂着紫藤。

“听说你们家老大快不行了？”他看着我，拉长声音问道。

“你才不行了。”

我一口气跑回家里。门前的一湾绿水里映着一个人的背影。我靠近的时候，水里的那个人忽然闪了一下不见了。

我抬起头，五味站在屋门口望着我。

五　味

布幔里无声无息，他已经连续睡了很长时间了。我能远远地看到他的身体的轮廓，一堆一动不动的黑影。在屋里有光线的时候，那轮廓的质感又像是虚集的浮云。

我把他的药方子折叠起来，放进口袋里。走出屋门以后，我看到小海弯着腰站在水边，好像在打捞什么东西。水草纷纷攘攘，有的单独露出水面，有的在水里互相牵连，缠绕，形成团团绿晕。小海两手放在自己的腿上，上半身前倾，眼睛盯着那亮绿的水面，全神贯注。

“怎么了？”我说。

“水里有一个人……影。”小海说。

“是你自己的影子吧。”我说。不久前，我四处找他，我在屋里屋外叫了半天，一直没见有人。有一阵子，那灰色的布幔突然膨胀起来，鼓荡着，里面似乎灌满了风。祖宾睡在风里，看上去令人忧心而害怕。父亲和祖民都不在，小海也溜出去了。小小年纪，我没想到他会站在水塘边照镜子。他又不是爱俏的女孩子，再说，也不到顾影自怜的年龄。我像他这么大的时候，能吃饱就行了，别的什么都不想。

“水汪汪的镜子很不错吧？”我说，“让我也看看。”

“那不是我。”小海说道，“是一个大人，至少有四十岁。”

我朝他走过去。“在哪里？”

“已经没了。”小海说，“我从外面回来的时候，一眼就看到他在水里，等我想仔细看时，他忽然又不见了。”

我看看水塘，又看看小海。水草。泥路。我朝小海笑了一下，小海看到我的笑容后显得急躁，羞愧，非常不安，他的眼神从水里收回来，飞快地叹了一口气。

“真的，我没骗你。”他说，“大哥还病在床上，我哪有心思骗你。我真的看见那个人了，他的背影。他不年轻了。”

“我没说你骗我。”我说，“我什么都没说，我只是笑了一下。”

“你那么一笑，我就知道你不相信我说的话。”小海说。他十分认真地看着我。“真的有那么一个人。”他说，“一个中年人，站在水里，像玻璃球里的那种月牙形的颜色。他的影子在水里闪了一下，以后就再也不见了。”

“好吧。”我说，“也许他是一个过路的客，偶然从我们这儿路过一下，他的影子就映到水里去了。”这是常有的事。

小海紧闭嘴唇，看着我。

我和小海回到家里。灰色的布幔晃动得像一池水。祖宾醒了，睁着眼睛躺在里面。我们站在他的床前。他侧着脸，不知是否看到了外面的雨。雨线挂在窗外。他的身上是湿的，目光却像两条干燥的路，赤日炎炎，尘土飞扬，瞧着使人惆怅。他示意我把布幔打开，撩上去。

“现在是什么时候了？”他说。

“已经中午了。”我说。

祖宾的脸向窗户那边转了一下。光线晦暗，湿气袭人。他长长地呼吸了一下，闭上眼睛。我看看站在我旁边的小海，小海也正在看我。快中午了，父亲和祖民还没有回来，这些天他们很少在家。我们得想个办法，说说他，父亲有时不像个父亲，倒像一个热衷于玩火的孩子。

过了不大一会儿，祖宾的眼睛又睁开了。

“你想要什么？”我对他说。

“给我端点水来。”祖宾说。

“你渴了吧？”我说，“我就知道你渴了。我这就来。”

我端着一碗水回到他的床前。我试了一下，水不烫嘴。

“我喂你吧。”我对祖宾说。我又让小海从西屋拿来一个枕头，把祖宾的头垫高一些。这样一来，水就不会顺着他的嘴角流进他的衣领里去了。我把碗端到他的嘴边。他的头往旁边歪了一下。他是担心水太烫吗？

“来吧，”我说，“正合适。”

“不，我不渴，我不想喝水。”他说，“天天下雨，下了那么多的雨，能把我渴着吗？我不缺水。到处都是水。”

“那你要干什么？”我说。

“我想洗洗手……”他羞涩而不安地看了我一眼。布幔不时地鼓荡起来，接着又瘪下去。又没有风吹着，在其中作祟，布幔怎么会这样？祖宾的声音听上去显得十分沉闷而遥远，似乎是从河流的上游地段顺水漂流下来的。

“我觉得它已经发霉了。”他说。

“别那么想。”我对他说，“你的一双手都好好的，什么毛病也没有，只是稍微有点儿发黄。”不光是他，所有的肝病患者都是这样的。我们学校里的一位姓冯的化学老师。一双手伸出来，吓你一跳，像两块不掺假的硫黄一样。早在几个月前，他的太太就与他互相隔离，分开过了。她看他像可怕的瘟鸡一样，他们的爱情，已经有一只脚踩空了。爱情要求讲究卫生，要求科学的护理与隔离，大大咧咧、马马虎虎的可不行。精细是非常必要的。在我们家里，卧病在床的大哥一直与我们在同一个锅里吃饭，因为我们之间不是爱情，而是最常见的父子之情，手足之情。父子之情和手足之情都可以适当简化，可以含糊其事，但爱情绝对不能含糊，丁是丁，卯是卯，有来有往，你想让对方对你怎么样，你首先要对对方怎么样，楚河汉界，阵线分明，有一方出错了，掉队了，就意味着事情结束了，全部坍塌了，这就是千人唱万人颂的爱情，需要两个或两个以上的人共同经营，竭力维持，它昂贵的付出令人咋舌，想甩手不干也很容易，想经营有方，搞出一定的眉目来，那倒相当吃力，它不同于父爱母爱，后者是无条件的。当你提前死去，当你死去很多年了，同时代差不多所有认识你的人都忘了你的时候，只有你的母亲——如果她还活着的话——始终如一地想着你……可是，我们的母亲不在了，我们兄弟已没有那份福气了。

祖宾将他的一只手从布幔里伸出来。“你看看，”他说，“我的十个指缝里长满了绿毛。我像不像一个草人？”

“是八个指缝。”小海忽然插话说。他把自己的两只手举到脸前看着，数着。“十个手指只有八个指缝，”他说，“一边只有四条缝。”说完后，他得意地看了我一眼。

“又显出你来了。”我对小海说，“他是咱们的大哥，他不知道自己的手上有几条缝吗？哪里就用得着你来纠正？他是随口那样说的，你就跑出来添乱了。”

祖宾开始洗手，认真地清洗他想象中的那些绿毛和霉斑。

我把水浇到他的手上，他轻轻地搓着自己的手，果然每一个指缝都不放过。他想象指缝里生了绿毛，有点儿存心与自己过不去。我听到一阵叽叽咕咕的响声，一种令人牙龈发酸的声音。祖宾一边洗手，一边侧耳谛听着外面的动静，外面好像什么声音都没有，因而，他的憔悴不堪的脸上又多了一层不安的疑虑。一双病手。两行阴影。……终于，从河面上传来几声沉闷而忧伤的汽笛。我不断地把水浇到他的手上，我不知道水声是否能够转移他满腹的心事，是否能够使他苏醒？当然不行，幻想只是幻想，连绵的雨季不断使他陷入麻木的泥淖之中。不祥的水从他的手上流泻下去，他的动作呈现出一种垂危的老态。这些天并没有打雷，可他总说有闷雷不断地从晦暗的天边滚过。小海说他的耳朵灵得令人吃惊，我想那可能是……清明节的上午，他从河边的古树下走过的时候，忽然看见王佐了。那一位风尘仆仆，似乎刚从船上下来，正要回家，身后带着两个年纪很小的随从，打着月白色的雨伞，吃力地抬着笨重的箱笼包裹，神色匆匆……我们都吓了一跳。王佐是金针的父亲，已死去多年。王佐活着的时候，我还很小，整天在镇上疯跑。就是在那段时间里，我曾经远远地看见过王佐的背影：高大，模糊，清晰，遥远，行动缓慢，从容不迫，常常是忽远忽近，走着走着就不见了。那时候我曾想过，那么高大的一个人，转眼之间能走到哪里去呢？像浮动在树林里的雾气一样说不见就真不见了，一丝一毫也没有剩下。

洗干净手以后，祖宾重新躺下。湿气从墙上，从一些角落里泛出来，最湿的地方长出了蘑菇，一枝，一簇，白伞黑褶。在屋角的最高处，人够不着的地方，有一道蛛网。我把祖宾的头放平，我十分惊愕地注意到了他的耳朵。一只通红，一只苍白失血，我不知道这是怎么回事，这有些怪。两只不一样的耳朵让我感到害怕。我拿掉上面的钩子。将帐幔放下来，祖宾用眼神阻止了我，他想敞着。

“刚才，” 他说，“你们不在的时候，我梦见了一个人——”

“一个打着月白色伞的人?”我说。

“一个脸上长满苔藓的人。”他说。梦中那个人的眉毛、头皮都是绿的，又短又茸，眼睑下面，鼻梁两侧，双鬓，下颌，翠绿，湿滑。

“你的病快要好了。”我说。

他看着我，嘴角动了动。不能让他出去。我对自己说。他现在的情形有些糟，在我看来，他根本听不见外面在下雨，有一种混沌异常的东西像皮下的瘀血一样迷住了他的心窍，他的神情使我想起了那种悬挂在大河上游的冬天的晚霞。这些天来，我们的父亲像罪人一样整日在外面游荡，从某种意义上来说，他这又何尝不是在赎罪?自觉地，秘密地，无可奈何地等待裁决，期望获救。又有多少人能够发现、意识到自己有罪?每个人看上去都是那样体面，心安理得。他们意识到自己该续娶了，昔日的家园到了该重新装修的时候了，需要改换门庭了——不管用什么方法——，等等，几乎什么都想到了，就是从来没想过自己是否有罪，有什么过头或匮乏的地方。人人都有错缺，唯独他自己一身金箔，光洁无瑕。有些时候，躲避，拒绝，否认，惧怕，反讽，故作轻松的调侃，不屑，幽默，豁达，超然，蔑视，自足，傲慢，愤怒，狂妄，无聊，沮丧，咬牙切齿。简直就是一回事。

“翠绿，象征水分、血液和精力。”我说，“那是复活的意思。”

“复活?”祖宾看着我，吃力地朝我笑了一下。我把一只手放到他的头上。是真的。我对他说。你梦见的那些东西都是生命的元素和活着的资本，一个比一个重要，缺了哪一种都不行，谁也没有办法再活下去，而要是有了那些真正的要素，那必会活得生机勃勃，欣欣向荣……用不了多久。你不觉得你很快就会恢复得像从前一样吗？

镇上有些人活得像瘟鸡一样，那是因为他们已经什么都没有了。

灰色的布幔在飘动，缭乱地翻卷……他睡在那中间，一动不动。他看上去是安全的，因为动荡与飘拂发生在四周的边缘地带，并不涉及他的心事，与他的身体无关。他是恐怖的，因为身边的情形险恶异常，劫数不再抽象，清晰可触。他的一双苍白的眼睛睁开又合上。

"你什么时候走？"

"明天一早。"

我看着这个躺在风里的人，雨季里无边无际的潮湿日日夜夜围困着他。他的叹息，他的那种眼神和模糊不清的手势，他的话语和全部的记忆，都让我感到非常担心。明天一早，我就要坐船回学校里去了。我走了以后，没有人能够细微而耐心地照料他，他想要什么，想说什么，别人谁也不知道，谁也不大会去理会这些，没有人会把自己的耳朵贴到他的嘴边去倾听，认真猜测、辨别他的声音和意思，他的表述已经没有什么意义了，他什么都不能表达了……那个时候，乡间的阴风晦雨全来了，水面上的所有不祥之兆从一棵棵树后闪出来，跳起来，不断地向对面的人家招手致意，探询，挑逗，尖声怪叫，认真地扮着鬼脸，袅袅娜娜，大步流星，期期艾艾，口出狂言，苍白，礼貌，绯红，放荡……

乡间的树木浮动着暗绿的青光。

今天一早，住在河对岸的魏马舅舅来了，他要到下游的竹罗镇去，带着小海去看望我们的姐姐越秀。魏马舅舅满面春风，穿戴一新，不久以后，他们就走了，沿着镇外的高高的河堤向远处走去。我将他们送出门，我一直看着那一大一小的两个影子渐渐地消失在远处的碧草和柳烟之中。

有一瞬间，乡下的雪白的稻米以一种异常惊人的速度在我的眼前流泻着，毫无节制，令人目不暇接……我站在门前，河两岸那些皮毛泛黄的牛马和碧绿多汁的蔬菜正置身于惊人的流泻和战栗之中……我听到祖宾正在翻身，叹息，辗转反复，万念俱灰……药方子在风中飘舞，仿佛来历不明的证词……金黄，温暖的油菜花开遍了河的两岸，渡口上冒雨等船的人渐渐多了起来，打着雨伞，挽着包裹，赶着猪羊。男人的手。女人的腰。乌黑的头发。乱草似的头发。藕荷色衣衫。月白色的倩影。凤眼。红唇。珠圆玉润。塌鼻梁。驼背。满面烟尘。甘露。玫瑰。农具。机械。碧草连天，烟雨迷蒙。外乡人不散的魂。乡亲们的腿。条条风干的腊肉从熏黑的屋檐前垂下来，漏声不断。柔软的青草迎风起舞。乡亲们哪！我不想过江并非出于无颜，东山再起，卷土重来又有什么意义？

金 针

我走的时候，表哥的家里来了一个喷药的工人，戴着口罩，背着一个绿皮铁罐，里面装着杀虫剂。天气阴雨不晴，他们的松木地板和楼梯上不断地有灰色的潮虫爬出来。昨天下午，小建的几个玩具盒里也发现了潮虫，我们踩死很多。我从楼上下来，每一级楼梯上都留下了它们死去的痕迹。木头房子就这点儿不好，我们家里也有，也是集中在楼梯、角落和地板的缝隙里。以前，二姐住在楼上的时候很少下来，自从她下身瘫痪，不会走路以后，她也从上面搬下来了。她和从前不一样了，如今非常想下来。现在，那个楼上已经没人了，二姐、妈妈和我，我们都住在下面。二姐要看花或呼吸新鲜空气的时候，我们就把屋里的窗户全部打开，让花粉和阳光直来直去地从外面涌进来，流出去。更多的时候，我们就直接在院里，在台阶上坐一坐，从葡萄架下移到水塘边。

我要回去了。我听到树下传来一阵支支吾吾的声音，接着闻到一种刺鼻的药味。那个人正在检查他的喷雾器，他用戴着手套的手握紧摇把，呼呼地摇了几下，白色的药水化作雾气从那个长嘴里喷了出来，他说好了，可以开始了。抬起来以后，他看到了我，口罩上方的两只眼睛飞快地眨动了几下，他说话的时候仍然戴着口罩，声音听上去显得沉闷而遥远，像是从大雾中传过来的。哧。他又向空中喷了一下。

表哥打了一个喷嚏。

“先喷哪里？”他大概是一个激动的新手，喜欢杀虫，迷恋喷射，一双不安分的手将那个喷雾器弄得嘎嘎直响。

“先从楼下开始吧。”表哥说，“顺着楼梯，一级一级地喷上去。”

我从石榴树下穿过，走出院子，身后传来一串接连不断的喷嚏。“这是什么东西？”表哥在问那个工人，“怎么这么呛？虫子灭不了，看来我倒先要被熏过去了。”

“人还不如一个虫子。”那个工人说，“昨天我在市政大厅喷药，在场的好几个秘书都给呛倒了，那些臭虫却越跳越精神。”

中午的时候，我到了提篮镇。在我等船的时候，有一阵子，街上突然混乱起来，所有的人都在拼命奔跑，街道仿佛在摇晃，抖动。我不知道发生了什么事。一只黄澄澄的南瓜从街对面摇摇晃晃地一路滚过来，在我的脚边蹦了几下后终于停住了。树叶和白纸在街上飞舞起来。一只手从后面伸过来，使劲拽了一下我的衣服。

“姑娘，快进来躲躲——”

我回过头，是一位老太太，我看到自己正站在她的临街的窗外。我吓了一跳，急忙拿起自己的东西，老太太将屋门拉开一半，我闪身钻了进去。随后，屋门又立即关上了。我的耳边如蒙了一层膜，模糊地听到外面的声音。

“真是个傻丫头，”老太太说，“怎么就不懂得跑呢？”

“跑什么？”我说，“出什么事了？”

老太太没有说话，转身向一张乌亮的八仙桌前走去。我把手里的东西放到地下，看到桌子上燃着三炷香，青烟缭绕。

我来到窗前。

街上的人还在四处奔跑。我听到了一个女人的清脆尖利的哭声……震动……摇荡……铁器落到地上的声音……削尖的竹子……呼喊…纷繁的腿……车轮……镜子……波光水影……一张张飞快而猛烈的脸迅速地逝去。

“不要往街上看。”

老太太低声说着，来到我的身后。我转过身，她已经祈祷完了。屋里的大致轮廓是昏暗的，有些地方看上去深不可测。一把椅子，一个铜盆，一幅暗绿色的帘子。

一只鹅忽然悄悄出现在我们面前。

“谁让你出来的？”老太太走过去，十分生气对它说道，

“不是早就说好了么。你不想让我生气，对不对?”

鹅立即向帘子后面走去。

刚才，它好像就是从那幅暗绿的帘子后面不声不响地走出来的，那里通向后院，至少连着一个天井……我是这么想的。后院里有一棵桂花树，天井里的雨水将早年间的白墙浸染得又黑又霉。我很小的时候，我的外婆就常坐在那样的一个光线不足的天井里做针线。有一天，当一个人——外婆听到那越来越近的声音了，她以为是自己养的一只鹅——出现在她的面前时，她突然发现自己已经什么都看不见了。

“姑娘，你是在等人吧?”老太太对我说道，她的牙依然很好，“你从那边一过来的时候，我就看到你了。”

“我在等船。”我说。

“往上走?”老太太说，“你是要往上游那边去的?”

“不，我要回丰镇。”我说。

“你是丰镇的?”

“嗯。”我点点头。我看看窗外，街上这会儿好像已经平息下来了，不那么乱了。我侧耳谛听着。从水上走，提篮镇距离丰镇不过七八里路，天黑以前我就可以回去了。

老太太把她家里唯一的那把椅子让给我坐，她自己则在床上坐一会儿，又在地上慢腾腾地走一会儿。我坐在椅子上，眼睛不时地瞟着窗外。刚才在街上拼命奔跑的那些人都不见了，现在，另外一些人十分悠闲地出现在街上。也许，他们还是刚才的那些？街上的情形不一样了，他们也改头换面了。这里我谁都不认识。

“……丰镇有一个人，叫王佐……还有一个人叫王英……他们是亲兄弟，长得像一个人似的，兄弟两人都一表人才，薄情寡义……”老太太在光线不足的屋子里含糊不清地说着，喃喃自语。我看着窗外，我似乎隐隐约约听到一个让我熟悉的名字……我从来不喜欢和上了年纪的人坐在一起攀谈，消磨时光，无论是听她们说还是说给她们听，都让人感到非常吃力，哈欠连天，直打瞌睡。最关键的是，说来说去，除了陈年的霉味，什么名堂都没有，一点儿意思都没有。人活着哪能不需要一点点意思？

我回头看了一下那幅暗绿色的帘子，我多少有些吃惊：我看到帘子上的某一处正在微微拂动，有一个人似乎站在帘子后面，正在用嘴往那帘子上吹气，它动一下，停一下，接着又飘动起来。那暗绿的帘子动得很厉害。

老太太还在继续唠叨。“当年，”她说，“至少有二十个女人……”

“二十个女人怎么了？”我说。

街对面的一个铺子里端出了热气腾腾的包子，几十张棕褐色的浸足了油的笼屉高高地码在一起，看上去像一座等待售出的塔。一座流油的塔。一座在热气笼罩中越升越高的塔。有人在那热塔前停住了，一男一女，男瘦女肥。他们站在白色的热气里，久久地看着那塔。

“我能出去了吧？”我对老太太说道，“街上好像没事了。”

老太太收住回忆，打开屋门后向外面看了一下，然后告诉我可以走了。我拿好自己的东西，谢过老太太，临到门口时，我又回头看了一眼那幅暗绿的帘子。现在，它不再动了，静静地垂着。我想起一幅画中的水就是这样的。

“您刚才说，有二十几个女人，”我说，“她们怎么了？”

她打开门，街上是一幅平安景象。

我来到街上，想起不久前的情景，觉得整条街上都像是做了一个梦。梦非要来，那是用什么法子都挡不住的，有些时候，人睁着眼睛，也会陷入进一个梦里。

现在走在街上的这些人像是那个梦过去以后的又一茬新人，完全不知道不久前刚刚过去的事。

码头上已经有很多人了，二十几条船停在河边。我沿着陡峭的石径向河边走下去，石级上到处丢弃着腐烂的菜叶、水果皮。我从上面走下来的时候，坐在坝上的一个人不住地看我，仿佛认识我似的。河边有很多这样的人。我正走着，听到身后传来一声惨叫。有两个人抬着一个大木箱子，正从那高高的石级上下来，前面的那个人突然滑倒了，木箱子里的绿缎子突然倾倒在湿滑的台阶上……

空中飘着细雨。

后面的那个人恶狠狠地看着前面的那个人。

他那肮脏的脚踩在绿色的绸缎上面，让人看着心疼。

前面的那个人从湿滑的台阶下站起来，他的脸上和身上沾满了泥水，他对后面那个指手画脚，趾高气扬的人充满了怒火，他环顾四周，不明白自己是怎么滑到的，他看上去像一只瘟鸡。旁边的那些人以为他们要动手打架了，都伸长了脖子等待着。雨中的层层石级闪着青光。

他们都撒手不干了，谁也不去收拾地上的东西。绿缎子铺排、堆集在雨中的石级上。美丽的绿缎子。两个人都在赌气，一前一后沿着刚才来时的路往回走。绿缎子不要了，大木箱子也不要了，抬箱子的扁担和绳索也不要了。刚才他们是从石径的最高处一路走下来的，现在他们一路争吵着又从那里消失了，空手去了。

河边几个看热闹的人这时向那木箱子奔去，但很快又惊叫着散开了。那美丽的绿缎子里裹着的竟然是血。

小 海

我们正在一个铺子前吃包子，这时，街上忽然乱了。又有人被杀死了。魏马舅舅拉起我的手在街上拼命地跑……他跑得比我快。我连喘气都来不及，手里的包子在奔跑的过程中不见了。肉包子。我一边跑一边回头看，街上所有的腿这时候都像是飞毛腿。我没有看见我的包子，只看见那些飞快的脸和清一色的腿。热气腾腾的包子，我拿到手里刚咬了一口，街上就突然大乱了。别想它了，掉就掉了吧。舅舅一边跑一边大声对我说。回头我再给你买，买十笼，管你吃个够。我听了舅舅的话后就不再想它了，开始一心一意地跟着他跑。

奔跑如同做梦，糊涂，模糊，什么都离得很近，什么都又抓不住，眼看着一件东西就要到手了，忽然之间又不见了，或者属于别人了。我经常做那样的梦，在梦中，我经常感到惋惜。别人一点儿也不替我惋惜，他们都笑着。

我们跑着跑着，就看见死人了。

那几个死去的人出现在河边，两男一女，女的戴着耳环，穿着裙子，金色的尖头皮鞋，嘴里塞满了淤泥。两个男人都穿着风衣，像睡着了一样。

我问舅舅，他们真的死了吗?

“那当然。”舅舅说，“要不然他们躺在这里干什么，他们至少应该躺在旅馆里，躺在有桂花遮掩的窗户里面。”

有人喝令我们迅速走开，他们用绳子丈量土地一样划出一个范围来，绳子里面就不准再进人了。因此，我们很快就离开了。

我们跑着跑着，就看见有殷红的血从白色的山墙上流下来了，淅淅沥沥，丝丝缕缕，差不多都渗漏到木板缝里去了。舅舅说那不是那几个人的血，那几个人是被淹死的，而眼前我们看到的血却是从临街的那座旧楼上一直流下来的。不是么，死人在河边，血怎么可能会从临街的木楼上流下来？因此，舅舅推断说，那座旧楼上肯定还有另外的死人。“那上面的——那才是真正被杀死的。”他说。

“河边那几个，他们的身上没有血，只能说他们是三个水鬼。”

一上来就又是血又是死呀，这真不是一个好地方，我不知道我们为什么要来这里，这都是舅舅一个人的主意。我们本来一直要沿着河往下走，去下游的竹罗镇看望我的姐姐，没想到途中却拐进了这个镇里，我们刚一出现在街上，就听到了不幸的消息，遇到了杀人的事情，所有的人都和我们一样在拼命奔跑。我问舅舅，我们要跑到哪里去？舅舅说，我怎么知道？跟着跑吧，什么也不要想，随大流吧，随波逐流吧。在街上你就得随大流，大家干什么你也干什么。你要是觉得自己很有想法因而想撇开大家独来独往，那你就不妨试试。

从家里出来以后，我们就一直往下游走，沿途是河网、堤坝和垂柳。我们走在高高的河堤上，我们能看得很远，最远处的灰蒙蒙的城墙，山上的古寺，水里的牛。一路上，舅舅一边走一边问我想要点儿什么。他说，想要什么就尽管说，别不好意思开口，既然带你出来了，就不能亏待了你。那当然。

“要是你带的钱足够，”我对他说，“我想先来一碗面。”

“一碗面？”

“就是……上面放着香油和葱花和鸡丝的那种面。”

我怕他不明白，就尽量说得清楚一些。说完之后，我看看他的脸，我想知道他的脸色变了没有，可是我没看出来。

“其实，不放鸡丝也行。”我又说。

“一碗面？”他说，“舅舅在你眼里只是一碗面？”他说着话伸出一只大手在我的头上拍了一下。该过桥了。

“咱们今天不吃面，知道吗？”他说，“不管鸡丝面还是狗丝面，咱们一概不吃。咱们今天吃包子。肉包子，好吗？”

“那当然好。”我说。

我拉紧他的手，我发现他真是个好人，不仅仅是因为他是我的舅舅。在丰镇，像他这样的人很少。他挺着胸脯，脸上一直浮现着笑容。一路上不时地有人和他打招呼。

“你认识的人真多。”我说。

“是的。”他说，“他们都认识我，都不止一次地听说过我。”

我们今天没有坐船，从高高的河堤上下来以后，有很长一段时间，我们一直走在金黄摇曳的油菜花里，蜜蜂啊蝴蝶什么的不住地在我们的脸上飞来飞去，嗡嗡嘤嘤地叫着。舅舅穿着一身崭新的衣服，胡子也刮了。脸上的笑容一闪一闪的，很明亮，很耀眼。油菜地里的小路又细又窄，不好两个人并排走，只能一个人走在前面，另一个人走在后面，这样一来，我们经常轮流着走在对方的前面或后面。

“我今天很高兴。”舅舅说。

“我早就看出来了。”我说，“一路上你一直都在笑。”

“是吗？”他说，“想不到你也会察言观色。知道我为什么高兴吗？”

“不知道。”我说。

我们从稻田和扇车的旁边走过，远处的工厂在冒烟，前面的房子渐渐又开始多起来了。一个和我们丰镇一样的镇子，远远望去，仍是那种让人迷惑不已的画一样的轮廓，白墙黑瓦，房屋错落，层层叠叠。那就是提篮镇。最初望见的时候，我以为是一个没有街道的镇子。房子连着房子，山墙堆集在一起，互相咬着，房屋的后面还是房屋。没有街道他们怎么走路呢？不久以后，街道渐渐有了，多起来了，像收音机里的电线一样越来越多，宽的街道，又深又窄的巷子，两边潮湿的高墙上长满了又湿又滑的绿苔。我们从飘着白雾的深巷里走出来，街上有人在走，有人站着不动。

我们决定先吃饭。舅舅看着附近的几个商店，一会儿说要给我买一支笔，一会儿又说要买一个盒子。他说，你看你还想要点儿什么？我看着他，我不知道还要什么。我的袖筒，我的脸，都湿漉漉的。我头一次跟他出来，一切都要听他的，我哪里知道想要什么不想要什么。

“给你来一双鞋怎么样？”舅舅说，“胶底，带海绵的那种。”

“鞋不如手电。”我说，“我想要一个小手电，能藏在袖筒里的那种。一摁那个红点，就亮了，再一摁，又灭了。”

“喜欢一个小手电？”舅舅说。

“鞋不要了。”我说。我看着他，我怕他不高兴。他正在吸烟，灰蓝的烟雾浮动在他的脸前，我看不清他的脸，不知道他这会儿高兴还是不高兴。他似乎没理由不高兴，一路上，我没惹他生气，来了这里以后也没有让他生气，可是，万一他真的不高兴呢？大人们都那样，永远很难捉摸。几分钟以前还好好的，又说又笑，什么事也没有，几分钟以后就不对了，突然无缘无故地生气了，拍桌子瞪眼，踢门，扔杯子，砸东西，上蹿下跳，破口大骂。

“我们走吧。”我说。最好什么都不要买了，我们离开这个名叫提篮的镇子，我不喜欢这个阴森森的镇子。我想到下游的竹罗镇去，看看我的姐姐，我很想她。

“为什么要走？不能走。”舅舅说，“买，都买。我们不但要买一双鞋，而且还要买一支你所说的那种小手电，放在你的袖筒里，你想亮的时候，就让它出来亮一阵子，你不想亮的时候，就让它缩回去，你说了算，好不好？”

就这样定了。我们站在街头的一棵柳树下，舅舅吸着烟，向四周打量着。一个很瘦的人走过来，问我们可要扇子。舅舅说不要。那人一下子拿出三把来。舅舅说，我们一把都不要。下雨天谁要扇子。那个人说，那你们就等着吃后悔药吧，我就是卖后悔药的。舅舅嗤了一声。

舅舅对我说，“现在我们先干什么？想去哪里？”

“不是说要吃包子吗？”我说，“你说咱们不吃面了……”

“糊涂！我怎么把这事给忘了？”舅舅在自己的头上用力拍了一下。“你饿了，是吧？走，咱们这就吃包子去。”

我们在一个冒着热气的铺子前停下了，里面的几个人都被裹在白色的热气里，外面的人无法看清他们的脸。

街上的人就是在那时候突然开始乱起来的，像是妖来了。

……

舅舅说，提篮镇满镇邪气，每一次来这里，差不多都能遇到一些不祥的事情，上一个月，就在旁边的那条街上看演出的时候，一个穿黑色紧身衣的女人从临街的一座楼上坠落下来。

一开始人们都没怎么理会，都以为是晾在竹竿上的一件衣服掉下来了，有人过去想捡起来时，忽然看到了血……从去年冬天到现在，镇上已换过三个镇长了，前两个一个死于车祸，另一位服毒自尽。现在，人们正在议论第三位镇长将是怎样的一种死法，人们把第三位镇长的死与水联系到了一起，并预言他将死于水。这种说法很能使提篮镇大多数的人们接受并深信不疑。提篮镇的人们对死亡已见惯不怪了，风雨，湖泊，河流，天上地下到处是水，谁都有可能死于水，更何况镇长这一位置已成为朝不保夕的象征。每一任镇长都拒绝使用前任镇长的办公室和其他设施，他们总要另辟新屋，但尽管这样，也仍然还是不能免于一死。谁也不能不死。

我想起了临街的那座旧日的木楼，血在白色的山墙上长短不一地流着，仿佛上面有一位工匠，冒冒失失地将手里的红油漆弄翻了，红油漆顺着他的手指流出来。

舅舅说，提篮镇是一座鬼城，下游的竹罗镇也是一座鬼城，尤其是天阴的时候。在她们的下面，各有一座相同的城，规模、轮廓、街道的格局，与上面的镇子一模一样，就连街上走着的人，也还是上面这些人。邮差，警察，商贾，妇女，老人，青门楼，白院墙，黑瓦，胡琴，洞箫，树木，空中飘着胭脂的气息。

舅舅说，这个世界上有两个你，两个我，两个他们，什么都是双份的，阴阳两面，不然就不能呼应了，就不是世界了。

既然这样，那里的街上也有我们吗？此时此刻，我们也正在那里的铺子前吃包子吗？那里的包子也在流油吗？

祖　宾

惊蛰的那天下午，我遇到一位一身缟素的未亡人，正在河边的古树附近烧纸，我一直看着她将一大摞黄表纸都烧完了，我才想起该回家了。一路上，那些黑色的纸灰一直在我的眼前旋舞。河里飘满了雾，岸上的房屋都不见了，走在路上，只能隐约看到一些白色山墙的局部。我闭上眼睛，我能感到那些黑色的纸灰飞到了我的脸上。我的衣服和身体好像要离开地面飘起来了，怎么控制都无济于事……那时候，迎面走来的一个人对我说："你看你看，你快飞起来了。"我至今想不起那个人是谁，他的模样模糊不清，脸上浮动着一种水蒙蒙的草木般的绿色……我知道很多轻飘飘的、柔情似水的东西都会飞，而焚烧的纸灰在潮湿的细雨中是飞不起来的，人的身体也不可能在下雨的时候离开地面。我满脸倦意地回到家里，藏在布幔后面的鬼脸闪着闪着就不见了。我想起了昔日的那些充斥着香水和装饰意味的假面舞会……当我在床上睡醒一觉以后，雨好像停了。我一个人在床上挣扎了很久，有一阵子，我伸出手抓住了一根飘到窗前的青藤。一个人在他垂死的时候才需要努力挣扎，难道我已濒临垂死了吗？……天色阴暗，借着稀薄的光线，我看到一个孩子从外面跑进来，身上带着青草和雨水的气息。那种微带寒意的青草和雨水的气息一下子使我的呼吸畅通了，我多么想再闻闻他和他的那种气息，哪怕是药草的苦味！那孩子想帮我，可他的力气太小了。不久以后，我听到了他的清脆而无遮拦的哭声。"你像一只坏了的船……"他说，"我搬不动你。"

第三章

周策田

晚上七点钟，穿过烟雾弥漫的街道，我回到家里。这一天很快就又要过去了，河面上的汽笛拉响了沉闷而忧伤的尾音，人们隔着街道呼喊着，从沿街两边的楼上传出来的叫声直接像雨点一样落到行人的头上，声音没有多少变化，但要保持宁静那就很难了。为什么要保持宁静？有些时候并没有那种必要。吴太太拎着一袋水果眉飞色舞地迎面走来，她没有理由不让自己高兴。就在不久前，在附近的那个小菜场里，她遇到一位东张西望，非常没有耐心的卖主，仅仅几分钟后，几乎没费什么口舌，她就将他乖乖地制服了。生活是美好而快乐的，是可以商讨可以改良的。

我不是最后一个离开学校的。在我走之前，还有两个人正在学校里傍晚的灯光下无声而持续地工作着，好像是一男一女两个人，他们的上半身——他们的腿放在下面的阴影里——长久地伏在桌子上，两个人的头差不多就要碰到一起了，灯就在他们的头顶上面亮着。他们像是作战室里的两名参谋，正在研究一幅刚刚得到的地图，一切都至关重要。在白炽的灯光照耀下，他们的头发看上去显得异常凌乱而又白得刺眼——他们像两个顶着一头白发的垂暮之人。我从他们的窗外经过的时候，隔着纱窗，我看到了灯光下那两团凌乱的白发。一开始我没有认出他们来，因为，那似乎可以是任何人。

这时，那个男的忽然停下手里的工作，看着那个女的。差不多就在同时，那个女的也停住了，他们互相看着。

我看清他们的脸了。他们是学校里的两位教员，徐伟元和胡贞贞。

“贞贞，你听到什么声音没有?”徐伟元小心翼翼地问道。

“什么声音?”胡贞贞说。

“就在刚才,”徐伟元说，“我听到一个声音，好像有人在叫我?”

“这个时候谁会叫你?”胡贞贞说，“你耳鸣的毛病又犯了吧?学校里此刻就剩下你和我了，都走光了，整个校园里空空荡荡，连个鬼都没有……咱们也走，好吗?”

“你怎么知道我是耳鸣?”

“因为没有声音，而你却听到了声音。”

“真的有个声音在叫我。”

“那一定是你的前妻，她让你在回去的路上，别忘了捎一把韭菜。”

“这样说多不好，多不好?我们再也不能互相践踏，互相消灭了。生活，过日子，回去的路上难道不应该捎一把韭菜吗?顺路的事。如果，将来你也让我捎一把韭菜……”

“我没有让你捎过韭菜。”

“贞贞，说真的，我拿不准。”徐伟元说，“我什么都不敢肯定，一切都模模糊糊，影影绰绰。”

他不断向四周环顾，他的语言是十分虚弱的，焦虑，不安，不堪一击。

“天越来越黑了。”胡贞贞说，“再迟了我就不敢走路了。”

“你看你，不是说好了我送你回去吗？”徐伟元说，“你听我说，不会有事的，路上很安全，只要……只要……”

“什么？”

“我是说，韭菜只是一种味道，而感情才是我们的主食和归宿……只要，你我在一起，就什么都不至于发生。”

是的，他说得很对。从学校里出来以后，暮色已笼罩了一切，细雨中的灯光是红色的和青色的，一看到这些，我就禁不住要停下来。别人纷纷从我的身边走过，有的像树叶和风一样，更多的人像鱼，失魂落魄的比目鱼，滑溜的乌贼。傍晚时分的广场是空旷寂寥的，铜像一侧的花坛里水汪汪的，在远处闪着粼粼波光。是的，只要路上一直都顺顺当当的，那就真的什么都不至于发生。

我回到家门前，石榴花湿润而轻淡的芳香几乎不易察觉，也许只有我才能够清晰地闻到它们。小黄楼宁静得像一件多年以前的玩具，时光曾将它搁置在这里，然后没过多久便将它遗忘了。遗忘原本就是在情理之中的。我掏出钥匙打开门，屋里传来一阵水声，我吃了一惊。家里只有小建一个人。走进楼下的前厅里以后，我看到他正在给一个毛茸茸的东西洗澡，地上到处是飞溅出来的水迹。我推门进来以后，小建扬起一张湿漉漉的小脸看了我一眼，又低头去洗澡。我将手里的皮包放下。

“谁把你送回来的？”我说。

“姑姑。”小建说。

“她人呢?”

“走了。”

走了。将一个年幼无知的孩子独自放在家里，她自己先走了，我不觉得有什么意外，妹妹环佩一向就是这样，什么都不放在心上，她要是在家里陪着小建，我反倒会感到吃惊。某些时候，我不得不非常注意自己的措辞与口吻。她长大了，不再是从前的那个小妹妹了，她懂得的东西或许并不比我这个做兄长的少。二十岁的姑娘，她们有她们的一整套东西。

广播里正在报告刑事新闻，一个声音在说：“……庞浜惨案，一位奄奄一息的现场目击者如今成了本案最重要的线索。勇敢的记者们将他脸上的白布拿掉以后，他已无法开口说话了。他们想尽各种办法，结果仍然未能奏效。目击者显然还活着，但脸上却被苫了一块只有死去的人才会使用的白布，究竟是何人所为？目前还不得而知。值得一提的是，目击者的身体有着女性般的曲线。”

勇敢的记者？不无蹊跷的白布？外面的天色已经漆黑，地上的水迹在灯光下闪烁。小建将那个毛茸茸的东西从水盆里抱起来，托在手上。一只玩具熊。“好了。”我对小建说，“它已经够干净的了，再洗下去，已经没有多少意义了。你不想让它生病，是吧？不想让它咳嗽、打喷嚏……”或许还会发烧，昏迷，呓语不断，满口胡言，像人一样。

一个男人怎么会具有女性的曲线?

小建抬起头，一双清澈纯净的眼睛望着我。他举起一只湿漉漉的小手，眨动眼睛，飞快地思索着。很快，我的跟前响起了他继续撩水的声音。他似乎洗上瘾了，认真，吃力，一丝不苟。干什么不好，偏偏热衷于给别人洗澡？

“爸爸，把肥皂给我。”

水乡庞浜，去年秋天我曾路过那里，在竹罗镇以南，整个地区的形状如一只过于弯曲的香蕉，仅有的一点狭窄的土地上重叠着无数的房屋，长堤，短桥，船行在水上，两边全是标本似的民宅，仿佛展厅里的一段历史。

“爸爸，肥皂——”

小建拉长声音。我把肥皂递给他。不把它彻底洗干净他不肯罢休，要让它成为一位体面的先生，推到人前。“郁飞有一只雌的……”他说，“我们已经说好了，它们的婚礼定在下周。”

“它？”

“是的。”

“你和郁飞，给它们操办婚礼？”

“是的，我们已经由朋友上升为亲家了，这叫亲上加亲。”

“就算你们是关系融洽的亲家，可你们知道什么叫结婚吗？”

“谁不知道？从今以后它们就得躺在一起了，睡在一张床上，一个要侧身，另一个就得跟着振动。我没说错吧？”

那当然。他说的是两个身体躺在一起，从某种意义上来说，他说得够准确的，谁结了婚，都得设法躺到一起，不管时间长短，不管心里是否乐意，是否真的那么美妙。以家庭的名义，以夫妻的名义，躺一个时期……再躺一段时间……躯体只有两具，心事却千头万绪。我看着小建，我不明白这个小小的头脑里每天都在想些什么，他们怎么会玩起结婚的游戏？郑重其事，忙忙碌碌。玩什么不好？好像世界上除了结婚以外再没有什么好玩的了，他们还不知道那种事情有多么棘手。我把半块肥皂给他时，小家伙很感激地看了我一眼。

“爸爸，”小建停住手，“有件事，请你帮我拿个主意。”

“说吧，什么事？”

“郁飞想把我的这只招回去。”

“你是怎么想的？”

“我没答应。我想把他的那个，娶进咱们家里。”

“这主意不错，光宗耀祖，就是不知道你那位亲家同意不同意？”

“不知道，好像不干。”

这倒真是一个难题。我从水盆边站起来，走到窗前，屋内的灯光照到外面，一部分树叶闪闪发亮。小的时候，我们曾常为此发生激烈的争执，究竟是屋里泻出来的灯光照见了那树叶，还是雨水洗亮了那树叶？多少年过去了，树叶还在，雨水还在，灯光比原来亮了几倍，现在猛然想起来。从前把我们难住的那些问题是多么的温热，憨厚而拙朴。毛茸茸的疑问。一痒痒就摇晃就逃跑的葡萄架一样的悬念。小建眼巴巴望着自己的父亲，盼望他能为他献计献策。事关婚姻，有没有什么好办法使两位性急的亲家都能满意，皆大欢喜？

“这真是一个难题。”我在潮湿的地上慢慢走着，“还没有正式开始合作，你们两位亲家之间就已经发生了令人难堪的分歧，出现了龃龉，双方谁也不肯让步。”

“不是不肯让步，我们只是找不到一个更好的办法罢了。”

“知道吗，你们这样做，将来势必直接影响婚姻的长度和质量。”

“我明白你的意思爸爸，你是说，会埋下仇恨的种子。”

那倒不至于。不过，勉强是一种令人难受的行为，连权宜之计都谈不上。

“爸爸，我该怎么办?”

“人不可能成为圣贤，但只要经过努力，就可以不做罪人。”

“爸爸，我想，干脆……”

“什么?让爸爸出面找他谈谈?”

“不是，我们的事不需要老一辈人亲自出面。我想，干脆……答应他算了，我不要了。干脆让他招回去算了。”

“噢?告诉爸爸，你怎么会这么想?为什么忽然不要了?”

“男人应该尊重女性，熊也不能例外。爸爸，我说得对吧?”

“当然对。”可是，他才十岁呀!可怜的孩子，这个时候就开始有意识地尊重，体贴女性，是不是太早了一点儿?怎么说也应在几年以后才能像那么回事，若从现在就开始那辛苦的历程，什么时候才是个头呢?不错，尊重与体贴当然洋溢着文明和教养，可是，难道不也意味着抑制、束缚与容忍吗?同时还意味着巨大的谅解与克己，意味着从里到外的变化。很小的时候，父亲经常皱着眉头对我说，你就不能让着你妹妹点儿?于是，我让了。转而，父亲又对母亲说:

“并非我真的怕你，一切全都出于忍让。因为你是女人，娘们儿。”

“收起你那一套吧。”母亲说，“我不需要你忍让。上帝面前人人平等。”

“话是那么说。”父亲说，“你又不是不知道，你们那个上帝从来就是个偏心眼儿，一边儿倒，一贯偏袒女人，连各打五十大板都谈不上，有人说他缺心眼儿……”

“你敢往他的身上吐口水?”

“我是在举例说明。”父亲说，“一个妇人在行淫的时候被抓住了，人们把她带到他的面前，他装模作样地盘问了一番后，对她说，‘你回去吧，我不定你的罪了，以后不要再做了。’听听，‘以后不要再做了’，什么意思？下不为例呗。换一个男人行吗？死等着降罪吧，早把他的头砍掉了。”

“那是因为他仁慈。”母亲气红了脸，“你不懂就不要曲解。”

那时候我尚无多少发言权，我只是凭一个孩子的直觉感到母亲的话像她的皮肤一样很苍白，没有多少说服力。初看起来，父亲也似乎并没有曲解什么，然而，他那一套……为什么女人就不应该受到偏袒？多向她们那边倾斜一下有什么不好？在家庭和学校里都找不到答案的人，可以自己慢慢去想。

是的，没有什么特别的原因，归根到底，就因为她们是女人。

我看着小建，看着眼前这个满脸稚气，差两个月才满十岁的男人，他的一腔渴望成长，渴望被社会正式认可的愿望使我感到自己正在不容分说地迅速老去。几个月前，薛隐第一次来家里的时候，小建正好放学回来。薛隐伸出自己的手同他握手，我看到小建挺着胸。

薛隐开玩笑说：“这位先生……”

“就叫我小建吧。请多关照。”

天已经很晚了，张芸还没有回来。有些人喜欢在酒会上流连忘返，我只习惯在自己的家里吃饭。为了小建和我，我要动手准备一顿真正的晚饭。等张芸回来给我们弄吃的，会毫无结果。不必再等了。我对自己说。尽管没有屠夫在场，我们也不至于把猪囫囵吃掉。

“想吃点什么？”我对小建说。

“随便什么。”

我走进厨房。一切都可以做证，里面的景象凌乱得令人吃惊。张芸最善于把什么东西都乱放一气，这是她的拿手好戏。用过的酒杯从来不洗，胡乱放在抽板上面，杯口四周残留的糖分像胶水一样黏手而烦人。菜刀的旁边扔着一块食物，表面上闪烁着一层冰冷的油光。看着眼前的一切。我的胃部突然抽搐起来。任何一件东西，只要一经过张芸的手，结果必然会错位。盥洗室里面也到处都是张芸的东西，犹如大军过后留下的痕迹，换下来的内衣，长裙，短袖，梳子随处可见。这个缺乏条理的女人，一天要换几双袜子，她在某些方面的热情和另外某些方面的没有耐心同样都是惊人的，她仿佛有用不竭的精力，但绝不肯将自己换下来的那些凌乱的衣物稍稍往一起归纳一下。置身于乱糟糟的环境中，她浑然不觉，丝毫不为所动，该干什么，照做不误。在那种环境里，真正不舒服的是我。——我常常反省自己，我是不是有什么病？为什么我不能像她一样适应那种纷乱无序的生活？我的习性够得上糟吗？是毛病还是……杯子用过后不洗，衣服换下来胡乱扔在一边，难道真是一个人的长处吗？

“爸爸——”

小建在前厅里叫道。我扎好围裙，从厨房里探出头问道：

“什么事？还是说它们那婚事？刚才不是已经解决了吗？”

“什么叫同床异梦？”

关好厨房的门，我开始切菜，洗刷用过的盘子、杯子、勺子。我为什么就看不惯这些东西？它们一个个脏兮兮的难道不好吗？我为什么非要自作多情地把它们洗干净？我这是在干什么？排气扇的叶片在低声旋转着。打开一个又一个格子，盐、糖、料酒、柠檬汁、花生酱、胡椒粉、红油、鸡蛋、淀粉、蘑菇、番茄、牛肉……不知道是否有什么更好的方法能将这些东西掺和、调制到一起，那神秘的配方肯定存在着，但不在这个厨房里，它遥远异常。最重要的是必须要保证烧熟，其次是味道。有些东西，有些貌似平静祥和的东西，常常会蒙蔽我们的眼睛，一旦将它们放进锅里，一经预热加温，或者在锅里遇上别的什么东西，立即就会改变它们原来的颜色和一贯的本性，甚至勃然大怒，暴跳如雷，热油四处飞溅，溅到我的眼睛里来了。

“你还小。”

我从厨房里出来，一边用湿毛巾擦拭流泪的眼睛，一边对小建说道。厨房里的工作暂告一个段落，蒸气使人浮想联翩。小建擦着手，正在椅子上翻看一本画册。我对他说，一个人在很小的时候最好不要打听这些没用的事，有些事情不需要钻研，长大以后自会无师自通的。

“你既然知道是怎么回事，为什么不给我说说?”小建说。

“因为那不是什么好事。”我说，“它既不是童话，也不是故事，最多只能算一个寓言，一个够得上糟的寓言。”

“那就对了。”小建说，“寓言不就是面向孩子的嘛，那正是我们的读物。”

“咱们该吃饭了。”

“我要是将来做了爸爸，无论我的孩子想听什么，只要我知道的，我都会毫无保留地全部告诉他。”小建说，“我不会像现在的父母一样把什么都藏着掖着。你以为他们的秘密有多大，最后亮出来不过是一粒最小的豆子。”

这是在说我吧？“好吧，我告诉你。”我说，“让你看看这粒豆子究竟有多大。”我走到窗前，拉上帘子，外面已经什么都看不清了，地板上闪着幽晕。一粒不起眼的小豆？

“那是一个两个人做梦的故事。”我说。我看见小建来了精神，放下手里的画册，两只清澈纯净的眼睛望着我。“他们睡在同一张床上，各做各的梦，做着互不相关的梦。”我接着说道。“其中一个梦见了火，一开始的时候，他梦见的只是一种微暗的火，与他们的生活毫无关系，但不久以后，那微暗的火终于演变成一场熊熊大火。几乎就在同时……”

“睡在他身边的另一个人梦见了水。”小建抢着说道，“后面的水注定要浇灭前面那场火。不然的话，第二个人梦见的就是一只樟木衣箱，在前面的那场火中被烧成灰烬。他的那种表情映在熊熊的火光里，令人难忘。”

“你好像刚从那梦里出来。”我说。

“故事一般都是这样的。”小建说。

前一个梦也许是无意的，偶然的，然而也是宿命的，唯其如此，挑逗和煽动也终显得徒劳无益。第二个梦则是自觉的、主动的，主动的加上宿命的，最终就成为不可避免的。一切都来自于民间，火是民间的火，水是民间的水，描金的樟木衣箱，宁静的睡榻，两个做梦的人，仿佛从来就在我们身边，那梦中的均匀的呼吸吹拂着梦魇似的帐幔。

“饭已经做好了。”我对小建说，“咱们先开始吃？”

“下午我和妈妈通过电话，她说她很晚才能回来。”

“是的，她很忙。”

“爸爸，妈妈每天都在忙些什么？”

“她的事比较多。”我说。天知道她在干什么。我曾听到过一些东西，那些东西，有的与张芸有关。张芸皮肤光洁，精力旺盛，小建某些时候的眼神很像她。有一次，她提醒我说，你就没发现孩子的眼里已经出现了那种叫作忧郁的东西吗？没有发现，我从来没有往那方面想过，我主要是觉得还根本不到时候。孩子才十岁，又是男孩，这时候就开始忧郁，长大成人以后怎么得了？不至于。我像他这么大的时候，眼里只有好奇，根本不知道什么叫忧郁，即使是现在，也仍然不大清楚那是怎么回事。很多人都不能够认识自己，不知道自己是谁。我将做好的晚饭从厨房里端出来摆到桌子上，小建漫不经心地扫了一眼，没有动手，看样子他似乎并不想吃。我烧饭有一多半是为了他，早知如此……我对他说，你要学会吃我做的饭，吃着吃着慢慢就习惯了，否则……

“又是和昨天的一样的饭？”小建看着桌上的盘子，愁眉不展地说道。

“昨天你不是吃得很好么。”

“那也不能老吃一样的。”

我原想用叉子戳一块牛肉给他看看，让他瞧瞧人活着多好，能够吃掉一切，可是，牛肉似乎没有烧烂。我夹起一块送到小建的面前，他鼓着腮嚼了一阵，突然又张开嘴吐了出来。愁容。

“怎么了？”我说。

“我要吃笋。”小建说，“最小最嫩的那种。”他看着门外。

天这么晚了，到哪里找笋去？古人可以踏雪寻梅，可我不能摸黑找笋。“好啦，你以为你是谁，郑板桥？”我说。小建看着我。我的高声不至于吓着他吧？

我放低声音，脸上露出笑容。这些天来，他动不动就是笋，不知又是跟谁学的，我不认为这是小孩子们喜欢吃的东西。我忽略了。

“能不能今天不吃笋?”我说，“郑板桥也不是天天都吃笋，他也有不吃的时候。他的生活是后人撰写出来的。明天给你吃，好吗?杀一只鸡能取出蛋来，现在即便把爸爸的肚子剖开，也仍然找不到你要的笋。”

“那就不吃了。”小建说。

夜深了。摩托车尖厉的声音从街上呼啸着响过。很快。周围又归于沉寂。张芸还没有回来，小建要看着她回来才肯上床睡觉。我们在雨夜里消磨着时光。小建说，爸爸，我考考你。他让我猜一个谜语，一会儿又让我猜一些匪夷所思的事物，大都是关于人的，背后无不流露着悲观颓丧的人生态度。什么早上四条腿，中午两条腿，晚上三条腿；什么人的年龄本应该是二十五岁，人嫌少，觉得没有活够，不断地要求增加自己的寿命，于是，上天不得不把其他动物的年龄扣除后加给人类，这样一来，有的人能活一百多岁。可那是怎样的一百岁?在有的阶段，人像狗，有的阶段像牛马，还有的阶段完全是狼的习性。

“你是从哪里听来的?”

“学校里都这么说。”

“你们每天就学这个?这应该是佛学院里的一门课。”

“爸爸，郁飞有一架飞机，是德国货，有一只羔羊那么大。”

“是假的吧?那种东西不过是徒有其表，其实根本不能飞。”

“爸爸，它能飞。”小建擦了一下头上的热气，急切地说道。我笑了一下。这么一个潮湿多雨的夜晚，他的小小的额头上怎么会冒出汗来呢?也许是刚刚喝过汤的缘故。我把烧好的汤分别盛到两只碗里，小建喝完自己的那一份以后，又将我的也喝光了。喝过汤以后，他感到口咸，又嚷着要喝水。小家伙打着许多语意不明的手势，继续说道：

“它有一副漂亮的银白色的外壳，看上去就是真的，机翼，底座什么的也都相当结实，能离开地面五六尺，也许还能飞得更高。可以装电池，在它的那个大肚子的后面塞进十二节电池。也可以不用电池，那就需要用手摇，先摇几下，听听声音，接着，再猛摇几下……”

“噢？摇几下它就坏了，再也飞不起来了，只能当汽车玩，是吧？”

“不是的，爸爸，不是的，它坏不了，你要是猛摇几下，它就飞起来了。德国人在机械制造方面很有一套。”

“他是从哪里搞到手的？那要花很多钱。他爸爸不一定给他买。”

“买了。他爸爸已经给他买了。他说那一点儿也不贵。”

“小建，这事得找你妈妈，待会儿她回来，好好跟她谈谈。”

“我和她谈过了。”小建说着，失望地叹了一口气。

“嗨。”

“她怎么说？不理睬她的儿子？对她儿子的要求置若罔闻？”

“妈妈说，她有钱，可没地方去买。”小建心绪不佳地说道。

“噢？也许她这回说得比较对。”我说。我吃过饭，开始动手收拾桌子上的盘子碟子。“我就从来没有在商店里见过那玩意儿。”牛肉需要重新回锅。

“爸爸，”小建的声音受到了影响，明显地降低了。他本来在椅子上坐得好好的，这时却忽然将脸转向一边，背朝着我。“你从来就没有进过那些地方，你怎么会看见。”

那些地方……德国货……十二节电池……用手摇几下，听听声音和转速是否正常，接着趁热打铁，再猛摇几下，听起来是相当轻松的，螺旋运动，前景美妙。是的，比人脱离地面容易多了。钢铁，纸，燃料，政治，人能把各种各样的东西送上天，却无法让自己的身体在不借助其他工具的情况下单独升上去，由此看来，那具温热的肉体其重量应胜过一切，那是大地上实实在在的硕果与灵魂。

属于天上的就还给天，属于土地的就继续留在大地上，好好活着，行走，交谈，饮食，休息，在灯光下写作，在清水里沐浴，在有事的时候奔走，在无人的时候梦想。

很多年以前，当带着秘密任务的飞机出现在天空里的时候，这一带的人们曾为之大惑不解，他们不知道别人是通过什么方法把它们送上天空的，竟掉不下来，在高远而湛蓝的碧空里想呆多久就呆多久，要多自在有多自在。几年以后，他们渐渐有了见识，明白那是一种可以学到手的技术，而非诡秘莫测的妖术。去年，在竹罗镇南边的庞浜，当地的人们给我讲了一件有趣的事。也是在很多年前，庞浜有一位卢姓乡绅，每当发现飞机在空中盘旋、翱翔时，便把家里所有的人——包括男女用人——都叫出来观望，欣赏。他自己在院了里挥舞手中的礼帽或铜烟锅，激动不安地狂呼乱喊：

“天哪！快来看，科学又在翻跟头了……”

他不止一次在心里盘算过，想把那技术请下来。猴王的本领只是一种传说，谁也没有亲眼看见过，而眼前的这些明亮如银的非凡的钢铁却实实在在地在人们的头顶上面飞翔，它不容置疑，反驳，只需观望，仰视，射击，或者低头寻找恰当而安全的藏身之处。它长时间地嗡嗡作响，但不属于日常生活的回音。任何一件事物，一旦初具规模，便有了自己的相应的性情与脾气，越大的东西越喜欢发火，冒烟——熊熊燃烧。在天空里发脾气的从来就是飞机和鹰，就因为它们最大，大到了使其他候鸟和飞行物噤若寒蝉，慌不择路的地步。在人间，一个教书先生能有什么脾气可发？不单单是没有人买你的账。在人间，大声说话，大胆行事，大发雷霆的人是什么人呢？

有一天，他倾慕已久的那技术突然从空中俯冲下来，就在卢乡绅激动、震惊、面色如土的时候，水乡庞浜燃起了熊熊大火……卢乡绅倒在焦土与废墟之间——有人嘲笑他叶公好龙。我想，那是不公平的。他们的根据是：在他倒下的那一刻，他正在喃喃自语，他说，龙来了。

我放下手里的一册旧书，闭上眼睛，发出轻微的睡声。

时针指向零点。张芸回来了，她先去那边看孩子。小建早就睡着了。小家伙与我说着话，不久以后就睡着了。我把他放到床上，我看到他那稚气的小脸上充满了深深的失望，他还在想着那架羔羊大小的德国货。他或许能梦见……我决定买一架送给他。真正的飞机我们买不起，玩具难道也不适合我们吗？玩具很适合我们。只要它能飞离地面五六尺，孩子就会得到满足，就高兴了。

一阵葡萄酒的气息飘到床前。张芸披着一头湿润的黑发过来了，她站在床前打量了我一下，我的那种熟睡的姿势使她放弃了说话的打算，她开始窸窸窣窣地脱衣解带。她的手臂碰到我了，晚间的酒液使她的皮肤发红发热，隐隐灼烫。熄灯之前，她并拢双腿，出神地打量着身上被丝带勒出的几道印痕，从胸前一直浏览到脚尖。不久，天花板上的枝形吊灯熄灭了，房间里短暂地黑暗了一下，接着，她打开床头上的一只小灯。

灯的光晕有一只宽边草帽那么大。灯光簇拥着张芸的上半身，从对面的一只镜子里望去，她的头上仿佛有一部分是柔软而凌乱的白发。她自己似乎也被镜子里显现出来的那种不祥的物证吓了一跳，立即将身体侧卧，视线从对面的镜子上移开。房间里一片宁静。她躺在我的身边，东风不与周郎便，灯光和镜子的共同作用使她的美貌受到了威胁和损害。

“完了？”我说。

“啊，总算完了。”张芸说。听到我的声音，她立即翻身起来，侧卧着，胸脯露出一半。她似乎有点儿口焦，目眩。“我吵醒你了吗？”她说，“你不知他们有多讨厌，所有的人都像藤蔓一样缠着我……”

听得出来，她的兴致很好，尚无睡意，依然沉浸在不久以前的那段令人迷醉的时光里，很想尽快物色到一个合适的对象，然后打开话语，倾其大半。她将一条腿抬起来，横在我们两个人的身体上方，抱怨她的脚都走肿了。从下午到深夜，有多少衣冠楚楚的先生请她无论如何赏光，与之共舞，那都是些彬彬有礼的人。

“……我能拒绝吗？”张芸说。

“绝对不能。”我说，“绝对不可以。”

是的，绝对不能那么没礼貌。这还不包括那些根本轮不上手的。当然，任何时候，任何场合，都注定有一些人要倍受冷落，命中注定他们是角落里的几只灰不溜秋的老鼠，无人理睬，无比沮丧，尽管他们也在场，但一直被排斥在中心之外。哪能人人都是红心呢。

张芸轻轻地晃动着那条跷起来的腿。生了孩子以后，原先的那些蓝色的静脉奇迹般地消失了，代之而来的是弹性很好的皮下脂肪，光洁，热烈，旺盛，丰满，腹部柔软而微微隆起。女人的肉体永远值得赞美，男人自不必说，就连她们自己也往往会因自恋而情不自禁。

“小建是什么时候睡的?”张芸说。她抬起身体，将她的臀部放到我的手下面。裸露得原野，湿润，蓬勃，生机盎然。

“他不知道他妈什么时候才能回来。另外，他想要一个东西，我们都没注意。”

“是你没注意。”张芸说，“飞机我已经给他买了，就放在我的办公室里。你没事可以给他讲个故事，别老说我的坏话。孩子是我的，母子连心，你不可能像拉队伍一样把他拉到你那边去。”

哗变？那是很久以前的往事……整个晚上，我们事实上一直都在说故事，一直都在故事里进进出出。一个一个的故事，一连串的故事，互不关联的故事，自相矛盾的故事。在有的故事里，我们能看到我们自己那糟糕的影子和含糊不清的声音。先是，徐伟元和胡贞贞的故事，黑发变白发的故事。不管承认与否，我都觉得在某种程度上，在某一个点上打动了我。然后是那个幸存者的故事。奄奄一息，来历不明，本来还活着，有人却已为他蒙上了象征死亡的白布，令人难以置信，难怪连在场的那些见多识广的警察和记者们也不得不承认情形有些不可思议。两只准备结婚的“熊”，它们都还蒙在鼓里，两位年幼的、尚未涉世的亲家之间便已出现了摩擦和分歧，前景不能说很妙。复杂的佐料。凌乱的内衣。德国人的飞机。银灰色的外壳。十二节电池。离开地面五六尺。熊熊大火。描金的樟木衣箱。两个人做梦的故事。三条腿的故事。四条腿的故事。微暗的火。……我的手贴着她的皮肤，如同一个无家可归的孩子，在平原上或细雨蒙蒙的水乡里漫无目的地闲逛，迎着落日，背朝树林。一切都应该是熟悉的，不需要停下来向人问路，打听前面的方向。由此一直向上或向下，都是要到达的地方。大堤，吊桥，壕沟，鼓楼，车站，码头，水面上漂浮着某些来历不明的船，落日下的村镇，古树，白桥，黑水，炊烟，露珠，汽笛，书信，奖状，死亡通知书，良民身份证，郑板桥，乳房，最小最嫩的笋，湿润的阴部，紫色的折边，露珠在花蕊上滚动……

“你和孩子吃什么了?”张芸随口问着，将那条举起来的腿放下，缠绕着，她的眼睛快要闭上了，一副强打精神的模样。我们什么也没吃。我看看自己的手，明亮的油脂与光泽来自她的身体深处。我原以为我是心满意足地从白色的蒸气里走出来的，后来才发现牛肉几乎是半生的，老而不烂，作为防御之物或许能派上用场。我和小建一人喝了一肚子汤。这儿不是爱尔兰，是长江中下游平原，人们从来不吃小牛肉。一头含辛茹苦的母牛生一只小牛容易吗?像富人喜得贵子一样隆重而不易，谁舍得将正在成长中的小牛横于刀下，仅仅是为了一个粗鄙的吃字。除非它们自己中途夭折，逢遭不测。多少年来，平原上那些谨小慎微的人们从来不干那种傻事。从前曾经有一位财主，每天夜里起来三次，像军官查哨一样查看牛棚的动静，谛听四周的风声。他家的每一头牛的角上都系着象征吉祥如意、长命百岁的彩绸，他希望它们永远活着，永远年轻能干。那些披红挂绿的牛，仿佛每天都在过节，大摇大摆，喜气洋洋。那位财主还是一位教徒，是村里教堂里的常客。可是，有一天，他的最能干的一头牛忽然死了，整整一天，他坐在雨后的墒垅之上，独自伤心流泪，暗下决心。第二天，他就不再去村里的教堂里去了，他不再信西方的天主了，他弃暗投明，转投明主，西屋里供奉着王母，东屋里供奉着观音，正厅里是关帝。还有人劝他供奉孔夫子，他没有听。孔夫子又不管牛，更不熟悉农事。一位本家的叔公对他说，浪子回头金不换，这就对了，当初你就是胡闹，中国人不信中国的神，非要去信西方的神，当了汉奸不算，一群牛没准都得赔进去。从此以后，他平安了。如烟的白雾只是故事里的一种背景。

中国的神保佑中国的牛，净瓶里的甘露滋润着大江南北的农事。

王家陵

丁香是这样的一种事物，湿润，幽静，朴素，唯美，暗香袭人，有韵而无光，它和雨距离最近，几乎是不可分离的，在有丁香树生长的地方，空气必潮湿而深入。远远望去，盛开的丁香花貌似丰收在望的粮食，倾斜着独立在雨中，在我们出门或归来的时候，不止一次地将我们的衣裳熏香，将我们曾经有过的那些狂躁的念头吹散，湮灭。怡神的丁香不能充饥果腹，但作为一树繁华，它的重量在有些时候远远超过金色的玉米和质朴无华的马铃薯。记忆中含有丁香树的人是沉重的人，他弓曲着身体，呕心沥血，叹息如树伤，思想如血丝，从身体的深处被震动出来，游动得像彩色的金鱼。我见过那些在起伏的稻菽中挥汗如雨的人，事实上他们要比一个注视丁香的人轻松得多，后者满腹泥泞，满目风声，不久将死于心碎。同一园内的茯苓和芍药如同飘浮在园子上空的霓裳。在蒙蒙的细雨中，丁香的魅力贯穿在那些弯曲而无限的斜径上，几乎覆盖了一切，忧伤和黯然只是人们触景动情而赋予它的一种色彩，事实上，从它的顶部一直到树根，我们见到的远不止那些，有时甚至是另一回事。数不清的头绪。秘密的眼。湿润的启合。世间有许多种不同的事物几乎是同时诞生的，供我们选择、斟酌，接近或疏远，我们一出生，它们就已经在那里了。先闻鸡声，然后我们才看到了扇动的翅膀，飘零的羽毛。在那些永远注定不可能多么亲近的事物中，美丽的丁香就是其中的一种，在它的旁边还有凤凰，月亮，虹，莲花，佛光和神的迹象。丁香生长在附近，但与我们的日常生活无关。宝石不断被制成各种形状，频繁地出现在人的颈部和手上，宝石的一切都是消极而被动的，被动地接受打磨、雕琢、凝视和抚摸，无可奈何地发出耀眼的亮光，沉默的宝石一直都在拒绝人的感情和体温，无论被佩戴多久，无论怎样被注目，只要我们稍微离开一会儿，宝石很快就凉了，坚硬如初，冰冷如初，温度降至零点。

说到底，那不是我们的。

是你的，就永远不会冷却。我们不可能从小到大饲养一只老虎，像带宠物一样带着它散步，得意扬扬，满脸骄矜地招摇过市。我们只配拥有小猫小狗，因为我们的目光短小如盲肠，因为我们的心胸狭窄如猥琐的斗室。

独角兽的影子，秃鹫的目光，老虎的速度和狮子的吼声，这些拒绝抚摸，不可能被驯服招安，拒绝皈依的生命，当它们开始融入曙色的时候，丁香树成长起来了，莲花开了，佛光出现了，并在大地上写下了神的文字。在月亮的清辉里，人类及其俘虏——不如说伙伴或搭档更为合适——鸡、鸭、猪、牛、羊正在小心翼翼地蠕动，互致问候，佐以微笑。一只将婴儿拱倒的猪，并不清楚大祸即将临头，几只它十分熟悉的手恶狠狠地将它缚住，然后将它杀死，在笑声中迅速烹制成另外一种东西。酸甜苦辣，黎明将至。

在人类的家园里，还潜伏着一位品行卑污的享乐主义者和机会主义者：猫。对于自己的种种秽行，猫总是一味地掩盖。

对于自己没有能力控制的事物，聪明的人们会想办法证明自己能够控制和驾驭。这类事物包括宇宙，台风，旱涝和潮汐。第X号台风已于昨日登陆，第XX号台风正在远远地到来……听起来相当顺手，如同即将被收编的地方武装，如同游子从遥远的海外归来，一头扑进国家的怀抱。……作为军队与古堡的背景，潮汐正在有条不紊地明灭，起伏；作为一种优美而永恒的速度，老虎一直都在远处奔驰。

是的，有一种东西正在远远地到来——但不是台风与潮汐，而是人们日益成熟的欲望，如七月的河水，不断猛涨，从我们的五官和想象之外溢出。

我把她看作雨中的丁香——我看到她的脸红了。天晚了，她从光晕中站起来，整理着裙子，她要走了。外面飘着细雨。这个年龄的女人，诗歌已经很难将她们打动，哪怕是一首不朽的传世之作，哪怕出自神之手。

我想对她说，事实上她不仅仅是丁香。我在表述这种意愿的时候遇到了困难。丁香是这样的一种事物，有韵而无光，而她是有光的，光韵兼具。她的神情，她的体态，她的肌肤……丁香所有的神韵她都有，丁香缺少的正是她的那种光。是的，丁香的芬芳只是花木的芬芳，而她的……前一种芬芳使人迷醉，后一种芬芳远远地到来，令人渴望坠落。我想我是对的。一个人从谬误中出来，只畏惧眼前和身边什么都没有，一只手伸出去，从指缝里穿过去的是雨，是初夏的空气和天井里斜仄的光线。

我不是没有想过，有可能的话在她的身边熟睡一千年，身体如从前的玩具。当我最终醒来，她手里的水已经不满了。她还坐在从前的那个位置上，裙裾飘舞得如同最初的那个微雨的傍晚。石榴红裙只是我从前人那里接受的一种最鲜艳最浪漫的文化遗产，它旋转在已逝的历朝历代，香风扑面。远远地飘在深闺和彩车之外。瑰艳的记忆在明灭中延续，不断地复活在一代又一代的她们的身上。展开历史，展开陆陆续续的美人轴，王朝的黄昏因她们的叹息而变得格外忧伤，令人心碎，国家的庆典因她们的香消玉殒而黯然失色。她们的身影固定在水榭亭台之上，锁在画屏之后，飘飞的红裙不断地从花木深处的绿云纱窗外悄然闪过，她们明丽的笑声至今回荡在国家的花园里……这样的国家永远是最美丽的，这样的家园令人安心。与她们一同逝去是令人安心的，化作她们裙裾下感伤的红泥也同样令人安心。

事实上她从未穿过石榴红裙，她不是一个十足的古典主义者，她不喜欢披红挂绿，她长长的头发是黑色的、乌亮的，她的长长的丝袜是黑色的、透明的。她喜欢走时无误的金表，又迷恋从时光中滑落出来的古老而典雅的手镯。在光线黯淡的房间里，她的脸上一直驻留着过去的圣洁的光，而她的两条微微分开的修长漂亮的腿却饱含着无限的热情，常使人想到潜伏在她身上的另外的一面。在我的面前，充满灵性的、双重的光线不断地变化着……在这以前，我一直不相信一个人能使另一个人不动声色地获得复活——

我以为那是神灵的事。

近来我常面对阴湿苍白的窗户，为了长眠的母亲，也为了她，我学会了绘画丁香，栽种与盛开与我有关，她们呈现在雨中。两个女人，一树繁华，露珠滚滚，梦想遍地。我曾在细雨和炊烟中勾勒她的身影，她来自一朵最远的云下面。在一片林立的桅杆中闭着眼睛长大，早年她曾骑着马在林中穿行，从河边走过，她的光照亮了高耸的马背，使之光滑如水。自从在河边看见那光，我常看见我站在亮中，所有的白天和夜晚都在深远之中变化。我之所牧，已不再是苍白瘦弱的羔羊，只见满目珠圆，曲线跳跃，那儿的丘陵，遍地蜂蜜，浆果累累，那儿的小山，层林尽染，四季金黄。

有些事情需要两个或两个以上的共同知道，有些事情知道的人越多越好，而另一些事情只要你一个人知道就行了，不需要，也不能有那么多的人都知道。有些话只能在吃饭时说，有些话只能在词典里说，有些话只能对着镜子说，有些话只能在亲人的小白花前说。还有一些话，既不能在写信时说，也不能在欢乐时说，更不能在聚会闲谈时说，只能在梦里无言地复述。有些话必须要对别人说清楚，有些话则永远没有出笼的机会，诉诸眼泪也无济于事，只能说与手，或者埋在心底，等到最后与身体一起腐烂、消亡，谁也不会知道曾经有过那样的一席话，那可能是真正的难言之隐，它略具雏形，不便长大，无缘面世。有些话像开花的植物，脆弱而疏松，阳光、水分和土壤缺一不可。某种时候，你不一定多么清楚，要准确地区分和辨别它们是困难的，因而，一个人在年轻的时候要尽量多说一些话，对别人，也对自己。有些话说在雨前，每一句都因潮湿和晦暗而变得抽象，模糊，不可思议。有些话你说过以后就立即忘掉了，在座的某个人却永远地记住了，那回音会在一个时期内笼罩他的左右。有些话一经出口，你立即便黑了，漆黑一团，满面烟尘。有些话说的是一个人的晚年，从头至尾弥漫着紫殷殷的意义，说过之后便老态龙钟，白发苍苍。

在阴暗漫长的雨季，在傍晚一样的光线里，人与人难得一见。

周策田

从远处看去，弯曲的万河桥是一道优美而坚实的弧线，圆滑周密地浮现在水上。它两端的街道在某些时候飞扬着弥天的尘土和疏松的人影。及至走上粗粝的桥身，那优美的弧线突然消失了，仿佛跌进了水里。桥身其实是平坦的，像一张梦中的婚床一样放肆而令人安心，一头通向荒唐不羁而又道德缠身的祖先，另一头连接着众多渴望坠落的新时代妇女，友情为重。它上面的重重苍苔和岁月的辙印可以让人怀旧，追溯往昔的时光，也可以无伤大雅地忽略不计，径直走向彼岸。事实上，抛起来又落下去的万河桥更是一柄剪径的弯刀，均匀地将雨中的城市切割成东西两半，本地的报纸称它是爱的等分线。是的，这个说法比较准确。从地理上来看，万河桥占据的位置是公平的，不偏不倚，从其他方面来说，它相当准确地划分了贫富，标出了悬殊，贫穷和富有均到此为止。试想，如果桥的位置再偏东一些。城市贫民和失业工人的面积将不可避免地再一次扩大，顺延，那怎么不会令人感到不安？如果桥的位置过于偏西，那意味着城市中的富人将成倍地增加……因而，后一种假设尤其是荒谬的。

桥西是贫困的。

人们怀揣着家中所有的积蓄在街上徘徊、观望，在雨中奔走。

大面积的绿水在腐烂的边缘地带闪着波光，水面上浮着油。很小的时候，我以为青山绿水是人世间最为洁净的事物，人到中年以后才猛然发现绿水仅仅比黑水略好一些，它们二者之间的区别也仅仅是乌鸦与麻雀的区别。麻雀有足够的自信和理由嘲笑乌鸦，后者黑得像屡遭厄运戏弄的农民，丝毫谈不上体面和考究。与后者相比，前者一身紫色，微亮，典雅，矜持万分，像一件名贵的饰品，充满了古典意义。

我来桥西看望尤健。

不幸的尤健，前天在回家的途中被一辆来历不明的摩托车撞成重伤，昏迷了一天一夜……电话是尤健的妻子丽娜打来的……雨下得很大。电话里的那个声音是活泼而湿润的，仿佛跳跃在雨中。我的眼前跳了一下。

过了万河桥，沿着旧日的河堤走了一段以后，我来到那片最为密集的房屋中间。这一带人口众多，房屋的结构千奇百怪，河汊水网闪着陈旧的、灰烬似的暗光。当机械制造业和纺织业股份有限公司迁到万河桥以西的这片有利地形上的时候，这一带的居民曾做过一段短暂而忘乎所以的富贵之梦。那时候，人人都有理由相信自己的判断和嗅觉，因为，财大气粗的船舶公司和纺织业股份有限公司几乎同时从天而降，突然间坐落在他们中间，本身就很能说明问题。公司带来了技术和装备，金钱和观念，带来了暗妓与文化掮客。大批的水泥和玻璃，新型建筑材料，纷纷从驳船和大型的货轮上走下来，出现在河边的码头上。之后，象征经济繁荣的大楼迅速拔地而起，厂房的米黄色的围墙接连不断地向前蜿蜒，伸向远方。地盘在逐渐扩大，美好的消息一个接着一个，流传在万河桥两岸。好的消息足以振奋人心，噩耗有时候也同样令人快活。大楼内的灯火常常彻夜通明，罪孽，阴谋，伴随着生丝的价格和忽升忽降的经济指数。

那时候，桥西一带的人们都不同程度地将自己划进了那个圈子里。是的，人往高处走嘛，谁愿意往贫穷的烂泥塘里出溜，说自己的住处就在公厕附近，说自己的生活圈子，社会关系是天底下最滥最贫穷最不堪的一道直线？人人都有权力相信自己就是国家的栋梁，社会的上层，挣扎在生活底层的人们就是这样依靠着美妙的想象和朦胧的念头开始从下面往上翻滚、涌动，咕咕地冒着水泡，心里默念着与上升有关的语汇，一次失败，多次重复，有时候，他们刚刚浮出水面，还没有来得及呼吸和观望一下，立即又被无情地重新打沉下去。打击是在意料之中的，只有天真的傻瓜才会相信那是突如其来的偶然事件。

我在桥西一带走着，匆匆忙忙，冒雨找人。空中有了明显的变化，大雨变成小雨，微雨中传来附近一些孩子们的呼喊。

我询问了两个人，他们都不知道尤健的住处。他们站在一家商铺的雨廊下面，摇着头，潮湿的目光越过我的身体望着河里的两只一动不动的木船。我忽然意识到我的询问或许有点儿毛病，南辕北辙，于是，我对他们说：

“我要找一个叫丽娜的女人。”

“哎，这我们知道。”他们中的一个对我说道，眼里含着笑意，“其实我们早就看出来了，你自己还煞有介事……”

我注意到另一个人的脸上也挂着那种类似的……湿滑的笑容。

“从城东那边过来的吧？”他说。

“我还是头一次看到一个羞羞答答的男人，那有什么呢，不要觉得不好意思。”先前说话的那个人说道，“找她的人多了，都很体面，可谁都不像你这么遮遮掩掩，煞有介事地问这问那，半天落不到点上。什么就是什么嘛。”

“什么？”

“没什么。”他说，“能看出来，你一定是初次来，来了又找不到方向，又不敢向别人打听。她们家就住在那边。”

“去吧。”他们说，“应该正在家里呢。”

顺着他们手指的方向，我看到了那房子，原来就在附近，一个狭长的小院，距此三四百米的样子，几根翠绿的树枝从墙里伸出来，黑瓦上长着青草，青草簇拥着烟囱。

我朝那边走去。

“世道真的坏了。”他们的声音像是雨中的蝼蛄，“连这样的人都坐不住了。”

那些绿色的树枝从小院的墙里伸出来，上面挂着微凉的水珠。院门开了，尤健的妻子丽娜站在门口，二十八九岁，鲜艳，苗条，美丽馥郁。我想起路上遇到的那两个人。

“来了。”她嫣然一笑。

我们互道过姓名之后，一齐向里走。院子里积满了雨水。后门那里放着一只凳子，两行脚印从那里延续过来。

“伤得很厉害吗？”我说。

“我一直在后门里面摘菜。”丽娜说。她指了一下水中的那只凳子。她说，家里平常来人总是由后门出入，她以为我也会从后边叫门，她在那里一边摘菜一边等着我。我在电话里说好今天要来看尤健。这个陌生的院子，如果不是尤健住在这里，我一生都不可能走近它。

“我是抄近路过来的。”我说。

“从后门那边过来才是近路。”丽娜笑着说道。

屋里的光线是幽暗的，在雨和脂粉混合的空气里，我闻到了碘酒的气息。我看到尤健躺在很远的一张床上，他的身体四周笼罩着一种水蒙蒙的柳烟般的雾气。

“尤健。”她十分简短地叫道。

我向那床前走去，我的耳边回响起摩托车刺耳的声音……

丽娜搬来一只凳子，示意我坐下。她站在一旁，我能闻到她本人的气息和脂粉的气息，也许，那本来就是一回事。我站在尤健的床前，一直觉得眼前似有驱不散的绿烟。那刺耳的声音突然消失了……我看到一些玻璃瓶子，那些大小不等的玻璃瓶子有的立着，有的东倒西歪。

我压低声音询问一些情况。从医院回到家里以后，他只睁开过一次眼睛，像一个出生不久的婴儿，对这个世界匆匆一瞥之后，眼睛立即又闭上了。也许那一瞬间他真的像一个婴儿一样什么都没有看到。她的身后有一只小柜子，上面放着碘酒、绷带、补盐液和白色的药片。我又听见摩托车刺耳的刹车声了，烟雾飘起，尤健的眼睛突然睁开了。

“尤健……”我抓住他的一只手，我看到他眼球突出，里面游动着一丝惊悸不安的可怕的东西，时而，那眼睛又似乎是空的，死的，眼白像盲人一样飞快地闪现着。

“尤健。”我说。

“你怎么来了？”尤健看着我，他的眼睛闭了一下，又吃力地睁开了，“我没让你来。你是开摩托来的吗？”

“我没有摩托，我是一直走过来的。”我说。我来时的路上，天空阴暗，雨水连绵，过了万河桥以后，大雨变成了小雨，变成令人安心的蒙蒙细雨。我在路上走着，我原以为天很快就要晴了，我看见了一个两个，三五成群的人，他们出现在路上，天知道他们在干什么。一路上，摩托车刺耳的声音追逐着我，仿佛整个世界都回荡着那种疯狂而凄厉的声音……是的，我没有摩托，我是一路走着来的，我以自己的一副轻松之躯去看望昔日的朋友，我要是骑着摩托，疯狂而来，尖啸而去，那才叫滑稽呢。不惑之年的中学校长，戴着深度的近视眼镜，骑着摩托，面色苍白，耳鸣不止，要多滑稽有多滑稽。摩托车是冥界的一种主要交通工具，在那里，忙忙碌碌的公差们骑着它满街怒吼，到处索命。

“丽娜，给客人倒咖啡。”尤健说，“怎么不给客人倒咖啡？”

丽娜吃惊地看着自己的丈夫。我看见她的柔软而平坦的腹部在裙子里起伏，近在咫尺。她的脸上浮起尴尬的笑容。

“他不理家，什么都不知道。他烧糊涂了。”丽娜对我说，“您喝茶吧，好吗？”她看着我，很快向外面走出去了。

尤健突然发出一串沉闷而嘶哑的笑声，他的身体在战栗。很快，那种吃力的笑声被咳嗽取代了。咳喘牵动了他的伤口，疼痛万分。刚从外面进来那会儿，我看到他的床非常遥远，远在几十里以外，远在很多年以前……

他把我称作骑摩托来的客人。

丽娜端着沏好的茶走进来以后，他还在不断地叫嚷，怎么不给骑摩托来的客人倒咖啡？怎么回事？来时的路上，我就一直在想这件事。我有一些驱不散的疑云，他的指头肿胀而沉重。我的眼前浮现出那疯狂而失控的摩托车，它在那幽湿狭窄的深巷里刚一出现，他就看到它了。它是带着声音来的，尖厉地啸叫着，而他是无声的，像一位取经归来的僧人。

并不是冤家路窄，匪夷所思，人活在世上谁都有可能遇到那种事情，谈不上不可思议，但是他觉得时辰到了，最后的丧钟敲响了。我有罪。他说。我把罪赎完以后还不让我走吗？把我留下来干什么呢？我只是一个空壳了。这会儿，他几乎是在抽泣，肩头耸动，伤口殷红，濡染了雪白的绷带。

蚕在吐完丝以后就没事了。

……暮色苍茫。尤健是在走进一条狭长的深巷里以后突然遇到那辆摩托车的，车上载着两个人，也许是三个，他没看清他们的面目，他只感到那辆来历不明的冒着浓烟的车像一只绿色的蚱蜢，他走到哪里它就跟到哪里，它仿佛是从阴间里浮上来的，铁面无私，六亲不认，正在执行索命的公干……渐渐地，尤健被逼到一堵墙上。狭长的深巷是潮湿而幽暗的，两边的高墙上长满了苍苔和藤萝。天上的雨水变成了缠绵的雨丝，如同春日柔软的柳枝。傍晚时分，尤健的身体像一张亡命的画影图像一样被张贴在这个城市里的某一道霉湿而高大的墙壁上，没有人刻意搜捕、缉拿他，是他自投罗网，直奔主题。就在他走投无路的时候，旁边一座老式宅院里忽然传来了丝竹的清音，有人正在里面吃力地抬起箱笼细软，婢女们打着绢纱灯笼在台阶前轻轻走来，翩翩而去……

“救救我！”尤健用自己的身体在那巨大的宅门上撞了几下，里面的声音突然消逝了。紧闭着的大门像一个昏睡不醒的旧梦，青铜门环在傍晚时分的冷雨中闪着某种不可接近的光泽。他的身体如一只飞蛾，因而他的撞击也是无力的，仿佛轻飘飘的羽扇落在古老的石头上。四周是黑暗的，上面也一片漆黑。摩托车啸叫着冲了上来，狭长而阴湿的深巷里顿时飘满了烟雾——

烟雾像兵匪一样聚集在一起，低远的咳嗽声从黑暗中浮上来，漫过他惊恐的五官和头顶……事情的前前后后像一个完整的梦，匆忙而有序，渐渐展开，突然收拢，它具有梦的色调和特征，还有比较翔实的生活基础。是的，一切看起来都是可以飘移和转化的，可以推翻，可以修正，而唯有他的遭遇和伤势才是最真实的。

春天以来，尤健所在的那家有着数十年历史的火柴厂正面临着种种前所未有的灭顶之灾，许多问题都带有自相矛盾的色彩而人为地、不可救药地滑向毁灭的边缘。堵塞与泄漏并存，但并不互补，内讧的背景是无能，直接导致吃里爬外，决策者庸俗得像几只鸡，管理者像狗一样四处出没，见谁咬谁。一些人竟以损害工人的利益，拆散工人的家庭，湮灭工人的热情为能事，监视、检举、告密、逼供、报复……时时混迹于普通工人——他们有的本身也是普通工人——之间，不断地挑起话题，引人上钩，引向危险的关系之上。这一招很厉害，使不少人和家庭陷入可怕的泥潭和是非之中，乌烟瘴气，不能自拔而又浑然不觉，莫名其妙，以为问题出在自身，出自家庭内部。就像一个人浑身感到不自在，查来查去没有任何结果，于是，自以为是头晕或腰肌劳损，而根本的、真正的原因却在于心绪烦乱，神经溃烂。是的，所有的问题症结都出在心上，悲喜和烦恼从哪里来？从我们的心上来。

并不是每一个人都能找到困扰自己的那团乱麻，工人及其家属子女他们处于盲目而无序的生活状态之中，毫无主张，人云亦云。他们的行动如同没头的苍蝇，他们的内心深处飘浮着混沌的乌云，他们从里到外，起早贪黑，跑前跑后，事实上什么都不知道。他们的激动、愤怒、决心、兴趣、冲动，都是暂时的，转瞬即逝，一触即碎。额外到手的几块钱就足以使他们眉开眼笑，冰消雪融，顷刻间忘掉以前所有的一切。他们——记吃不记打。别人正是抓住了他们的这一点，踩住了他们柔软的腹部和几处致命的地方。因此，这样一来，他们永远不可能怎么样，永远是一群最简单的会呼吸但不会循环，会开口但不会表达，会行走但不知方向和目的的劳动者，当兵吃粮，干活儿拿钱使他们吃尽了被愚弄的苦头，并仍将严实而名正言顺地伴随他们的一生，无论谁来领导工厂，都会有办法对付他们，暴露他们的耻处，在劳动的过程中，一一地呈现出来。

捍卫不仅仅是出于本能的抵抗。与其他不走运的工人不大一样，尤健也不走运，但他想到过捍卫，只是在寻求方针的时候，遇到了某种风一样的阻力，弥漫的事物遮盖了他自己及其周围的环境，生活发出了呛人的气息，刺鼻，刺耳，眩晕，恶心，瘙痒，疼痛，咽喉肿痛，四肢无力，夫妻之间的话语也少得可怜，需要用毫米和盎司来计算，只有在吃饭和睡觉的时候才象征性地流露一些，纯属不得已而为之。这些年来，周围发生的事情和一天一天的变化常使他意想不到，继而感到束手无策。就在他心灰意冷，无比沮丧的时候，那绿色蚱蜢一样的摩托车突然尖声啸叫着冲了上来，又是一个意想不到。但这一次不同于以往，这一次他在那不祥的烟雾中看到了自己的原形，脱胎换骨，很快变了一个人。短短的一天一夜，使他完成了原本需要几十年，甚至上百年时间才能完成的转变。他差一点儿涅槃。

我听着那嘶哑的声音。

“你以为我是谁?”他说。

我看着他。他的某些见解是惊人的，如同他那奇形怪状的遭遇。

“……我正在贮存陈酿和洋葱的地窖里披肝沥胆，洗心革面，忏悔，祈祷，做那一大堆烦琐而愚不可及的事，准备重新做人。可就在同时，在我的床上，在我的椅子上和麻袋上……有人来了，带着某些看上去显得金灿灿的理由。”

“他不一定是从他那里来的。”

“就算他来路不正，可是，究竟什么样的人才配得上享受快乐?”他盯着我，目光严厉而充满隐痛。“是他那样不劳而获的人，还是像我这样兢兢业业的人?结论只有一个，如果他得到了快乐，那就没有我的份了，如果……”

“那要看什么叫快乐。”我说。

“是的，我不在乎那种……别人的快乐，我不能忍受的是生活中的那些不干净的东西!”他的声音突然提高了一倍。高声牵动了他的伤口，很快又将白色的绷带濡染成殷红的色调。丽娜听到声音后从外面跑进来，高跟鞋清脆的响声消失了，她不知道里面发生了什么事情，不知道她的丈夫正为那种真正的不干净而诉苦。

要求别人回答的问题，自己往往似是而非。我很赞同他后来说的那些话，我相信在很大程度上那是真实的。我在回家的路上，一直在想这件事。有一个时期，我也经常为生活中的某些不洁之物而所苦所累，我说的是那种真正的渣子，生活的渣子和黏液。沙粒，断发，毛尘，烦恼，不愉快……这些不洁之物是从哪里来的?为什么每天出现，时刻存在，秘密而正式地，不容分说地掺杂在我们的日常生活之中?我们不需要它们，可它们却表现出百倍的热情和极大的依恋性，这样的关系未免令人难堪而莫名其妙……弯曲的万河桥越来越小，越来越模糊了，如一段历史一样遗留在我的身后，城市的尖顶和蚌壳状的球体暴露在雨中。

薛 隐

那是一种意想不到的热情……我从外面回来以后，它最先映入我的眼帘，使我感到眼前一跳，热烈与鲜活渐渐盈满了我的视线。周围仿佛也都是玫瑰的红色，轻盈，芬芳，弥漫，持久，把我的绿纱窗都映红了。透明的水珠和微弱的窒息在那种活泛的风景里无声地流泻着，谁见了都不免会改变初衷，情不自禁地想入非非。我没发现附近有人，玫瑰的颜色映红了我的视线，它的上升到极限的热情一时间难以收敛——像一把伞，打开以后，突然坏了，再也难以合拢了，这个时候距离枯萎、黯淡和衰败还有相当长的时间。这正是它一生中最红最亮的时候，任何一种别的什么事物都不能使它黯然失色，它吸收进大量的空气和光线，扩散、释放出大量的不容分说的魅力，流着梦一样的血，血一样的霞光和霞光一样的梦。

操场那边有一个人向这里引颈观望——那是一个穿灰色上衣 的男人，他站在跑道外侧的一架绿色的软梯下面。一只手向上抓着飘动的藤条。紫藤软梯，粗粝、高大，从天而降，直接垂悬在他的身边，枝叶纷繁缜密，适宜于攀附。更容易引起动荡，招致飘摇，它饱含着雨季里的水分和绿意，野性毕露，充满了湿润的活力和极大的韧性。我是后来才看到那个人的。

我捧着那束烫手的花回到屋里。

小　海

我们沿着钟楼下面的雨廊走了一段以后，我感到我的头很热，正在冒气，于是，我把帽子摘下来拿在手里。我抬头看了魏马舅舅一眼，他没有注意我。他正看着前面。

街上正在下雨，因此，行人都在街两边的雨廊里走着，雨廊长长的，一眼望不到头，像一列最长最慢的火车。廊檐下的商店有的漆成黄色，有的刷着绿色，各种各样的货物在里面闪着光。我闻到皮鞋的气味了，数不清的皮鞋映在明亮的镜子里。还有大黄梨的香味。

我们在人群里走着，真拥挤，我和舅舅像两条鱼一样，一条大鱼，一条小鱼。下雨天还有这么多的人在街上走着，在我们镇上，这样的天气里街上的人总是很少的。

街对面的那条雨廊下也有一道同样拥挤的人流，不过，他们是往相反的方向去的，与我们不是一条道上的。戴墨镜的男人。鲜艳的胖女人。憔悴的女人。警察。车。白胡子老头。舅舅的竹笠没有摘下来，还戴在他的头上。他的眼睛一会儿看着前面，一会儿又看看马路对面。他有心事，所以他没工夫跟我说话。我觉得他一定是在找一个什么人，或者在找一个什么记号或标志。我想，最好那是一个非常显眼非常突出的标志，那样一来，他找起来就容易多了，找着找着，突然呀地惊呼一声，找见了。

我把帽子戴在头上，接着又拿下来，拎在手里，我用三个手指紧紧地捏着坚硬的帽檐。我们在长长的雨廊里走着。

“第一中学在哪里？”我说。

舅舅没有听见我的话，他的眼睛仍然看着前面，又瞧瞧马路对面。东张西望。我们已经走了很久了，我不知道还有没有机会去第一中学看看，五味在那里上学，我很想见见他，进一趟城很不容易。可是，要是舅舅在接下去的时间里还是找不到他要找的那种东西，他不一定肯领我去第一中学。他的心情一定坏透了，热情下降到零点以下，哪里还会有其他的闲心？虽说第一中学是一所很有名望的中学，可到了他的眼里，那又算什么呢，或许只相当于临街的一家馄饨馆，相当于一间缩进去的小鞋店。

一路上我一直都在留意那种尖顶的大房子。五味告诉我说他们的第一中学就坐落在教堂的附近，只要看到教堂的尖顶，找他就容易了。教堂是一座又高又旧的大房子，凡是长着眼睛的人都能看到它。可是，那需要不断地朝上面看，而天空是那么的灰暗，雨把最高的东西都遮住了，再说，一个人走路不可能不注意脚下而只朝上面看，那样一来必然会经常撞到别人的身上去，招来白眼和骂声。

人们都在走。我对舅舅说，到了第一中学，千万不能说我们要找五味，谁知道五味是谁呢？而要声明找一个叫王家陵的学生，不然的话，你光说要找五味，那会永远也找不到。第一中学里没有五味，只有一个叫王家陵的学生。

“什么？你在说什么？”舅舅看了我一眼，心不在焉地问道。

“到了第一中学，咱们不能说找五味，而要说找王家陵。”我说。

“王家陵是谁？”舅舅皱起眉说道，“为什么要找他？咱们不找他。”

“王家陵就是五味。”我急着说道，“那是他正式的名字。”

“噢。咱们不一定去那里了。”

“为什么？”

“事情还没办完。那里很偏僻，路上还有一个很大的臭水坑。”

我们又继续往前走。我不知道去第一中学和那个很大的臭水坑有什么关系，我们又不是要跳进那里去游泳。这一回舅舅走得很快，他用肩膀撞着了别人，有人鼓起血红的眼睛骂他。那个人气咻咻地说道，不想活了是不是。

“是的。”舅舅说。

舅舅长吁一声，做了一个莫名其妙的动作——好像把一种什么黏手的东西扔掉了，然后指着街对面的一座房子让我看，我看不清里面的东西，房门上装着白色的毛玻璃。

“就在这里等我，知道吗？”舅舅对我说，“我到对面那个房子里去一下。抓住这栏杆，千万不要到处走动，我很快就来，啊。你就看着这门，门一开我就从那里出来了。”

“有人在那里面等你吗？”我说。我看见一个黑黑的影子在那玻璃后面晃了一下。也许那不是人影，而是别的什么。我觉得那像是一个人的影子，有头有脸，什么都不缺。

“是的，他在那里等我很久了。”舅舅说，“我要是不去，他就会生气。你知道，现在这年头，所有的人都喜欢生气。”

“啊，是的，那真是一个是非之地……”舅舅嘴里说着，人已经离开雨廊，走到街上去了。我在后面大声对他说：

“舅舅——”

“什么？”舅舅站在大街中央，他的衣服很快就湿了。天要下雨，多大的竹笠也不起作用。汽车喇叭响起来了，舅舅挡住了它们的去路，它们发出急躁而刺耳的叫声。舅舅将一半脸转过来，用更大的声音对我喊道：

“你在说什么？赶快退回去，不要出来。”

天上的水在洗他。他站在街上，像一棵流水的树，又像雨中的一只猫。不过，他很快跑到对面那座房子前面去了，趁他开门进去的时候，我又看到刚才的那个黑影子，白色的毛玻璃顿时暗了一下，很快又变成白茫茫的一片。

在我们镇上，有一种游戏叫“鬼脸”，就是这样变的，忽明忽暗，一白一黑。对于技艺不高明的人来说，变“鬼脸”需要几样辅助的东西，不然就很难成功。但是，一个技艺高超的人，则什么都用不着，只要有光就行了，只要有一颗贪玩的，热衷于游戏的心就行了。在我们镇上，我的二哥祖民就是变“鬼脸”的好手，他需要的也只是一束光，不需要别的什么，因为祖民的技艺很高，是高手中的高手，每当他开始作法、变化的时候，镇上所有的孩子们都跟在他的后面。

在我们镇上，一下起雨来，人们便顾不上体面，纷纷在雨中奔跑，这里没有。经常有雪白的手从汽车里露出来，手里拿着鲜艳的花。三角形的房屋，临街的圆柱，高大笔直，通向天空，退回几百年前，人们会惊呼不止，以为遇到了如来佛祖的手指。圆门。伪装的草皮屋顶。红玻璃。巨大的瓶子。仿宋体。白布。画在纸上的琴。躺在透明的玻璃柜里的烤鹅。煮熟的鸭子。汽车嗞嗞地从雨里滑过。雨伞。高跟皮鞋。小妹妹。那个黑影又在白茫茫的毛玻璃后面蠕动。一个人搬着一只木箱子走过来，我低下去，靠在栏杆上，木箱子的棱角碰疼我的头了。搬箱的人穿着一身黑衣，身体瘦小，招风耳，短腿，像是戏里的一个冤魂。有一位大人物的汽车从街上缓缓走过，雨廊里的人流突然淤塞了，不能向前流动了。我把脸贴在两道栏杆之间，望着街对面的那座镶着白色毛玻璃的房子。我想，舅舅其实也应该算一位大人物，比如，他要是办完他的事情以后还不带我到第一中学去，我就不会见到五味，所以，去得成去不成，能不能见到五味，全在于他，他要说走，我们立刻就走，他要说不去了，那就什么都完了。我一直没有打听到第一中学的确切位置，说不定什么时候已经错过去了，那些古怪的尖顶子房屋到现在我也没有瞧见它们到底坐落在哪个方向。雨水帮了倒忙。这个城市太大了，大得让人感到无路可走，无处可去。有时候，连舅舅那样的大人物都会迷路，四处瞎撞，何况我呢。

我的手从栏杆上松开。我看见舅舅从对面那房子里出来了。

与他一同出来的还有一个人，那个人穿着一身白衣白裤，瘦得像一个鬼。他们在门前推推搡搡，纠缠着。我觉得：

一、他们的话不适合在那座房子里面说，必须出来说。

二、他们在里面说了一阵，就要分手时，才猛然意识到该说的话还没有说完，而且遗漏了的那一部分恰恰是最重要的部分，于是，他们出来了，站在那镶着毛玻璃的房门外面，进行最后的补充。糟糕的是，他们快吵起来了 。

三、那个白衣人看上去很不好对付，一身衣服像松懈的皮一样附在他的身上。我们镇上有一个秧歌队，秧歌队里有一个竹子制成的假人，人们给它穿上宽大的白衣白裤或绿色的长衫，举着它行走，强令它舞蹈。最惨的一次，人们在它那空荡荡的袖筒和空荡荡的裤筒里塞进鞭炮，又在空空的头颅里塞进雷子，然后点燃。

舅舅站在那里，用一只手掌托着自己的一半脸腮，他怎么了？只有牙疼的人才会有那种难受的姿势，而他的牙好好的，他常说自己的牙结实得像马牙，吃起甘蔗来咔嚓咔嚓。一片脆响，不一会儿工夫就能造出一堆白花花的垃圾。我不知道他为什么要摆出那种姿势？这会儿，他歪着头与那个骨瘦如柴的白衣人说话，白衣人也在说。我看见他们两个人的嘴都在动，我只是听不见他们在说什么罢了。雨还在下着，远处有一小片天空微微发红。我在雨廊里朝舅舅挥了一下手，他没有看见。他们还在说话。

人活在这个世界上到底要干什么？肯定不是为了专门制造垃圾。

说实话，我从来没有见过那么白的人脸。一个男人，骨瘦如柴，脸色白得像粉刷不久的墙。这时，舅舅用另一只手掏出一个粉红色的纸团，白衣人接过去，展开看了一下后，立即揣到身上。舅舅一手托着脸腮，另一只手比画着。白衣人突然轻轻笑起来，枯瘦的身体颤动得像一根风中的芦苇。我甚至觉得他有可能会拦腰折断，裂成两截。白衣人仿佛怕冷似的将两条胳膊抱在胸前，宽大的袖子和衣襟飘动起来，他抓过舅舅的一只手，用他的手指在舅舅的手上划了两下，舅舅连连摇着头，身体向后退去。舅舅假如是一只虫子的话，这个时候他肯定会越变越小，蜷缩成一种用放大镜才能勉强看得见的东西。可是他不是虫子，他仍然那么大，丝毫没有缩小下去，他背靠在那扇毛玻璃的门上，他的那只手从脸上移开了，现在正垂在大腿上。白衣人非常吃力地对他说着什么，他不停地点头，摇头，白衣人也有点头和摇头的时候。我站在街这头的雨廊里，我觉得他们像是在演戏，演员是他们两个，观众也是他们两个。我不能算作观众。我要是留在家里，不跟他出来，他们的戏照样还得演。他们似乎有无数说不完的话，有无数说不清的事，从房子里面转移到街上，接着说话，继续讨论。

人来人往的大街，雨水映出人们模糊的影子和房屋的倒影。

五味曾经有一次告诉我说，许多很麻烦的事情不是一下就能解决了的，比如，有些在历史上很重要的大会也是在换了两个地方以后，才终于开完的，代表们从房子里出来后，直接到了一艘船上……

白衣人突然伸出一只枯瘦的手打了舅舅一个耳光，我在栏杆前吃惊得跳了起来……舅舅用手捂着半边脸，看着白衣人。他们还在说话。他们离得很近，互相看着对方。

现在，舅舅和那个白衣人，他们像两只蚕，他们都把丝吐到了自己的身上和对方的身上……一张看不见的网出现了，罩住了他们，他们动不了啦。我伸出手抓紧前面的栏杆，飞来的雨丝把我的眉毛溅湿了，前额一阵冰凉。舅舅挨打了，我觉得我应该过去。我不知道舅舅为什么不还手，为什么不照着那家伙的脸上也狠狠来一下？

大街上水汪汪的。我从刷着黄油漆的栏杆后面钻出来。我要过去，扯断他们的丝。可是，他们忽然开始动了。

先是，那个骨瘦如柴的白衣人转眼之间就不见了。接着，舅舅用手捂着脸，飞快地穿过湿漉漉的大街，向这边的雨廊下走来。他看见我了，他扬起另一只手朝我晃了晃，他很疲倦地笑着。我在栏杆前跳起来。我说，舅舅。

“怎么样，你没事吧？”他说，“没有什么人来找你的麻烦吧？”

“没有。”我说。

“事情很难办。”他说。他叹了一口气，“复杂。麻烦。”

我看着他的脸。

“一件很糟糕的事情，”舅舅说道，“越闹越复杂……”

“我都看见了。”我说。

“你看见什么了？”他说，“我不是不让你到处瞎跑吗？”

“我哪里也没去。”我说，“那个人，他为什么要打你？”

“谁？”他说。“你说谁要打我？”

“那个穿着一身白衣服的人。”我说。

“这从何说起？”他蹲下来，认真地看着我的脸，“哪个人穿着一身白衣服？他欺负你了？”他的手像铁一样凉。

我把我看到的那一切都告诉了他。

“怎么可能呢？”他听了我的话，突然从地上跳了起来，满脸狐疑地望着街对面的那座镶着白色毛玻璃的房子，他不相信我看到的那一切。

“我刚从那房子里出来，”他说，“一下也没有耽搁，就直奔这边来了，我不放心把你一个孩子留在这里……”他说那房子里根本没有一个什么穿白衣服的、骨瘦如柴的男人。

“那里面一个男人都没有。”他说。现在，我们都看着街对面的那座房子。我看看舅舅的手和头，他的竹笠不见了。

“那里面住着一大家子”，他说，“全是女眷。老太太慈眉善目，有七十多了。还有她的女儿和儿媳，几个孙女，十二三岁的一个，十四五岁的一个，十六七岁的一个，最大的那个十八九岁。那几个姑娘，她们的父亲从前是我的朋友。我找了她们很多年了。”

“舅舅，你怎么会知道她们如今住在这里？”我说。我看了一眼那房子。他找了她们很多年，如今突然一下找到了。我们在雨廊下走着，沿街那么多房子，他看哪个都不像，唯有这一家，他不偏不倚，一下子闯进去，而且就闯对了，没有出错，正是他要找的那一大家子人。她们正在里面吃饭，梳妆，坐着说话，他就进去了。

舅舅看着我。他说：

“今天的事是不是有点儿奇怪？我也不大清楚是怎么回事。”

“反正我看见你了。”我对他说，“你和那个穿白衣服的人从房子里面出来，你们在门外说了很多时间的话。”

“我起誓，没有的事。”他把一只手放到胸前，抬头看了一眼天上。“我要是一个满口鬼话的人，我还能做你的舅舅吗？”

“你掏出一个粉色的纸团给他看，他看过后就随手装起来了。”

“粉色的纸团？你说我给了他一个粉色的纸团？”他急躁不安地在地上团团打转，一只手在栏杆上摸了一下，又猛地缩了回去。“菩萨在上，”他说，“这到底他妈的怎么回事？从哪儿冒出那么一个骨瘦如柴的人来，是鬼吧？粉色纸团？你知道吗，我从来没有过那种东西。”

他忽然笑了起来。

“他和你一出来，我就觉得他像个鬼。”

我说：“你和他很熟。”

“我？”他伸出手指着自己的鼻子。“好吧，”他说，“就算我认识他，就算我有一个鬼友，可他怎么会打我呢？”

“关系好不一定不动手。”我说，“他打你的时候，他的脸上一直带着笑，谁也不以为你们是真的在动手。”

舅舅的手从脸上拿开。我们都不说话了。过了一会儿，他的那只手又放到脸上去了，他的那一半脸好像有隐痛。每当我看他的时候，他就会迅速把那只手拿开，或者来不及拿开，就在原地做出搔痒的样子。白衣人打的正是他这一半脸。他不承认有那么回事，谁也没办法。

我们就在栏杆前站着。又过了一会儿，舅舅忽然对我说道：

“有一个人，很快就要死了，临死前，他非要留下点什么……”

“纪念?”

“是的，就是那一类的东西。我说我不要，可我拗不过他，怎么都推托不掉。我想，我就够有耐性的了，可他还比我有牛脾气，是的，我拗不过他……他是一个很顽强的人，即使到了那边，也仍然……”舅舅看着对面，不知不觉地合上了嘴。他反复打量着那临街的房子，怀疑自己不久前是否真的走进去过，又是否真的从那里出来过？一进一出，他多少感到有些糊涂了。我也感到有些糊涂了，无论我说什么他都不信。他亲身经历过的，我亲眼看见过的，所有的东西看上去都好像是假的。这会儿，大约只有街对面的那座房子不会有假，还像当初一样一直稳稳妥妥地坐落在雨里。没有飘走，也没有改变，镶在门上的毛玻璃也还是白色的。

“咱们去不去第一中学了?”

“今天不行了。”舅舅说，“没时间了，咱们得赶快回去。”

“出什么事了，舅舅，”

“没什么。”他说。他有些慌乱，想不起带我去吃饭，也忘记了他的竹笠。“没事。”他说，“能有什么事呢？你这孩子，你是不是就盼着出点儿什么事呢？你看这雨。”

我没那么想，我怎么会那么想呢？我对自己说，我有点儿担心，我不是盼着出事，而是害怕出事，越想越怕，越怕越想。

“你看这雨，不分昼夜，一个劲地下着，也不知要下到哪年哪月才是个头。天好像烂了，到处是漏水的砂眼，谁家的砂锅会坏到这种地步？人们都发霉了……”舅舅说道，“我让人卜过一卦，咱们他妈的要么没事，要有事就是大事。”

“什么是大事？”我说。

虽然那样的推测几乎适合所有的人，可是我还是被舅舅说的话吓了一跳。我走在他的旁边，边走边看着他的脸。这以后，一路上，我像一个哑巴孩子一样跟着他。舅舅有时候会问我，你怎么不说话了？怎么好半天听不见你的声音了？说吧，想说什么就说吧，咱们得说点儿什么，边走边说，这样就不觉得路长了。

我们在人来人往的雨廊下又走了一段，然后就没有雨廊了，到头了。我们来到街上，头顶上面无遮无拦，雨直接落下来。我们在街上走得并不快。我回头看看后面那离我们越来越远的雨廊，我想念那能够庇护人的雨廊——长长的，干净的，涂满颜色，遮风挡雨，除了有些拥挤，什么都好，更多的时候像是一种梦境。我想一直在那里面不停地走着，像马一样。

“我的斗笠呢？”这时，舅舅摸了一下湿漉漉的头，忽然说道。在雨廊下行走的时候，斗笠和帽子没有多大用处，一来到街上，它们立刻就重要起来了。舅舅的竹笠遗忘在街面对的那座房子里了，她们没有追出来送给他。

“你忘在那一家人那里了。”我对他说。

红花。绿树。紫藤。黄梅。白烟。黑铁门。湿漉漉的狗。电线上挂满了无数明亮的水珠。我听到一阵琴声，不知道是从哪个方向飘过来的。雨中还传来一阵婴儿的哭声。他们说我小的时候也很能哭，经常哭，自从我妈死了以后我就不再哭了，一家人都埋怨我，说我妈完全是让我给哭死的。哭是一种错误，大多数的时候是有罪的，首先是对自己不好，更主要的还是对别人有害，对谁都不好。

我们沿着墙外的便道走。我们已经离开了主要的大街，来到一条很窄的街上，行人稀少，树木像绿烟，从树上掉下来的凉雨直接落进我们的领口里。这会儿，舅舅的话也不多了。我看着街两边那些开在高墙上的窗户，五味曾经给我讲过一个故事。五味说，很久以前，有姑嫂二人住在一座临街的房子里，她们的窗户也是那样又高又窄，她们差不多每天夜里和街上的一位书生见面。她们的办法是把一只筐子系在一根绳子上，绳子当然掌握在她们两个人的手里。天黑以后，她们打开那高高在上的窗户，将绳子悄悄顺下去。那个书生就隐藏在暗处，立即坐进那个筐子里，用手拽一下绳子，上面的两个女人于是马上拉动绳子，连人带筐子拉进窗户里。

五味说，那时候滑轮还没有问世，那时候人们要是发明出了滑轮，在窗户外面安装一个，不知她们要省多少劲。

那个故事里不仅仅是他们三个人，还有一个卖烧饼的孩子，年龄和我差不多，他为他们通风报信。另外，故事里还有一个糟糕而可怜的老头，住在她们的对门。老头子时常坐在门外晒太阳，他知道住在对面楼上的姑嫂二人长得很美。有一天，老头子连哄带吓制服了那个常在附近卖烧饼的孩子，总算明白是怎么回事了。接下来的夜晚，老头子穿戴整齐，与家里的人撒了一个谎，说有人请他吃饭，便抢在书生的前面坐进了筐子里。按照那个孩子的说法，老头子轻轻拽了一下绳子，那筐子果然便开始上升了。老头子又激动又高兴，喉咙里憋了一口东西。上面的那两个女人在拉动绳子的过程中，明显地感到筐子里的重量比往日轻，但她们没时间多想。就在筐子快要接近窗户的时候，姑嫂二人几乎同时都看到了一颗白发苍苍的头……那一瞬间，她们要多吃惊有多吃惊，吓得魂飞魄散，体酥骨软。她们的自以为滴水不漏的秘密突然出现了缝隙，透进了亮光，有人在她们不知不觉的时候暗中钻了进来。

她们在慌乱中割断了那条绳子……

第二天早晨，人们在一个水坑边看到了那个糟糕而可怜的死老头子，他的全身都硬了。五味说这个故事发生在很久以前，我觉得故事的年代离我们很近，甚至就在我们身边。我一定在什么地方见过那样的老头，美滋滋地坐在一只正在上升的筐子里，闭着眼睛摇头晃脑，心里翻腾着很多事情，头发雪一样白……要是哪一天真的发生了这样的事，我一点儿也不会感到奇怪，因为那是早晚的事。开在高墙上的窗户……垂下来的绳子筐子……老头……窗户里露出的（鲜艳的）女人的脸，甚至下面的水坑，一个像我一样大的孩子，该有的都有了，什么都齐备了，就差发生那事了。藤萝垂在我们的身边，白墙上布满了霉斑，下面的草疯长着。经过一带铁栅栏外面的时候，我们突然跑了起来，是舅舅先开始跑的，我跟在他的后面，栅栏里面长满了花木，露出几个尖顶的亭子，黄色的瓦。我们从一条街上跑到附近的另一条街上的时候，雨停了，我们也停了下来。我没有问舅舅我们刚才为什么要跑？河上的雾向我们这边飘过来，我们走在雾里，满身湿气。雾粘在我们的脸上，附在我们的手上，像一种看不见的肠衣，无论用什么办法都不能将它们从身上剥下去。肠衣是一种容易分离的东西，而雾却越来越浓越来越密……

周策田

父亲、母亲和妹妹，他们今天还住在我们从前的那条街上，房子没变，街上的人却开玩笑似的翻了几倍，而熙熙攘攘又证明那的确不是玩笑。是的，一切都是真实的，个人的承认与否微不足道，毫无意义。在那条繁华喧嚣的街上，父亲陆续建起了七八个店铺，其中包括一个有八名工人的小型的丝织厂。商店只是一种外表，父亲的想法和经验都在其中，外表可以任意涂抹或装饰，里面却需要反复斟酌，认真计较。从某种意义上来说，那不是一些店，而是老头子的命——分成若干个空间的，临街而筑的梦，多一个店铺，他就能继续多活十年，少一个店铺，他会少活十年。他精心计算了一生，到晚年时才猛然发现要想守住那个大摊子是非常困难的，那一长溜笔直而繁荣的梦，与其说是人生的一笔财富，倒不如说是一串包袱更为恰当，一连串沉重的，使他不能瞑目的包袱，谁知道里面装的到底是什么？某种时候，连他自己也有些不大清楚。三个孩子都已长大成人，却没有一个主动亲近他的那笔财富……老头子开始有些痛心疾首了。

回家的路上，我先遇到陈伯年，他和父亲在一起共事多年，现在是父亲那七个商店和一个小厂的总会计师。年初的时候，陈伯年病了一场，父亲劝他退休，另外找一个年轻人来顶替他的职务，他为此和父亲大吵了一次。他不愿早早回家，他视效益和财务如生命，他是天生的一个会计，一个过去意义上的会计，公正，刻板，勤勉，仔细，兢兢业业，一丝不苟。有一年，他忽然对我说，经理病了，你能否抽出身过来帮帮我们？当时我未能很快明白他的意思。事后，全家人聚在一起吃饭的时候，父亲对我说，你是你陈伯伯从小看着长大的，他早就对我说过你不是做生意的料，所以，你也不必担心，我不会把我那一摊子放到你的身上去。你不喜欢生意，可以理解。父亲用宽厚的口吻说道，我也不勉强你。

妹妹环佩说，“爸爸，你是从哪里开始转过这个弯子的？”

父亲说，“怎么，不像是我说的话？”

还是那个几十年如一日的陈伯年，一身布衣，眼镜用绳子系着，他刚从那个小型丝织厂里出来，我们在街上相遇了。

“陈伯伯。”我说。

“你总算来了。”陈伯年说，“经理好像正在找你。你没见着他吗？”

“出什么事了？”我说。我非常不习惯听别人称父亲为经理，尤其是从陈伯年的嘴里说出来，可父亲就是那样的一个角色，他自己或许听着很舒服，从头至脚都是惬意。

“非得要有什么事吗？”陈伯年说道，“没事你们父子也应该多在一起说说话。昨天，你老子和我，我们又吵了一次。”

“为了什么？”

“一桩小事。吵着吵着，快要吵不下去的时候，你老子忽然说，‘咱们这里究竟谁说了算？你，还是我？’我忽然被他点醒了，我对他说，当然是你，这一大摊子都是你的。”

“陈伯伯，”我说，“我爸爸这些年的脾气变得越来越怪，别计较他。”

“哪能呢，没事。”陈伯年笑了，“我们这一辈子就是这么过来的，我们都老了，即便天天吵，也吵不了多久了。”

一切都在倒计时。争吵怕什么，即使天天都在吵，那也是有数的几次了。我看着满头霜雪的陈伯年，在我的几十年的记忆里，他从来没有胖过一天。会计无疑是一种瘦削而彻夜不明的职业，有如军队里那些耿耿难眠的参谋长，有谁见过虎背熊腰，脑满肠肥的会计或参谋长？那样的形象实属稀少，不是凤毛麟角，便是角色错位。

转过一个街角以后，我看到了父亲，老头子正背着手，若有所思地在街上闲逛。我叫了一声爸爸，他停下来，神色严峻地告诉我，让我抽空回去一趟，他们——“我和你妈，主要是你妈，有事想和你谈谈。”我吃了一惊，不知家里出了什么事，是妹妹环佩又惹他们生气了？

“爸爸，”我说，“陈伯伯跟你干了这么多年了，有些时候……”

“嗯，怎么了？”父亲十分警觉地看着我，“你想说什么？”

“我是说，你们算是老搭档了，知己知彼，应该好好相处。”

“这是什么话？”父亲打断我的话，“难道我们处得不好吗？”

“你们又争吵了！”

“你听谁说的？陈伯年告诉你的？他这个人哪，一贯就是这样的，总是把工作中的细节看成是争吵。哼，这个人。”

“美国有一位工厂主，上半年和他的总会计师吵了十三次架，下半年一开始，他的厂子就垮掉了。爸爸，你听我说……”

“去他娘的美国！他们那是什么关系？雇主和雇员的关系，他们中间不可能有那种黏合的东西。我和你陈伯伯，我们是多年的老伙计了，你知道吗？他最知道我。国情不同，关系当然就不一样。据我看，只要心往一处想，劲往一处使，那就比什么先进的经验都管用。”

“那你就更不应该说那种话。”

“哪种话?”

“你说，‘这里究竟谁说了算?’陈伯伯看上去很伤心。你说那些干什么?”

父亲想说什么，但忽然又摆摆手走开了，他看上去好像很烦。我目送着父亲的背影，他在一个丝绸店前停下来，隔着柜台与店主攀谈起来。

几年前，父亲踌躇满志地制造出第一批丝巾和丝质手套的时候，高兴得夜不能寐，有些忘乎所以。他实在没有想到，从那几个工人的几双粗糙通红的手中，竟能变幻出如此光滑柔软的东西。体验是美妙的，他张开手指，将自己的手伸进去，脸上洋溢出不可遏制的愉悦的光泽。是的，许多的东西他都没有想到……当天晚上，我回到家里以后，看到母亲的胸前扎起了那种丝巾，父亲神色欢愉地坐在一旁，他是在欣赏他的产品，而并非是对母亲的新形象有什么兴趣。事实上那是他反复动员母亲扎，母亲才扎上了的，不然他会不高兴，他老了，她不忍看他伤心。我劝他不能这么鼓捣。

“什么叫鼓捣?”父亲板起脸，“在你们的眼里，我干什么都是鼓捣。是的，我就是这么把你们兄妹三个鼓捣成人的。”

他老了，可是他丝毫看不出这是他的薄弱之处，制造女性的丝巾与丝质手套无异于螳臂当车，与虎谋皮，成天夹在几家大型的丝织厂之间喘息……全家人似乎都不支持他的想法，不仅不予合作，连一种乐观的估计都谈不上。全家人都希望他能转产彩色丝带和蝴蝶结。

生产丝带和蝴蝶结是完全可行的，因为这是一个各方面都需要装饰的时代，我多么希望老头子能够生产出那种华而不实的花边饰物，他不是不懂时尚，他要真是一个不懂时尚的生产者，他必然要被潮流湮灭……可是，他却抛出几块丝巾，让我带回去请张芸扎上，替他做做招牌，儿媳妇的那副外表形象使老头子对自己的事业充满了希望和信心，他好像早已提前看到什么了。

“她要是不扎呢？”我用怀疑的目光望着有些利令智昏的父亲，又瞧瞧他的那打丝巾。我什么把握都没有。张芸是一个十分挑剔的女人，她不可能看上这种出自私家小厂的产品，纵然生产者是自己的公公，那又怎么样呢？满大街都是这样的产品，我丝毫没看出父亲的这些东西又有什么特别之处。

难题摆在眼前，我忽然有一个激动而不切实际的奇想：我要是一个女人就好了，权当为了救命，为了挽救一个执迷不悟的小厂，暂且放弃自己喜好，替他扎一段时间，甚至一直扎到生命结束的那一天，可我不是。我是一个男人，总不能扎着一条女人的丝巾招摇过市……我忧心忡忡，这事情真有点儿棘手。

（后街上倒是真有那么一个穿着女人饰物的男人，那是一个精神高度错乱的人，有四十多岁了，每年夏天，你都会看到他站在街口，一身女性的装扮，头上戴着欧洲的妇女们度假时戴的那种阔边遮阳草帽，手里拿着一架高倍望远镜，腿上是又粗又黑的杂毛，钻出来。他不断地将手里的望远镜举起来观察一阵，然后又默默地放下，像一位指挥作战的军官。他的神情是严肃而庄重的。——那么专注，他到底通过望远镜在看什么呢？）

……我看到父亲的脸色已不像刚才那么晴朗了，我知道黑暗尚在其后。

“怎么，不要？”父亲冲我说道，“你回去问问她，她还是不是周家的媳妇？你是干什么的？看热闹的过客？她不穿，你就不会劝劝她么？女人都一样，你妈开头也不肯穿，我劝了她几句，这不也穿上了么。我知道她老子有钱，她自己从小就崇洋媚外，东西都是进口的。你回去告诉她，就算我求她这一回，就这么说。”

“可是……”

“可是什么？就看你的了，好好劝劝她。男人的职责就是想办法打动女人，感染她们，只要她们一糊涂了，就什么事都好办了。”

老头子一开始的想法比较简单而乐观。事实上，他可以乐观，但没理由简单。周家有两个漂亮的女人，一个是他的儿媳张芸，另一个是他的女儿周环佩，只要她们穿上他的产品在人前一过……后面的事情也不用去多想，只等闭着眼睛数钱吧。但是，他没有想到，事情的症结正是出在内部，张芸和周环佩，她们都不买他的账，冷淡，无动于衷，不屑一顾，她们的反应如出一辙，这使他在意外的同时又颇感沮丧而寒心。堡垒的确最容易从内部被攻破。

有一点父亲至今不大明白，他不知道她们为什么连试一下也不愿意？因为，他没看出它们有什么不好。退回几百年前，拿一块这样的丝巾到后宫里，足以在众多的嫔妃之间引起一场空前的混战，逐鹿中原，鹿死谁手？一般来说，最后获胜的，必是大权在握的皇后，或某一位宠爱有加的公主。

“我是周家的媳妇，可我并没有卖给你们周家。”除此之外，张芸还说了一些足以令老头子暴跳如雷的话，我当然不能将那些话直译过去，一切有害于这个家庭的东西都到我这里为止，双方带刺的话语在我这里汇合，截流，最终湮灭。那些话，无论灌入谁的耳中，都会使原本简单的事情变得更糟，无比复杂。不知从什么时候开始，我发现自己实际上在秘密地从事着另外一种职业——息事宁人，截流，熄灭，隐匿，吞噬，调和，圆谎，在冥冥之中承担着一个艰辛而不乏微妙的义务，没有人知道我一直在暗中常为这些事情而努力，因为谁也没有吩咐我去干这些，一切都是我自己主动而宿命地承揽起来的，鬼使神差，莫名其妙，没有报酬，不分昼夜，说起来难以置信，干起来力不从心，漏洞百出。

大多数的人生来其实就具备两张皮——两副或两副以上的面孔，有的人甚至远不止这些，他们穿着那种盔甲或防弹衣一样的保护物，瞄准目标，到处活动，当稍有名堂的时候，略有一技之长，你会被称为专家，即便身无所长，也会被称为社会活动家。两张皮的人多么幸福！

我不知道我的另一张皮在哪里？

一个时期以来，我几乎每天都在找它。我相信人人有份。我不是那种无本求木的人，从来不做非分之想。姑且将它看作是一件在箱底积压多年的大衣，现在也到了该穿它的时候了，也许这一件不一定能够合身，但至少可以起到一种御寒或装饰的作用吧？一个孩子，在他出生后不久，家人即为他在银行里存入一笔款子——或为折价的首饰——，待他成人以后，他就可以以自己的名义前去提取了。那么，我的那张至关重要的皮是什么人提前以我的名义为我存下来的？难道是仁慈而精明的有洞察力的祖先？万能的上帝？……总而言之，不管怎样，现在无论从哪个方面来说，都太需要它了，我时常在暗中发出急切而焦躁的呼唤。然而，目前看来，它毫无着落，音讯不通。是的，差不多每个人都有两张或两张以上的皮，我为什么只有一张？多么贫穷而缺少退路。要知道，一个仅有一张皮或一副面孔的人，简直是无法生存下去的，处处事倍功半，那要付出比常人更多的东西。我的那一张呢？我现在要用它，它却像一个刁钻古怪的孩子一样藏在暗处，任凭焦急的父母千呼万唤，只是一声不吭，置若罔闻，难道，它永远不打算露面了吗？

我不排除有人趁我熟睡或不经意之间，拿走了我的那张皮。

对于有些人来说，那样的东西多多益善，多一道网就意味着多一分安全。同时，我也见过那些全部家当只是一条裤子的人，不管在家还是外出，总是那一条，连一条可以换洗的都没有，时间一长，它要是不显陈旧，不出现漏洞和窟窿，那才叫怪事呢。做人做成这样，千疮百孔，伤痕累累，那是必然不可避免的，因为你没有多余的，缺少可以替换的。

有一种栖息于水边的候鸟叫“白日”，当它衔粟归来，看到自己精心藏于草丛中的蛋被人发现并拿走以后，它会因焦急和绝望而很快死去。

晚上，我回到御史街父母的住处。我从小在这一带长大，只是与张芸结婚以后才不常回来了。街上飘着烟雾，一些商行正在打烊，几个昔日的熟人与我打着招呼。这条街的街名是二十世纪二十年代初期由几个共同富裕起来的商人拟定出来的，事实上它是一条地道的商业街，街面上总是热闹得有些过头，上至绸缎，下至葱蒜，与御史一类的概念毫无瓜葛。但那几个有心计的富人不愿意让人把这里看作是一条世俗的长街，他们觉得这至少应该是一条优雅而上乘的不乏富丽的街，于是，他们首先想到了一个名称：翰林路，以后又想到了功德路，王府后街，先贤路，公主府等等的称谓。市政府在收到他们的建议和银子的同时，恰好迎来一位中央要员，要员从东走到西，不见公主的面，翰林似乎也躲起来了。面对子虚乌有的公主和羞羞答答的翰林，要员说，公主在哪里？翰林呢？既然他们都不在，就叫御史街好了。

房子的轮廓与格局还是从前的那种样子，所不同的是原先包容在其中的许多虚拟性的、华而不实的设施和陈列之物都在岁月流逝的过程中渐渐消失了，花坛一侧的旧日浮雕被更为实用的躺椅所代替，青砖如同雨前的天空，坛内的几簇常青的枝干微微发红，像是皮下的瘀血。一切都逝去了，一切又似乎都没变。

门开了，娇小、苍白的母亲闻声转过身来。天已经很晚了，家里只有她一个人在，父亲和妹妹都还没有回来。屋内洁净、安静，母亲穿着她那身祈祷时才穿的黑衣服，手里正在擦拭着一把小银壶。我从外面走进来，呼吸着湿润的水汽，窗前的一溜鲜花芬芳袭人。有母亲在，家里总是井井有条，温馨、明亮，令人安心。张芸在这些方面能赶上母亲的一半，那就是我最大的造化了。母亲够能干的了，但父亲似乎仍然不怎么知足。不少人都是那样，并不珍惜手中的东西，视而不见，倒是另外一些乱糟糟的，乌烟瘴气的事物常使他们魂牵梦绕，魂不守舍。母亲一边信仰，一边生活，生活不只是信仰，但信仰无疑是为了很好地活着。有人不理解母亲的信仰，父亲却很宽容，他说，随她吧，一个女人能干什么，再糟的信仰也总比打牌，练气功要强得多。母亲闻知后十分伤心，常以浅笑来掩饰内心的不适。她当然清楚时光不会倒流，假如人人都能重活一次，她绝不会再选择父亲。我小的时候，康牧师说母亲是万河桥以东的最后一抹光，但令他遗憾的是哪里都不需要这束光，因而她一直是非常黯淡的，微弱而苍白的。是的，很多东西都过时了，谁都不能例外，什么都无法挽救，总有一天，所有的事物都将成为灰烬和废墟，成为最模糊最飘忽不定的证明，一经推敲便全部坍塌。

一只水壶咝咝地冒着热气。我来到母亲身边。

“爸爸说你有事要找我。”

“他上你那里去了？”

母亲放下手里的小银壶，仿佛有一道光从她的手里抛了出去。“我不让他去打搅你。”她说，“他心里有火，陷在那些丝巾和手套里出不来。还有你妹妹，父女俩像前世的冤家似的。环佩到现在没回来，她没上你那里去吧？”

“没有。”我说。环佩几乎从不到我家里去，除非迫不得已。她不想见到张芸，姑嫂二人互不理睬，谁都看不上谁。我夹在她们之间，最可笑最尴尬的人不是她们，而是我。

今年春天的时候，一个常在这一带出现的布贩子送给父亲两只兔子——天知道那个布贩子怎么会有工夫倒腾兔子——让他养着玩儿，解闷。父亲差不多每天回来都要蹲在那个专为两只兔子搭起的木栏前抚摸一会。丝织厂的前景有些不尽如人意，老头子的心情沮丧而灰暗，那两只兔子，它们那小小的红眼睛和雪白的软毛未必能使他忘掉烦恼。除了几家大型的丝织厂之外，一些同类的小厂也越来越多，在主要产品以外，他们又接连推出了众多五花八门的新东西。父亲曾经怀着一种相当叵测、十分好奇的心情秘密地前去见识过几家。说实话，他们的那种做法和货色并不见得怎么样，根本不能使他服气，他曾亲眼看见他们……

“经理，谨防上当。”身为总会计师的陈伯年不无忧虑地对他说道。“越是郑重其事，有板有眼，就越值得怀疑。”这位老会计说着说着，忽然想起了历史上的前车之鉴，骗局……苦肉计……那些发生在昨天的事情使他感到不寒而栗，他自然而然地换上了一副悲壮的口吻。“据我看，他们未必不是在排演蒋干盗书。”

“你是说，我是……蒋干？”身为经理的父亲被自己的总会计师的一番话吓了一跳，他仿佛遭到了重重的一击，打击自上而下，使他感到昏厥，眼前直冒金星。陈伯年的分析有点儿危言耸听吗？不完全是。“伯年兄，你是说我在不知不觉中成了蒋干？那个可笑的蒋干？”

“眼下还不能这么说。”陈伯年沉吟了一下，这才说道。

“不过……”

在纷繁的心事中，父亲从此又多了一块心病，不过，他倒不担心自己会被贻笑千年，那岂是想当然的事？并非人力所能为之。受人景仰，千载难逢，被人耻笑，也非易事，需要资本。若要被贻笑千年，那需要巨大的资本和机遇。你想让世人耻笑，世上就会乖乖地耻笑你吗？天下哪有那样的便宜之事，谁能听你调遣？

一天下午，环佩从外面回到家里后感到无事可做，她先在床上躺着，枕边堆着许多凌乱的书籍。十分钟之内，她换了三本书。后来，她感到什么事都不能填补那种无边无际的虚静了，外面是那样的肮脏，书籍是那样的无聊，朋友是那样的飘忽，家庭是那样的熟悉……她从床上起来，来到雨后的院子发现了那两只关在木栅栏里的兔子。它们仿佛早已算好了她要出来，正在木格子里望着她。其中的一只快要站起来了，两条后腿着地，两条前腿抱在胸前，似在向她作揖，致敬。她高兴了，充满烦躁的脸上露出了笑容。她从家里拿出一棵白菜，一片一片地掰着菜叶，散发给它们。

它们的吃相很文雅，像两位在女性面前努力约束自己的绅士，不使她反感。

那时候，街坊里的一个姓宋的鞋匠恰好一瘸一拐地从外面经过，他看到了正在撕扯白菜的周环佩。跛腿的鞋匠停下来，眼前的情形使他有些迷惑不解，于是，他问道：

“姑娘，你那是在干什么呢？”

环佩没有答应，她根本没有注意到外面是谁在对她说话（无论是谁，又能怎么样呢）。一个时期以来，她真正感到糊涂了，她不知道怎样才能使自己活得更好一些，清清爽爽，没有一丝烦恼。每天的日子如同门前的泥淖，无边无际的虚静，连做梦都不如。就烦恼而言，世界又是公平合理的。差不多人人有份儿。

“不公正的天神呀！”姓宋的鞋匠惊呼道，“为什么就不知道赐给我一棵？”他总算明白她在干什么了，他趔趄着瘦小的身体，迅速向前移动，脸上露出一种笑容。“姑娘，这两只兔子真是有福，要我说，月亮上面的那只也不如它俩，因为……用肉眼看上去，那上面根本不长白菜，只有一棵孤零零的树。”

环佩停住手，回头看到了栅栏不远处的那个大惊小怪的人，她的脸上露出了难得的笑容。喂兔子能喂出某种趣味和细节来，这是她始料不及的。于是，她笑着对他说道：

“何必求他呢？世界上没有什么救世主，我就能给你一棵。你想要吗？”

“那当然。”

鞋匠趔趄着瘦小的身体距她更近了，他看到了她的两条修长漂亮的腿，她的微微上扬的眉毛和高高在上的脸。万能的神！无论从哪个方面来说，都不应该是一个粗鄙浑浊的男人，而实在应该是一位美丽的小姐。宋鞋匠抱着一棵保存得很好的白菜往自己的家里走。他一边走一边想，这个时候能吃到如此鲜嫩的白菜，可不是一件容易的事，好多人都无法办到，而他却轻而易举……一个嫦娥一样的美丽的姑娘，就是有那么一种……冷冰冰的东西，不好亲近。不过，从她的手里接过白菜的时候，他的周身可是暖融融的，心胸紧一阵松一阵。回到家里，将白菜烧好，全家人都会像他一样迅速温暖起来，热情来自回家的途中，自上而下，微微扑面，一直扩散到夜深人静。

就在这时，周家老头子突然迎面走了过来。宋鞋匠亲热地向对方打了一个招呼，对方没有还礼，只是满脸狐疑地盯着鞋匠怀里的那棵白菜。这可是你女儿给我的，我光明正大，没什么可遮掩的……鞋匠想着，闪身进了旁边的一条巷子里。他并非是害怕，而是到家了。巷口那两间平板房就是他的家，他没理由害怕。

“我看见那个宋鞋匠了。”

老头子一回到家里就大叫大嚷。“我一眼就看出他那白菜是从哪里来的了。”他来到木栅栏前的女儿面前，怒气冲冲地质问她：“是你给他的吧？是的，我一眼就瞧出来了，趁我不在……好吧，让咱们一齐都来仗义疏财吧，都别过了。啊，我的老天爷呀！”

“变态。”环佩说道。

兔子们向他致意。老头子突然离开栅栏，回到正屋里，放下手里的黑色皮包，重新从里面出来。儿女是什么？就是那种小时候抚养他们，长大了，翅膀硬了，再回过头来啄他们，气他们的人，不是么？有些事情已到了非说不可的时候了，生活，恶习，意义，它们正在危险的边缘上滑行，跳动，带着艰辛和想象。

“你什么时候去丰镇?”母亲对我说。

“很快。”

“张芸也一起去吗?”

“她不一定去。她不去。”

“带她一起去吧。”母亲加重了语气，“把小建留给我。”

每次想起远行，我都会看到那些朴素的河流和树木映照在远处。

母亲已不在屋里了。旁边的小阁子里燃着三根明亮的蜡烛，橘黄的烛光映照着她那本影印的《圣经》，尽管字体很大，母亲在读它的时候，仍需戴上花镜。自下而上，教堂那坚实的台阶在我的眼前渐渐升高……有些事情我不大明白，那位宽怀的人主，既然一心接纳众生，为什么还要在他的周围筑起众多的台阶，一级高过一级，使它变得像富人的宫殿一样令普通的百姓难以接近?全世界有他数不清的正堂，偏殿，夏季别墅，遥远的行营，每一处都如同坚固的防御工事。当然，这一切都不是他干的，而是他下面的人的一种想法，他自己未必同意他们这么干，不一定认可这种形式。但是，谁能拒绝阿谀与媚颜?奉承与礼赞是最有效力的通行证，可以轻而易举地豁免一切。规划、蓝图、建造、装饰、修缮，每一个程序都需要花费大量的人力和财力。劳民伤财。代价昂贵的信仰。……从某些方面来看，一个露天的场子或许更适合讲经布道，适合人们——尤其是穷苦的人们在其中忏悔、交流，产生默契，心照不宣，幡然醒悟。一个人人都到达的地方，一个真正的方便自由之门。门窗啊台阶什么的，统统去它们的，它们的存在只会坏事，只会使他膝下的听众人数锐减。还有那些华而不实的蜡烛，故弄玄虚，装神弄鬼，可怕而轻浮的浪漫！在诚实善良的人们面前排列花招，施行骗术。友爱不需要任何的中间环节，不需要自上而下的，一级又一级的代理人，不需要那些爱的贩卖者。为什么我们不能直接看到他？多少次徘徊、等待，总是没有人在家！

我把它拿在手里翻阅了一阵。我或许蒙昧加身，罪孽深重，因而不明白它的奥秘何在。混沌的年景，矫饰与炫耀交织在其间，朴素的话语只能代表一小部分安慰，整部书如同一个久病在床者的临终回忆。那光呢？那所谓的荣耀又在哪里？为什么世上的邪恶有增无减，愈演愈烈？就连最微不足道的小人也日渐磨炼出盛气凌人。羔羊长角，鲜花生刺。世界越来越像一幅失败的草图。变化本应富于活动，呈现生机，但每一次巨变的结果总是令人生厌，不寒而栗，掩面低泣。……祭文、修辞、规则、榜样，日趋完善圆熟，轮廓勾勒得相当细致。由于什么都用力过猛，因而总是造成巨大的隔膜和不适，落下明显的斧凿的痕迹。危险并不是想象的东西，而是非常实际的事情。忧虑就是这样形成的。期冀喜出望外是靠不住的。有些人出生不久，脸上就布满了死亡的气息，我是后来才有的。那是一个光线很好的早晨……

王家陵

祖宾将一盒火柴藏到了自己的枕头下面。不知他是什么时候放进去的，这件事瞒过了所有人的眼睛，谁都没有发现。有一天，家里只剩下祖宾一个人的时候，他从枕头下面取出火柴……不久以后，那幅灰色的布幔就被点着了。祖宾睡在其中，放声大笑。一个正在附近翻晒稻草的人听到了那种战栗而嘹亮的笑声，但没有人去我们家救火。

大火像一个头脑清晰的杀手，将祖宾烧死以后很快就熄灭了。那时候，河面上停着一只船，船上的人看到红黄两种颜色的火光从对面那紧闭的窗户里溢了出来。他们幸灾乐祸地说，王尔荡家的房子这一次可是保不住了，大火过后，他得重新翻盖，那需要一大笔钱哪！一大笔哪！想到别人很快就要不可避免地破财，他们比什么都高兴，船也不开了，索性坐在船头端起了酒碗，隔岸观火。

火是一种荒凉的整体。火光中看不到拼命的奔跑和绝望的身影，仿佛一切都不需要躲闪。火光将灰色的布幔和布幔中的祖宾烧毁以后很快就熄灭了。遗憾的是，我们的房子并未受损，烟火只熏黑了它的某些外露的局部。

可怜的祖宾！像一截熏黑的木炭，像一条失去了重量的干鱼。

我从来没有听说过那样乖巧的火，如同被凭空赋予了某种知觉和灵性，泾渭分明，适可而止，极有分寸，相当得体。事情过去一段时间了，我还在想，那是火吗？一闭上眼睛我就感到它又来了，周围一片灼热，前额、脸颊和墙壁，到处都闪动着滚烫而软性的红光，有时候是阴性的暗光。我似乎早已习惯了它，一切都容纳在意料之中，不管如何变化，适应已是早晚的事，成了命中注定的见闻。

我想念祖宾。我想念那个活着的祖宾和死去了的祖宾。

他现在有时间了。挣脱了肉体的羁绊以后，他常常独自一人离开家乡——如同很多年前的他第一次离家时那样——，渡过烟雨迷蒙的河面，到处行走，访友，踏青，谒拜古迹，如同古代的那些才情烂漫的秀才。与他们不同的是，他是轻松的，无须再为功名前程而所累所苦。从前，他的脸色，像雨中的山墙一样苍白而阴湿，现在看上去好多了，红润，光亮。第一中学是一所较为典型的模范中学，他当然再清楚不过，当年，他也是从这里走出去的，我在学校正面的铁栅栏外看见过他，我总是忘记向他打听不久前发生过的那场火。听说那火像妖术一样？我们不谈别的，火也不在我们的范围之内。

我们站在一起。虽说我们是兄弟，但我依然保持着对他的惊讶。

距离当然是存在的，有时候形同郊外的壕沟和盈满绿草的河堤，但无论如何隔不断我们的话语和相接的视线。我能闻到他的气息，雨天里尤为明显而强烈，没有比我对他更熟悉的了。他的目光是紫色的，叹息也是紫色的，像是中毒已久。但总的来说，他还是相当乐观的。什么都不如自由，不是吗？自己支配自己的身体和时间，没有比这更令他感动的了。看到他的变化，我也仿佛像他一样获得了自由。不过，我现在不需要他那样充分的自由。

我需要被约束，被塑造——每个人都得有这么一个学徒时期。

人哪能想自由就自由呢？……

“看什么呢？”

我闻声回过头，薛隐老师站在我的身边。她对我说，王家陵，你走神了。我看到祖宾像是受到了惊吓或打击，突然向远处跑了，转眼之间就消失得无影无踪了。是的，一有生人出现，他就会这样。对他来说，眼前这个女人毫无疑问是一个生人，对我来说则相当熟悉。我相信她没有看到他。这些日子以来，学校里流传着一种消息，是关于她和周策田先生的……我觉得他们不像是。但有人在一个晚上看到他们两个人坐在灯下，他们的腿在下面的阴影里紧紧地缠绕在一起，灯光映照着他们的头发，使他们看上去像是两位白发苍苍的老人……那个时候，差不多所有的人都走光了，整个学校只剩下他们两个人了。

这样一来，很快就又有了另外的一种说法，说的是一个雨季，但又有明显的白雪在远处堆积着。

人言可畏。

“外面有一个孩子，”她对我说道，“说是你的弟弟。”

小海？

我跑到外面，果然看见小海一个人站在铁栅栏后面，一双很亮的眼睛透过栅栏向里面张望，打量着。他穿得不坏。我向他走过去。他忽然看见我了，在栅栏后面跳了起来。

“三哥，我在这里。”

“你怎么来了？”我来到他的面前，“就你一个人吗？”

“总算找到你了。”小海说。

他不是一个人来的，是魏马舅舅带他来的。这一带很偏僻。他们在街上走着走着，忽然就看见第一中学了，大门里面有一尊白色的塑像，是小海最先看见的。小海对魏马舅舅说，舅舅，咱们停一停吧，不能再往前走了。魏马舅舅一开始没有注意，仍然在不停地走。小海伸手拽了一下他的袖子，并仰起脸对他说，舅舅，咱们停一停吧，我三哥就在里面呢。魏马舅舅终于听见了，他说，什么？小海于是把刚才已说过两遍的话又说了一次。魏马舅舅说，怎么不早说？好吧，我也想见见五味。魏马舅舅在说话的时候不住地向四周打量着，似乎在努力辨认什么。与钟楼街那一带相比，这一带其实是非常荒凉的，行人很少，已接近城市的边缘了。他来这一带会有什么事呢？大人的秘密，小海作为一个孩子当然不可能知道。一所学校，一座废弃多年的教堂，教堂的黄绿色的玻璃都破了，顶子上落满了白色的鸟粪，如同晾晒出来的盐。两年前，我刚来第一中学读书的时候，人们说这一带有很多神秘的事情，我不相信。那样的事物历来都是生长、繁衍在繁华地段上的，怎么会在这里生根？他们说好些人来这里都坐着车，他们有车。是的，只要有车，无论多远多边缘的地方都不能算偏僻，人是中心和焦点，他们也是奔某些人来的。只要有了人，什么都能形成的。

周围很安静，附近只有一个卖香烟的老太太。魏马舅舅把小海一个人留在这里，他自己到哪里去了？小海说他一会儿就来了。我们在一道台阶上坐下，我注意到小海穿了一双新鞋。台阶上有水，我们又往那边挪了挪。父亲把小海过继给魏马舅舅了，我不能接受这个事实，这真是一件让人伤心的事情，我原以为只有不懂事的孩子们才会胡来，我真没想到……小海说魏马舅舅其实并没有走远，就在附近。可是我们看不到他。

“你是不是每天都跟着他到处乱跑？你不上学了，是不是啊？”

“你怎么知道我不上了？我一直都在上。”

“你必须得上。你要是不上你就完了，将来会跟他一样。”

“他不好吗？”

“他当然不能算很好，他看上去总有那么一种……游手好闲。”

“他不游手好闲，他差不多每天都有事。好多人都认识他呢。”

“那算什么？”我说。

我告诉小海，人活着不一定是为了让别人认识你，你自己要是什么都不行，认识多少人都没用，事实上仍然等于两眼一抹黑，一个人都不认识，就是说，当你还是一个最渺小，最微不足道的人的时候，所有的人对你来说都是陌生人，你不可能与他们中间的任何人具有任何关系。真正的贱民是孤独的，至高无上的王也是孤独的，这两种人都没有朋友。剩下的就是介于这两种人之间的那最大的一部分人了，他们广交朋友，懂得享受生活的乐趣，社会关系广泛而相当实用，互为裙带，互相利用，能够游刃有余，化险为夷，这样一个阶层的人才是真正的大众，百分之九十以上的大众。而那些一生孤独贫穷，没有朋友的贱民，事实上是人群中的负数，红字，连零都不是。高高在上的王，尽管内心孤独，没有朋友，可在他的脚下却站满俯首听命的奴仆，到处都是恭顺的谄媚者、臣民和信徒，事实上他根本不需要什么朋友，对大众的妥协就意味着对王位的禅让。无谓的牺牲是没有意义的。什么叫朋友？什么叫友爱？整个世界都是自己的，所有的人加起来才够得上一盘棋，一副牌，想怎么走就怎么走，白先黑后，梅花红桃，可以将一些人排在最前面，也可以把另一些人摆在最显要之处。妇女为什么就不能出现在男人的上面？我看完全可以，她们的乳房和长发难道不是丰收在望的象征吗？十八岁的少女可否嫁给七十八岁的老翁？当然可以，这还用问吗？不嫁给他难道嫁给你吗？对爱情的扼杀将使我们有罪。文学和艺术应该像润滑剂一样，应该像风油精和眼药水一样，哪里需要就在哪里涂一点儿——是的，我赞成这样的说法。为什么不？

道德家说，拥有钱币不一定表示幸福。那么，没有钱币呢？……这是一个象征性的轮廓。这样的命题禁不起推敲与循环。

我们坐在泛着潮气的石头台阶上。很多东西都不是那么回事。小海还小，我说的某些话他不大懂。使我感到吃惊的是，他竟然没有听说祖宾的死讯。可过了一会儿他又说他不止一次地哭过。我说，你这会儿还想他吗？小海说想，他很认真地点点头。“都是因为我。”

“都是因为我。”他又说。

“怎么回事？你在说什么？”

“你知道吗？”小海很神秘地对我说道，“他的死和我有关。”

“与你有关？”我看着小海那一本正经的样子，我不知道祖宾的死和他有什么关系。祖宾的死与那场火有关，不是么。别胡说。我对他说。那是一场火——蒙着妖术色彩的火，善解人意，富有分寸，令人难以置信，多少活生生的人都远不及它，从头至尾都是灵性。

“真的和我有关。”小海说，“我要是还在家里，他就不会出事。”

兄弟犹如树藤，在一起的时候盘根错节，互相传递着水分和血脉，传递着生机和活着的信息，当一根被强行拽离地面以后，剩下的几根都会跟着晃动、战栗，或者先后死去。有机变成了紊乱，如同日渐萎缩的皮下组织。是的，我知道小海在指什么了，很多人至今仍那么以为。那是一种不祥的预言，说的是手足之情，伤筋折骨，唇亡齿寒，有一种可怕的丧失在其中作祟，喷吐着某种致命的毒液，谁沾染上了都会不可避免地死去。连续的丧失令人惊讶，但这样的论证不能使我们的父亲改变初衷，另作主张。我不知道他是怎么想的，但他不可能不相信那古老的迷信，承认一个大致的方向和轮廓，他只是不相信那种背时数字会以另一种厄运的方式应验在他自己的头上，他觉得那样的事情离自己很远，应该发生在别人的身上，因而，他铁了心，昏了头，变得无所顾忌，丧心病狂，他没想过他自己也是他人眼里的一个别人……无数事实证明，人还是多少有一点顾忌为好，那样一来，许多邪恶的念头都会受到遏制和消灭。人人都感到自己心中有一个让你畏惧的东西，那样，再做起事来的时候，邪恶就不至于总占上风了。人心是一个空位，不断地有什么被驱逐出来，又不断地有什么被放进去，有时候因长久的无人占据而落满灰尘，那就是一个荒芜的心灵。在父亲看来，祖宾被烧死不过是一次偶然的不幸，既不暗示什么，也不说明什么，人生在世，谁有把握可以保证自己一路平安？烦恼的累赘就在于把最简单的事物理解得繁复无比，巨大无比，看准一条线索，反复描摹，直到出现折磨自己，恐吓自己的重影。……是的，我们都不太走运，犹如彩票抽签，最终出现在手里的总是那引起背时的数字。小海成天跟着魏马舅舅东奔西走，很难说他们过的是一种什么日子。我想，魏马舅舅是喜欢小海的，但不懂得爱护他。喜欢与爱护之间是有很大距离的，那是一件事情的两个步骤，有时甚至是两种事物，迥然不同，各行其是，互相都无法代替。在家里的时候，小海成天像一条不知疲倦的小尾巴一样跟在我的后面，我去哪里他去哪里，有时候我不愿意带他，就常常将他突然推倒在地上，跑出去很远以后，我仍然能听到他还在原地号啕大哭……时光如水，那样的日子再也不会有了。不久，姐姐也出嫁了，仅有的一份柔情从我们家里最后消失了。从此以后，粗暴成了我们最大的特色和最显著的标志，人们把那些最糟糕的意象与我们联系在一起，混为一谈，用异样的眼光来看待，猜测，理解，没有什么有效的东西能够阻挡，扭转人们的那种习性。死水一潭不仅仅是我们，而且是所有的人所有的生活的共同写照，它像冰冷的铁和结晶的盐一样真实可触。一手辛酸，满脸咸涩。从大的方面来考察，我们都完了，很早以前就完了。小问题，小欢乐，小得意，小麻烦，那从来就不算什么。一个北方人，看上去颇有心计，将自己居住的房间搞得很湿润，空气很清新，生活在鸟语花香之中，可外面的一切都是干燥的，风沙肆虐，黄尘弥漫，因而他的一切努力差不多都是徒劳的，甚至是极为有害的，湿润的内部和干燥的外部已使他无法适应当地的生活和气候，动不动就流鼻血、耳鸣，脸上起皮，嘴唇干裂，有时候深夜从梦中醒来，耳边听到房间里的某些竹器正在格格作响，如同严重的骨质增生，除了吃饭用的筷子，几乎所有的竹器每时每刻都在发生着痛苦不堪的骨折和裂变，因为不可救药，所以没有什么办法，只能闭着眼睛，从早到晚，聆听那忽明忽暗，时远时近的断裂之声。

魏马舅舅像是从地下冒出来的一棵老树，在我们不经意之间突然出现在我们的面前，我没有看清他是从哪个方向过来的，他面带疲倦的笑容，看着我和小海。小海似乎已经适应了与他在一起的日子，我从小海的脸上能够看出来，像他这样的年龄，无论放在什么地方，都能很快适应那里的一切，仿佛手中的牌。

“舅舅，你的事办完了吗?”我说。

“也没什么事。”他说，“我遇到过去的一个熟人，我以为他早已离开人世了，没想到老家伙还活着呢，红光满面，腿脚利索，耳不聋眼不花，牙还像马牙一样结实，一边与我说话，一边还在嘴里咯嘣咯嘣地嚼着蚕豆和冰糖。刚娶了一个四十多岁的健壮女人，要不是考虑到怕年龄拉得太大，二三十岁的女人他也敢娶，也能对付得了……老东西，我算服了他了。”

“是不是那个姓马的人？”小海想了一下问道。

“不，姓鲁，不姓马。”魏马舅舅说，“退回二十年前，大名鼎鼎的群众合唱团指挥。”

“可是，上一次，你说他叫马日升……”小海说道。

“你这孩子，记性怎么比我的还不好呢，那是另外一个人。”

学校里的铃声响了。他们走在我的视线里，一边走一边说着话……

我在床上突然醒来。

天已经黑了。铃声还在响着，是晚饭的铃声。我决定立即给家里写一封信，询问祖宾的病情。家里的房子没事吧？另外，小海也没有被魏马舅舅带走吧？……信写好以后，我松了一口气，拿着饭票向食堂里走去。

粗糙的饭票喂养着精致的思想。

昨天上午，一桩官司从校舍里打到了校长办公室，事情是由一个叫罗义的学生对另一个名叫韩单衣的学生的指控引起的，班级老师把这件使人颇感头疼的事上缴给了校长周策田先生。罗义和韩单衣都被带到了校长办公室。

“怎么回事？”校长说。

“他偷了我的东西。”罗义说。

“什么东西？”校长说。

“思想。”罗义说着，用力挺了一下胸，“他盗窃了我的思想。”

“你的……什么？”

“思想。”

“你的思想？”校长眨动着眼睛，从椅子里慢慢站起来，脸上罩满了不可思议的云雾。一开始就遇到了意想不到的麻烦。“请等一下，”他对那个叫罗义的学生做了一个停下来的手势，继而又颇感吃力地问道，“你的……思想……放在什么地方？怎么会跑到他的手里？我不明白。”旋即，校长又问那位班级老师：

“你听懂了吗？”

“在我的床铺下面。”罗义抢在老师的前面说到，他没注意到老师瞪了他一眼。“事情是这样的，”罗义继续说道。

“最下面是床板，床板上面有一个棕毛垫子，棕毛垫子上面有一块毯子，是的，一块粗线毯，四五成新……我说放在棕毛垫子和粗线毯之间的那个——”

“夹层里？”校长准确地补充过后，发出一阵轻微的喘息。

“就是。”罗义也松了一口气，并感激地看了校长一眼。秀才不出门，便知天下事。心有灵犀……“我一直以为很保险，很长时间我一直就放在那里，随用随续，从没出过差错。”

“好吧，跟我说说你的那个……思想，它到底是什么？”校长伸开两手费力地比画着，形状，大小，软硬程度。

“我用橡皮筋勒着。”罗义说，“至少还可以用两周。”

“噢？两周以后就没有了？”

“还可以有。”罗义说，“我不是说了吗，随用随续，一直……”

“一直流着，像一眼泉水？”校长喃喃地说道，声音仿佛梦中的呓语，脸上充满了强烈的睡意，他机械地看着罗义：

“你的泉水一样的……思想？”

“别让校长跟着你着急，他可没时间听你胡说八道。”一同进来的班级老师终于忍不住了，他对罗义厉声说道。

“快告诉校长，告诉他，你那不是思想，什么也不是。”

又面向校长，更正道：

“那不过是膳食科印发的一些饭票。”

“饭票？”校长小声问道。

“是的，一叠又破旧又污秽的饭票。”班级老师大声说道。“上面满是油腻，还有食堂大师傅们那肮脏的手印。”

“很好……”好一个肮脏的思想。校长脸上浮着笑容，有些身不由己地跌回椅子上。班级老师和罗义见状都吃了一惊：校长的笑容令人感到不安，有那么一种他们从未见到过的东西眼下仿佛正支配着校长的一切。

“虽然你是受害者，可你也得当着校长的面把话说清楚——”

班级老师对罗义说道。他偷偷地望了校长一眼，不禁吃了一惊，校长坐在椅子里，一副大病初愈的样子。于是，他又转身去对付那个危言耸听的罗义。“什么叫思想？”他说，“你怎么能把几张饭票夸张成你的思想？罗义你不得了啊，你就差说那是你的灵魂，那是你的牛黄狗宝了。”

“我认为饭票是思想的基础，是一切的前提。”罗义说。

“没有饭票，我就不能维持正常的生活，我会饿死，那么，所有的东西都谈不上了，这中间当然包括思想。”

“还说这个？你的可恶的……思想。”他说着，又看了校长一眼。

校长坐在自己的椅子里无声地笑着，他笑得很厉害，所有的牙齿都露出来了，只是没有任何声音，笑容持续不变。

“校长，您……”班级老师说。

“韩单衣，”校长终于开口说话了。他依然笑容不减，他对那个自进门以后一直一言未发，靠墙站着的韩单衣说道：

“为什么要那样做?”

“校长，我……”韩单衣嗫嚅道。

“愿意听我的话吗?”

“愿意。”

“那么，把罗义的思想还给罗义，好吗?”

“我用了几张。”

“没关系的。如数补上，好吗?”

“你这个糟糕的孩子，你的思想呢？”班级老师对韩单衣说道。他感到有些不大对劲，猛然才意识到自己说走了嘴。也把饭票叫成了思想，于是，又立即改口，尽量避免去触碰那个字眼。“你不是也有一份吗?”他对垂头丧气的韩单衣说道。“人人都有一份儿，你怎么会想起去拿别人的? 你干出这样的丑事，你简直糟透了你!”

校长分开自己的手，用拇指和中指分别按着两边的太阳穴。班级老师偷偷从下面望了一眼，他不无惊讶地发现校长还像刚才那样在无声无息地笑着……班级老师踮起脚，忐忑不安地在地上走来走去，都这么长时间了，没想到校长还在笑着，他不知道校长怎么了，一个人的笑容哪能持续这么久呢? 他的笑神经仿佛失去了控制。校长的笑容里隐含着那么一种羞羞答答的东西，看上去像一个非常害羞的女人，对什么都感到不好意思，但那经久不息的笑意分明又是发自内心的，去伪饰而纯真的，强烈而不可遏制的……班级老师感到有些作难了，怎么办呢? 两个学生，一名原告，一名被告，都靠墙站着，听候发落，都已经这么半天了，而校长却还是笑个没完。

过了一会儿，他感到不能再等下去了，便小声向校长请示道：

“校长，韩单衣的事怎么处理?”

“通知膳食科，扣除他半个月的思想。”校长说，“不，五天。”

“扣除…… 半个月的……思想?”班级老师先是愣了一下，但很快就恍然大悟了。“是的，这个办法不错。”他说着，在地上来回走着。“让他也尝尝思想被窃的滋味，过一段没有思想的日子。好!”他差一点欢呼起来。

过了一会儿，他又自言自语道：“膳食科更名为思想科。或许更为合适?”

“随你们的便。”

校长说完以后，身体伏在桌子上，头埋进臂弯里，又一次无声地笑了起来。不久以后，笑声变成咳嗽，一声高过一声。

第四章

祖　民

那是一对中年的夫妇。

很难说他们是什么时候来的，总之我看到他们已不是一天两天了。我忘记了最初的情形，不知道是我先注意到他们，还是他们先引起了我的注意，他们出现在镇上的时候，像两朵雨后的云彩，尤其是那位漂亮的女人，浑身上下流溢着一种鲜艳的东西。有新的东西不知不觉地进来了，我不止一次地在心里对自己说。我忽然感到镇上的日子开始变得令人依恋了……我知道什么叫惆怅了。

什么是神？我多少明白它有点儿像雾，但雾远远不能与它媲美。从远处看上去，它尤为明显和强烈，如同一种不刺眼的光，谁都不可能走上前去把它抓到手里。你怀着一种粗蠢的见不得人的心情或滑腻的念头，迈开野蛮而恶心的步子朝它直奔过去，它很快就消失了，无影无踪，只留下一具满手凉意的肉体。这样的时候，它有点儿像胆怯的鹿。你将一粒石子投入水中，那荡开的涟漪就是神情。我就是这么认为的，这是我的定义，它就是这样一点一点地影响我的。我已经不是原来的那个我了，没有人知道我的这种变化。

现在，他们穿过镇里的街道，向河边走来。他们贴得很近，一副很亲密很幸福的样子。灰色的西装看上去很平常，引人注目的是旁边那雪白的裙子。也许他们有点儿迫不得已，像准备拍照一样在人前摆出姿势，做做样子，事实上他们真有那么亲密吗？谁知道呢。我没有过过太幸福的日子，因而我总是无法让自己相信世上真的会有那么一说。我无法想象他们的实际生活情形，我想得有些太多了。

玲珑狭小的丰镇像一只草编的篮子一样挂在水边，从小到大，我们一直在其中晃动、飘荡，篮子上面是多雨少晴的天空，篮子下面是流动的水，从早到晚，昼夜不息。

我们不大想篮子以外的事情。

很小的时候，我一直以为那些著名的大人物不吃饭，不喝水，不上厕所，他们的身体结构也和我们完全两样。有一年冬天，我忽然看到一本绿色封面的书，那是一个人的传记，那人的名字我们从小就非常熟悉。书中写道，某年某月，由于严重的疝气和便血，由于长期失眠，他不得不放下手里的工作，去一个海边进行为期半年的疗养……那时候，我感到非常震惊！我想，那怎么可能呢？疝气和便血是什么东西？我们镇上的药剂师孙文生被它折磨了将近一辈子，不久前才刚刚死去。孙文生是普通人，无论得什么病都不奇怪，可是，我怎么也不能把那个充满荣耀的名字与那些问题联想到一起，我以为那是错误而失真的。

河边的草地上挂满了水珠。

他们站在白石桥上，男的伸出手向远处指点着。她的白裙子被风吹了起来，紧紧地裹着她的腰和臀。男的向旁边移动了一下，很快又回到原处。他正在耐心地告诉她什么，一只手指着她那闪亮的头发。她站在他的对面，认真听他说话。

我在看那几只漆黑的乌篷船，它们正在水面上吃力地行走。

就整条河流来说，这一带的水面正好是浅水。河的最上游和最下游都是深水，幽深莫测，水面上阴风袭人。在过去的那些岁月里，流传在水面上的阴风常常将那些单独出门行路或举家迁徙的人毫不留情地拦腰斩断，拉进水里，等再次浮出水面以后，就都变成孤魂野鬼了。一茬接一茬，自然而然，摇身一变，旧鬼退役，投胎，新鬼顶替旧鬼，都成了飘走在大河上下的厉鬼，继续干着拉客下水，招兵买马的罪恶勾当。

上游地端和下游那边的人们什么事都能干，唯有我们浅水这边无论做什么都免不了要败露。初春的时候，一个为富不仁的家伙被杀死后扔进了水里。尸体大约是天不亮的时候扔进去的，到太阳出来的时候就已经从下面浮上来了，肥胖的尸体在闪着光芒的河面上漂来漂去。死者的银灰色的皮领子使最初望见他的那个人以为是一只正在泅渡的狐狸。

就在几天前，又有一个人死了，是一个白得令人吃惊的女人，一头黑色的长发浸在水里，她的衣服则挂在不远处的一棵树下，一具肌肤雪白的裸尸。我从旁边的桥上走下来的时候，围观的人已经差不多走散了。由于经常发生这样的事，也就不觉得有什么稀奇了。事情再大，也总不能天天泡在其中，那必会浑身麻木。

住在河边的两个老头正在料理她的后事。他们一齐动手。把她的身体翻过来后平放到一张黄白的苇席上。我瞪大了眼睛——

我看到了几处平日根本不容易看到的地方。天哪！女人的身体原来是这样的！……第一次领略女人的身体，面对的竟然是一具河边的尸体，我在心里苦笑了一下。我听到什么地方突然发出一种声音，像是一种尖叫或狞笑……我向四周看看，一切都很平静，有条不紊。我不觉得有什么晦气。看看眼前，与她相比，我还是蛮幸运的，因为我还活着，身体很好，可以到处走动，想说什么就说什么，想干什么就干什么，而她却完了，什么都不行了，无可奈何地躺在苇席上，任人支配，任人摆弄……我在心里对自己说，活着是幸运的，即使是死也不能死在这样的地方，至少暂时可以不暴露自己不想暴露的那些部分和东西。

“这是怎么回事？”我慢慢走到附近，问那两个干活儿的老头，“她怎么这么白？你们是不是给她用了什么药？”

一个瘦老头扬起脸看了我一下，没有回答，又低下头干活儿去了。另一个长条脸的老头向旁边啐了一口。他们正在给她穿衣服。背心，长袖衬衣，袜子和鞋，还有一块手帕大小的绿毛巾，那些东西都是她的。她闭着眼睛躺在光滑的席子上，她不能配合他们了，因而，两个老头像揉面团一样把她翻过来翻过去，将旁边的那些东西一件一件地套到她的身上。

从遗容上看，她应该是一个蛮有姿色的女人。我想，她要是还活着的话，肯定会比现在更生动，那么，她绝不会允许，听任这两个糟老头子的揉搓和摆布，除非他们是腰缠万贯的富翁或权倾一方的大人物。可是，她已经死了。死亡是一种非凡的实质，能够使一切都无可奈何，黯然失色，一只狗都可以走过来伸出长长的舌头在她的脚掌和胸前舔一下。想想生前，她那个地方是多么怕痒，谁都碰不得。

黑船。绿水。

黄花。白墙。

一只船靠过来，孙彩云分开腿从船上跳下来。我的眼前晃动着一种白亮的东西，那是她的镯子。她对我说道：

“这么大的小伙子，成天在河边坐着，还让你老子养着，你就不害羞吗？”

我朝她笑了一下。这些天我感到情绪很好，心里一点儿火气也没有。

“你就不打算找点事情做做吗？”她说，“你要是改掉那游手好闲的毛病，三年前我就让我的侄女嫁给你了。”

“现在是不是有点儿晚了？”我说。

“另做主张吧你。她已经嫁人了，家里要什么有什么，幸福得不得了。”

“真有那么好吗？”

“那当然。要多幸福有多幸福。”

“不至于吧，世上哪有那样的人？”

她扬起手里的包在我的头上打了一下。那只船要掉头了，沿着刚才来时的方向往回走。孙彩云向船上挥着手。我坐在河边的草地上，她站着，白镯子从她的手臂上一路滑下来，她张开手指，手变成扇形，滑动的镯子被卡住了。在我的记忆里，孙彩云从来就是一个眉飞色舞的女人。从前，她每个月都要到城里几趟，去那个教堂里做礼拜，听别人念经。有时候她自己也念，喃喃自语，念念有词。看那一副紧张的神色，似乎在干什么见不得人的事情。

“怎么不到城里念经去了？”我说。

“什么念经！不懂就别说。”孙彩云说。她刚从她的那个侄女那儿回来，身上似乎也沾染了某些幸福的微尘。她告诉我，当那个教堂里剩下最后两个牧师——实质上是两个老眼昏花的糟老头子——的时候，他们基本上就没什么可干的事了，每天除了扫扫地，种种花，剩下的大好的时光就在他们的那种争吵声中过去了。

“吵什么?”我说，“是不是因为没人光顾，他们互相埋怨?”

“有点儿那意思。”孙彩云说，“我也不知道那是怎么回事。”

“因为没有吸引力。”我说。

“我担心的是，他们那样吵来吵去，会把事情吵坏了。”孙彩云说着，将手放到胸前，眼睛望着河对面树林里的雾气。

“他为什么就不说说他们？为什么不给他们点儿颜色看看?”

她说，“他们把架吵到他的眼皮子底下了。”

“那么，现在他们还在吵么?”我说。这倒是个有趣的现象，有机会的话，应该听听他们到底吵些什么。如果不出什么意外的话，那不应该是一对一的辱骂或恐吓，而应该酷似一场考试，自始至终充满着词汇和含义，难题不断，疑问不断，令人迷惑不解的例子一个接着一个，每一个看上去都有道理，每一个看上去又根本站不住脚，最后的结果必然是谁也不能说服谁。不能迎刃而解，便只有苦思冥想。毫无出路，仿佛一盘死棋。

“他们都不在那里了。”孙彩云说，“都自谋生路去了。一个去了茶叶收购站，另一个去了棉花转运站，一个看门，一个看着秤砣。”

“长期以来，人们得不到任何好处。”我说，“哪怕像长辈给晚辈发压岁钱一样，没多有少，多多少少表示一下。那样一来，去的人就不是少数，而会越来越多，越来越多。”

“上帝呀！”孙彩云转身看着我，吃惊地张大了嘴，“你这个罪人，你连他的主意也敢打？你竟敢伸手向他要钱？”

“如果他们能按时发放补贴，首先，我每次必去。”我说。不管怎么样，能把钞票弄到手就行，管他是谁呢，谁给我发放薪水，我就信谁，那还不好说么，我有点儿等不及了。

“把你这肮脏的黑手缩回去。”孙彩云说，“你有赎不完的罪。”

我有罪吗？我有什么罪？我对孙彩云说，也对自己说，我连钱都没有，哪来的罪？有钱才会有罪，罪像鬼魂一样跟在钱的后面，形影不离。五味在城里读书。需要一笔钱，我们都不知道该到哪里去找，这种山穷水尽的时候我们怎么会有罪？何罪之有？要说有罪，那也得要等到我们找到那笔钱或更多的钱以后才能说有罪。钱到手了，罪也附身了。你刚回到家里，鬼魂也就一路尾随着你回来了。

罪人，不干净的人，眼下我还不是，我没发现身后有鬼魂。

我很想病一次。躺在床上，尝尝被人看望的滋味。我说的是实情，从出生至今，我好像还从来没有正式病过 次，我不知道那些常年卧病在床的人是怎么回事？有时候，我很羡慕他们能那么安安静静地躺着，经常会有一些关怀慰问的手来到额头上，小心翼翼地试试今天的温度，昨日的高烧是否依然持续不退？喝水了吗？尿液是否清澈如水？一定要多吃水果，少吃油腻的东西，用不了多久，温度就会降下来的。躺着别动，别起来，千万别起来。什么也别想，就当你自己是天上的神仙，偶尔路过这个名声不错的医院，在他们的床榻上短暂地停留一下，很快就又要上路了。好好睡吧，过两天我们再来看你。

是的，不必相送了。

……

“祖民，”孙彩云说，“你空有一身蛮力气，却挣不到钱，我给你介绍一个去处，有一件事情你干不干，想不想干？”

“什么事？”

“你听我说，我有一个从前的姐妹，叫桑林。”孙彩云这样说着，“她如今住在城里，有一座两层的小木楼。需要雇个人……”

“保姆？”

“就像你这样的。有力气，没有家室拖累，身强力壮，年轻……对了，你多大？有没有三十岁？三十一岁？”

“我二十五岁。”

“二十五岁？你才二十五岁？那更好。”

“具体让我做什么？”

“一个女人，一座从前的木楼，就这些。哪个地方需要你出力，你就在哪个地方出力，没有多少活儿，明白了吗？”

不太明确。买米，买煤，擦洗楼梯及其扶手，清扫灰尘，种植花木，疏通水道，守夜，登高，去信箱里收取当天的信件和报纸……如果有狗的活，每天早晨带它出去遛遛……还有什么呢。安全与勤劳是十分必要的，忠诚……

“只要有钱，”我说，“让我干什么都成。除了看孩子。”（请设想一下，将一个不满周岁的孩子交到我的手里，会是一种什么情形。首先，我手上的硬茧会不可避免地磨破他的嫩肉。使他惊哭不止，其次，我对他一点办法也没有，不知他需要什么，根本谈不上对他有什么理解。）

孙彩云笑了起来，

“桑林没有孩子。”孙彩云说，“钱当然要付给你，只要你干得好，只要桑林满意，何况这中间还有我哪，亏不了你。”

“我什么时候去?”我说。

“看把你急的，动心了吧？你这粉刺——昨天，你老子还专门找我要药膏，要给你治粉刺，可惜没有了，都用完了。”

“你也有粉刺?”我吃了一惊。

“胡说八道！我怎么会有粉刺。睁大你的眼睛看看，有吗?”孙彩云说，“你要是能帮我找出一个来，我奖励你十元钱。”

没有，至少脸上没有。

“我的粉刺，”我有点儿担心地问道。“会影响我的工资吗?”

“应该不会。”孙彩云说，桑林是一个在生活上很讲究的人，尤其注意环境，注重精神和一些细枝末节，什么事都不肯马虎。漂亮，洁净，芬芳，温暖，一尘不染，这都是她喜欢和需要的。什么最能让她满意?

“她是一个挑剔的人，”我说，“恐怕我和她合不来?”

“想什么呢！”孙彩云抬起手在我的肩上用力打了一下。“谁让你和她合了，你又不是她的男人，你只是她的下人。不过，我告诉你，女人之间才会合不来。”

“你怎么知道？”

“因为我是女人。女人好比漂亮的衣服，几件同样漂亮的衣服放在柜子里会生虫子，要是放一粒樟脑进去，那就没事了，会好得多。”

“你是说，我是一粒樟脑?”

“就算是吧。”孙彩云笑起来，“你去了，桑林的生活就不会遭虫蛀了。”

“我什么时候动身？”

“过两天，我送你去。”

“你也要去？”

“当然。我要不去。只怕你连她的门都找不着。你知道她的门朝哪个方向开吗？”

“我们坐船去吗？”

“不坐船坐什么？当然坐船去。”

“然后呢？”

然后再坐一段电车，穿过一条小街，然后就到了，那附近有两座从前的小木楼，都是黄色的，下面有一个小院，几道墙围着，桑林的那座看上去显得要更年久一些，乌木的窄窗户开在高墙上，上面爬满了紫藤和红叶……

五　味

收麻的季节快到了。

池塘里不断地有黑色的影子浮现出来，不断地伸缩、蠕动、隐没，那是一些韧性很好的草绳，它们将在不久以后的一段时间内被正式打捞上来，一一地派上用场。阴湿是它们的本性，捆扎是它们的热情，它们就是那样用阴湿的热情去拥抱一切，使许多原本莫名其妙，毫无共同之处的东西有机地连在一起，令人难以置信地拖成一团，亲密无间。

镇上的菜园子互相错落着，沿街的一些石板都翘起来了。

一个星期天的上午，祖宾戴着眼罩，我夹着雨伞，我们坐在河边的大堤上。我是昨天晚上从学校里回来的，自从做了那个长长的噩梦以后，我开始变得非常恍惚，整日心神不宁，我怀疑家里真的出了什么事，于是，我自然而然地想到了请假。

回来以后，我放心了许多。家里什么事情也没有发生。尤其没有那种过于恶性的事情，只是祖宾的眼疾令人担忧。

几行青柳像安静的绿色帐幔一样垂挂在我们的身后。那些载着货物的船都先后走远了，河里这会儿只有一只船。

祖宾的病有些不可思议。先是下身，胸腔和腰，如今又添了一项难缠的眼疾。说是眼疾，却令人瞧着有些非常不好，事实上他差不多完全失明了，已经什么都看不见了。

黑色的眼罩是一种标志和希望，是用来酝酿光明的，使所有见过祖宾的人都相信他还有恢复光明的可能。黑暗只是暂时的，暂时让他看不见一段时间。眼罩很好，能够帮助他进行缓冲和过度。真正的失明者是从来用不着戴眼罩的，那是由于他们已毫无希望可言，他们的眼睛已完全死去了，连泪花都从此熄灭了，不再闪烁，不再外溢或倾沁。

而祖宾的一双眼睛依然活着，对此，我们都深信不疑。

“油菜花已经开了，是吗？”祖宾问我。黑眼罩望着对岸。

“是的。”我说。

有的地方已经开过了。金黄而缜密的油菜花是整个雨季里最温暖最鲜亮的风物标志。你去有雾的河边或那些阴晦而僻静的村落里走走就会明白，没有比它们更热烈的事物了。那遍地的热情簇拥着你，让你的梦想渐渐升起。

“我去找过那个女人了。”

我一边对祖宾说，一边看着他，留意他的面部表情和反应。那是上一次我回来以后的事了，因为毫无结果，我一直没有对他说起过。有什么可说的呢？我见到那个住在紫藤院里的女人了，但也仅仅是看了她几眼而已，我不知道更进一步能干什么。我是为了祖宾才去找她的，不能说那是盲目而行，但我却始终不得要领，因而才无所作为，迅速退走。你替别人跑腿，前去办一件你认为值得一办的事情，对象很容易便找到了，而你却突然发现无从说起，既没有一个清晰的整体，又看不见任何缺口，甚至连事情的大意和轮廓也全然不知……这样的时候注定了你晕头转向，一无所获，因为，你听到的只是一种虚浮的噪声，一种看上去有些异乎寻常的苗头，事实上你并不清楚那其中的实质，甚至连简单的一知半解都谈不上——就像一位医生，并没有摸到病人的脉息，却紧按着病人的指甲，煞有介事地乱说一气。

有时候我想，也许我就是那个号脉号到指甲上的医生，我曾自以为找到了那流淌不息的血脉和至关重要的中枢神经，但事到如今……

然而，祖宾好像没有什么反应，他依然端坐在那里，脸朝着河水的方向。他听到了水声，眼前这唯一的响声紧紧地牵动着他。没有什么事物比声音令一个蒙着眼的人更动心的了。……很小的时候，我们经常玩那种蒙着眼捉“皇帝”的游戏。那时候，声音成了我们唯一的依据和凭证，对方的慌乱的脚步声……抽搐的鼻息……惊喘……窃笑……我们就是根据所有那些杂乱无章的声音去判断整个世界，辨别眼前的事物和周围的环境。在短暂的思索与否定之否定后，我们开始了小心翼翼的捕捉和出其不意的缉拿。

祖宾抬起一只手，一遍一遍地抚摸那黑色的眼罩。他也许没听清我在说什么。他的那种引人注目的举动使我感到迷惑不解，他似乎要将那蒙着他双眼的黑罩子扯下来，又好像在担心眼罩是否牢固，不断地轻轻按一下，其手势完全是试探性的……我不知道他到底在干什么。

“河里现在有一只船。”我对他说道。我把我看到的都告诉他。

“我知道。”他说，“是一只大船。不过，很快就要开走了。”

“说对了。还有呢？”

“一只白色的大船。”

“又对了。还有呢？”

“船舱的前面，刷着一层……苹果绿的颜色。绿的，对不对？”

“又对了。”我说。

事实上不对。那里的颜色是天蓝的，还夹杂着一些星光似的白点儿。不过，前面的那些表象和特征他都说对了。有一段时间，我觉得他应该或多或少能看到了一点什么，现在看来，他依靠的完全是从前的一些经验，似曾相识的气息和声音，那些东西，不至于有太大的出入。一座石桥，你就是多少年没有走它，也仍然记得它的模样，知道它的长度。

“你觉得我现在胖了还是瘦了？”

“学生嘛，总是又黑又瘦的。”祖宾说道。他的脸仍然朝着河水的方向，他的下颌和两个脸颊看上去非常透明，闪着亮光，仿佛涂了油。透明和光亮使我感到吃惊而不安，那上面，似乎写着他所有的心事，所有的不眠之夜……

“你刚才说什么来？”祖宾忽然转过头，不祥的黑眼罩望着我。

刚才？说的是船吧。我说，“那只白色的大船，从昨天下午到今天，一直停在那里，一动不动，看上去好像坏了。”

“不是船。”祖宾说，“我是说，在说那条船以前——”

“噢，我去找过那个女人了。”

"什么女人?"

"住在紫藤院里的那个女人。"

"怎么了?出什么事了?"

昼里的水汽化作潮湿的河风向高高的大堤上吹来。我看见祖宾忽然打了一个冷战，双臂情不自禁地抱在胸前。

黑眼罩。白手套。

黑瓦。白墙。

我扶着祖宾从浅绿的河堤上站起来。我想起了那条湿滑而一路陡峭的石级，顺着浅坡，拾级而上。上面有什么呢?一开始并不是一个安宁幽静的紫藤小院，而是一连串不可知的想象，那个坐在一块太湖石上捧读《呼兰河传》的少女仿佛是我偶然遇见的一幅画面，她不是命中注定，非要坐在我的路上。果然，当我第二次去那里的时候，她已经不在了。周围到处是千篇一律的石头和青藤，一个成熟已久的女人出现在那里。她正是我要找的，可是我忽然感到了语塞，无话可说，无从说起，而她拥有宽裕的时间，拥有足够的耐心和热情，因而她很想听我说点什么，一再地用她的眼神、微笑和话语对我做出鼓励与安慰。

我们沿着河堤走了一段。就是这条曾经夹带着脂粉、红颜和白骨的河，使我在不久之前做了那个长长的噩梦。我将梦的一部分说与祖宾，我只告诉他我梦见家里着火了，我保留了其中最核心的部分，我没有告诉他火是由他引起的，而且他也被烧死了，变得像一截焦黑的木炭和失去了重量的干鱼……我说的只是一种虚浮的背景，一种倥偬的现象，无关宏旨。

出乎我的意料，祖宾将梦中的那场火理解为一种蒸蒸日上的生活图景。蒸蒸日上?至于另一个涉及小海去留的梦，他说，那不是你的错，在此之前，父亲与魏马舅舅的确商议过那事，只是由于某种意想不到的然而又是人为的原因，他们才没有谈成，否则，小海就真的过继给魏马舅舅了。魏马舅舅没有儿子。

祖宾无意中说出的话使我吓了一跳。我想起了父亲，他背着我们都干了些什么？越老越糊涂，越来越让人失去信赖。

“如果他们谈成了，你认为怎么样？”我对祖宾说道。

“未必就不是一件好事。”祖宾说。

“你也这么看？那是我们的不幸。”

“他毕竟不是其他人。”

“可是他姓魏，而我们姓王。”

“魏、王有什么区别么？你觉得有区别么？”

石桥上没有人。附近一带的几处房舍歪歪斜斜地映在水里，水一晃动，它们就立即散架了，坍塌成一片透明的废墟。

我们刚一出现在那窄窄的桥头上，一个女人的哭声就从河对面的那片小桑树林里飘了过来。我们停下来。祖宾抬起一只手慌乱地摸摸自己的眼罩，他的身上泛起一种潮气。他的黑眼罩望着我，带着一种明显的征询的意味。他想问，是谁在哭？可是他没有把那话说出来。

我告诉他，没事。

真的没什么事。河水、田畴、房舍、树林和街道，一切看上去都非常平静，甚至充满了空洞死寂的意味。我们如同行走在一幅倍受冷落的画里，画面蒙着烟尘，滴着雨水，霉湿，卷曲，光线不足，晦暗异常，毫无生气，不断地有人和其他事物从那画面上湮灭，消逝。再说，那个女人的哭声显得十分普遍而平常，我们仿佛没有听见。在已逝的那些年月里，一个人

——尤其是一个女人的哭声，是能够引起人们的同情与恻隐之心的，也很能真正代表、标志一些东西，倾诉，传达，飘移，泄露，街坊邻里被她的哭诉惊醒之后，纷纷披衣下床，闻讯而来…… 而现在，没有什么人的哭声能够影响他人了，哪怕你从三更哭到黄昏，从五月哭到年底，哪怕你音色如琴。

周策田

树枝晃动着，白色的雾气正在渐渐散去，临街的阁楼、漆树、木塔和苍白霉湿的山墙，都变得清晰起来了，恢复了原样。我瞥了一眼身边的张芸，她蹙着眉头，一声不吭，情绪十分低落。她不喜欢这个叫丰镇的地方。

我们绕过昨夜的积水，沿着旁边的那道小桥走了一段。桥上铺着棕色的细沙，这样她的裙子和袜子就不至于被树枝挂破了。我们走在细雨中，远处的一片天空微微发红，呈现出一种即将坍塌、崩溃的险象。天上并没有打雷，可是我们差不多都已经湿透了。我把手伸到空中，手指很快就湿了。潮湿的手，肿胀的指头，缭乱而复杂的指纹遗留在昨夜。

我对张芸说，很快就要到了。

被雨打湿后的裙子紧紧地贴在张芸的身上，她的胸前在不断地滴水，雨水在她的乳沟那里陷落下去，突然消失了。

我们回到姑妈在镇上的家里，擦干身上的水，换过衣服以后，对面的房子里忽然飘来一阵歌声。是二表姐的歌声。我仿佛看见她摇着轮椅，从一个房间逡巡到另一个房间。我和张芸来了以后，她就从这里搬到对面的两间平房里去了，她执意不与我们一起住，将楼上楼下所有的房间留给了我们。也许她已经唱了很久了，我们此时才听到。雨水搅乱了我们的听觉。张芸站在窗前梳理着头发，透过窗户向对面张望着，她说：

“想不到她的声音这么好。”

昨天晚上，镇上没有电，到处黑灯瞎火。吃过晚饭以后，我们点着蜡烛在一起聊天，二表姐神色安详地坐在她的轮椅里。不久，张芸沐浴之后也来到我们中间，这个又一次陷入黑暗与久远的河边小镇使她获得了一种从未有过的安宁与虚静，她表示自己非常喜欢烛光（而外面的漆黑的雨夜又使她略感不安）。二表姐对她笑着。河面上偶尔有汽笛声传来。

我想起了从前的一些事情。那时候那轮椅还没有在二表姐的生活中正式出现，那时候连一种不祥的蛛丝马迹都从未有过。任何人都不会将轮椅列入自己未来的计划和想象的范围之内。可是，不可知的生活使时光更为幽深莫测。事实上，轮椅与人们之间的距离仅仅是一层稀薄的帷幕，当我们在这边幸福地熟睡，痛苦地失眠，紧张地思考，纵情地寻欢作乐的时候，躁动不安的轮椅正在帷幕的那边拼命地摇晃，它的近乎疯狂的举动，酷似婴儿摇篮的状态，目的只有一个：逐渐缩短与人们之间的那种距离，撕碎帷幕，与人融为一体，占有那些高贵的或卑贱的身体，在那丰腴的和干瘪的病体下面获得生命的价值。

不久前，我遇到了二表姐中学时代的一位女友束沛琳，那个热衷于幻想的女人一见面就冲动不已地告诉我说：

“她出事的那天夜里，我梦见一只轮椅正在远远地摇晃。”

也是在不久以前，束沛琳派自己的已是中学生的儿子来丰镇找二表姐。

二表姐没有继续说下去。也许，丰镇的蛛网般的街道和如出一辙的短桥使那个初来乍到的孩子一度迷失了方向……寂静中，我听到一种簌簌的响声，是婆娑的树叶，不是雨的声音。黑暗仍在外面，在整个镇子里持续着，仿佛一场不声不响的较量，表面平静，暗中使劲。我们坐在跳动、摇曳的烛光里，我忽然感到自己的一条腿抖得非常厉害，我吓了一跳，不知道那是怎么了？我把那条奇怪的腿伸到桌子下面，伸进烛光以外的阴影里。张芸和二表姐都没有发现，她们正在轻声低语……张芸蓝色的浴衣像海水一样，二表姐对她充满了好感。她们似乎在很多年前就已经相当熟悉，友好了，我反倒像一个初次出现的生人，拘谨，恍惚，无所适从，不知所云。不过，看到她们能亲热相处，我异常欣慰。两个女人，亲亲热热，不要以为这是一件平常的小事，这恰恰非常难得。造成这种和谐局面的功劳并不在于我，而是由于她们两个人的共同努力。是的，看上去这比什么都好。你坐在两位漂亮又充满柔情的女人中间，而她们又互不矛盾，你对其中的任何一位说话，她们都会给予极大的关注与诚恳的热情，假如这个时候你还不知足的话，那么，你必是一个十足的愚人，一个极度扭曲，永远不知满足的人，你只配得到与此相反的另一种情形。

可是，事到如今，我的那条腿还在烛光照不到的黑暗中不可思议地抖动着，我不知道它怎么了，在这样凄冷但美妙的夜晚，发生这样的神经质的怪事，我不能不感到惊诧。不合时宜，大煞风景。幸亏她们没有察觉。我无法解释，更没有什么好的办法，我咳嗽了一声。（这种勉为其难的咳嗽声让我感到脸红，如同无奈之中布置下的一种漏洞百出的掩饰。）

她们停止说话了，都抬起头望着我。是的，我说过了，她们会这样的。我感到心头滚过一阵热浪……是的，我已知足了。

“怎么了？” 张芸说。

“没什么。”我说。

张芸的手从轮椅上离开，整理好微敞的浴衣，将光裸在外的膝盖重新盖好。她们挨得很近。二表姐对张芸说：

“现在问他，他不一定承认了。”

张芸看着我。

“什么事？”我说，是在说我吗？

“二表姐说，你小的时候老爱往她的裙子下面钻……你还记得吗？”

“……是吗？”

“问你呢。”

“这也不是没有可能，我不记得了。”

我看着眼前的这两个女人。夜晚如此阴湿幽深，而我的笑容却干涩得令人难以置信，仿佛一种草草而就的假象。

直到凌晨以后，才有了电。人们都在熟睡之中，谁都对它没有热情。姗姗来迟，该来的时候不来，理应遭到冷遇。只有张芸仍然没有睡意，她的两条腿从那海水般的蓝色睡衣中抬起来，像是正要上岸。有一阵，她若有所思地注视着它们。

我们躺在床上以后，才意识到一向都显得很正常的灯光突然变得有些刺眼。并不是灯光有了变化，而是我们在黑暗中过了太久的缘故。张芸对我说：

“我记得你曾经说过，你二表姐好像还有一个名字，叫什么？”

“你不知道？你们看上去那样融洽，像多年相知的好友。”

“越是这样，我才越感到无法开口，几十年都过去了，现在再从头确认对方的名字，倒像是刚认识不久，那算什么?”

“她叫栀子。”

“栀子? 栀子花?”张芸说，“老三叫金针。那么，你那位大表姐……”

“辛荑。”已逝的大表姐叫辛荑。

“全是植物。”张芸仿佛自言自语地说道。

“而且都可以入药。”我说。

是的，王家有的是植物。三个姑娘，三种植物，三味药草。……那些年，她们的父亲王佐将一颗浪荡的心收了回来，整日在家里埋头研习中草药材。他躲在园子的最深处，梳理菊圃，有时候连续多日都不见他的踪影，仿佛被地气吸收了。他的叹息如荡漾不止的花粉。回头浪子王佐，整日流连于繁茂的植物与变幻的光影之间，做着一种隐蔽而相当务实的工作，勤勉踏实，披星戴月。有一天……

熄灯以后，我刚闭上眼睛，张芸又说话了。她摸到了我的脸。

“说吧。”我说。

“你二表姐她真是一个从未结过婚的老姑娘吗?”张芸说。

“那么，依你看呢?”

“我不怀疑。我是说，她的性情一点儿也不古怪，她看上去显得非常……总之，与我见过的那些怪癖的老姑娘完全不同。”

在这个地方，我们认识了一位新朋友。我们是在河边认识的。我和张芸常到河边去，而他似乎早已是那里的常客。

那是一位双目失明的朋友，他的那副黑色的眼罩给我们留下了极为深刻的印象。他一动不动地坐在河边，似乎能看到什么。透过河边如云的柳烟，他那沉默的身影显得异常清晰而牢固。我们曾向他请教他的姓名，他说，我什么都看不见了，就叫我盲人吧，别人都这么叫。别人是别人，我们当然不能称他为盲人。张芸很快想出一个较为贴切的称谓：戴眼罩的朋友。

是的，我们很快就熟悉了。戴眼罩的朋友凭借我们的声音认识了我们。从来没见有人陪伴他，他像是孤身一人。我们想到了他的生活，诸多的不便……当白昼和夜晚在他的眼里完全不复存在以后，时间对他来说已变得相当不重要了。甚至毫无意义。某种时候，他显得十分健谈。我们只认识他这个人，关于他的身世，我们从未涉及，也不想知道更多，那必然会不可避免地触动他的某些伤心的往事，这不是我们的初衷与本意，相反，我们希望他真正快乐。

我们开始邀请他来家里聊天。

他第一次来的时候，我们走在一条青石的便道上。从门外进来以后一直往里走，然后向右转一个弧形的弯子，我看见他深深地呼吸了一下，满脸晴朗之色。他凭借自己的嗅觉辨别出我们正走在一个园子里，他欲言又止。我不时地指点着。看到他像一个听话的孩子，我不禁深为感慨。园子里馥郁的花木如同弥天的大雾，幽静、疏松、露珠遍地。快接近楼前的时候，他忽然向我这边挤了一下，我伸手扶住他的臂膀。也许，他以为路的左边是一个池塘。

“到了。”我对他说。

我特别强调了门前的三级台阶。他用他的黑眼罩望着我。

我看到我的提醒有了意义：他准确而有力地抬了三次腿，顺利地来到楼门前。我舒了一口气。我忽然发现一切都相当不错，令人愉快，圆满，流畅，刚柔起伏，次序疏朗。

我们向里面走去。

……

这天发生了一件在我看来很糟的事。所幸的是，戴眼罩的朋友自始至终一无所知，他身临其境，但未有察觉。

张芸洗完澡以后，坐在我们对面的沙发上，她不换衣服，只穿着一件浴衣。几次说话的过程中，我不无惊讶地看到她不断地将盖着身体的浴衣掀起，又放下，像一个热衷于游戏的孩子，一副无比开心的神色。我不明白她怎么了？

我的注意力开始不集中了。我听到自己的话明显地开始了断裂和重复，词不达意，期期艾艾，而戴眼罩的朋友仍然一如既往地继续着我们的谈话。我不知道话说到哪里，甚至忘记了所说的内容。张芸的一番举止使我感到迷惑不解，使我看到了裂痕和透风的窟窿。我真想对她大喝一声：你在干什么？在搞什么名堂？……我用愤怒的眼神制止张芸，她先是愣了一下，继而向我投来满不在乎的目光。我们像是在打哑谜。张芸一边用眼睛瞟着那位戴眼罩的朋友，一边朝我做出某种生动而糟透了的表情。我多少明白了她的某些意思，我不排除恶作剧的心理。最后，她忽然索性将浴衣全部撩起，露出两条光滑的大腿……

一览无余。

她毫无顾忌地坐在我们的对面，她的目光是放肆的，脸庞泛潮，因冲动而变成酡红，光泽散乱……我感到坐不住了。

戴眼罩的朋友仍在娓娓而谈。

“……就这样，她终于还是走了，离开了那个她非常熟悉的地方。”他说，“不过，他们自始至终都相信她总有一天还会回来。他们盼望下雪，盼望草木泛绿，河水解冻……”

“是的。”我说，“有一种女人，看上去端庄，漂亮，温文尔雅，可那是什么？那只是她们的表象。当她们偶尔露出她们的本性的时候，与传说中的妖孽没有什么两样。”

我狠狠地盯了张芸一眼。

庄严的黑眼罩望着我。

“您是这样看？”他说，“您的观点令我感到惊讶。”

是吗？我才真正感到惊讶呢。那个坐在我们对面，不断地暴露自己的女人，她在干什么？几根突然冒出来的闪着光泽的黑毛让我感到难以置信，无地自容。是的，幸好他什么都看不见，否则……我站起来又坐下，犹如一头不安的困兽。一个人的忧虑是怎么形成的？这本来不是一个问题，这本身就是一个十分错误的命题，一系列的求证只会导致走向荒谬，滑入深渊。忧虑如同头发，今天剪掉，明天又会长出来，那中间看不到积累，只有必然。除非你死了。有些时候，讨论生命的意义，比实际活着还要显得吃力。纸上谈兵未尝不是劳心。

我不愿意在终极问题上团团打转，也不想知道那是什么，周围无限苍茫，那已经够了。什么叫终极，我只知道在楼上的走廊尽头分别陈列着姑夫王佐和大表姐辛黄的遗像，他们无一例外地笑着，流露出对生活的态度和对某些似是而非的问题所应有的神情。与他们对视片刻，我多少明白精神也不是万能的，到头来什么都很难留下。我仿佛听见浪荡一世的王佐也发出无可奈何的叹息，笑里含苦。

中午，回到楼上以后，我对正在换衣服的张芸说道：

“我不知道你怎么了？你为什么要那样？听着，你不能那样。”

“那样那样……哪样？”

“别以为他什么都看不见，你就可以随心所欲。你不觉得羞耻吗？”

“我愿意。”

“你不是也把他看作我们的朋友吗？那么，你至少明白尊重是怎么回事。”

“问题是他并没有看见什么。他看见了吗？你说得那样肯定。”

“他没看见，不等于你没做。我真不明白，你为什么要那样做？”

“女人的内心，说浅，比一捧水还要浅，说深又深不见底。说出来你也不懂，连我自己都不懂。”

她坚定而又轻声地说道。她弯腰从一个旅行包里抽出一件长袖连衣裙，展开在胸前比画着。那上面有一朵轻飘飘的花，系在一根淡紫色的丝带上。我对她说道：

“你穿这个真难看。”

说完之后，我旋即向楼下走去。大多数女人，天不怕地不怕，有的泼皮劲上来，甚至连死都不怕，但就怕别人说她们长得丑，穿得难看。

果然，很快我就听到了她的哭声。

我来到一棵木瓜树下。踩着松软的杂草，我看到一只从树丛里窜出来的松鼠正在飞快地穿越那条青石的便道。

女人的内心？深不见底？

我不太明白那是怎么回事。也许，我从来没有过那样的体验和感觉。

有一天，那位戴眼罩的朋友又来了。我们坐在楼下的客厅里聊天。那时候，张芸还在楼上睡觉。没有女人在场的谈话使我们如同置身于辽阔无边的夏季草原。他像往常一样落座以后，我对他说，现在没有别人，只有我们两个人，要多随便有多随便。我想到了某些与自由有关的东西，我起身打开两边的窗户，接着又将正面的窗户也打开了。我深深地呼吸了一下。窗前有一朵异常肥硕的栀子花，雪白丰盈。

“您太太……”戴眼罩的朋友轻声说道，伸手按了按那眼罩。

“她有事出去了。”我说，“可能要耽搁到很晚才能回来。”

“噢。”他点点头。

他的黑色的眼罩总让人想到疼痛与不幸，而眼罩下面的脸上却平静如水，从那上面，你想找到他的心情，将注定是徒劳的。

我们谈起了河流上游地段的皮匠山和下游的造船厂。藏龙卧虎的皮匠山，终年笼罩着耻辱的阴云，光线俗艳，急功近利。造船厂的上空却蒙受着不可思议的荣耀。……沿河一带的女人……贼船……黑店……伪币制造者……文化掮客……劳动模范……可疑的机关职员……窥私癖者……臭名昭著的导演……卖声又卖相的歌星……数百种杂志每天提供形形色色的内容……达官贵人，土豪劣绅，社会名流，打着拯救民族文化的旗帜，纷纷谋划着各自的利益，咦咦呀呀，你方唱罢我登场……游民一声不吭地隐藏在铁路沿线，盯着从远处驶来的没有蒸气的专列，管他是运粮食的还是拉钢铁的，都必须得上了，再犹豫，今晚就没有机会了。廖一勇回来没有？让他赶快到我这里来一趟！明天让他去北京，带上咱们的土特产。什么？首长们不喜欢土特产？那喜欢什么？卖金碗，拾玉镯，白酒掺水，乔装改扮……孩子他娘，不是我狠心，实在是没有更好的办法……时间仿佛在倒退，很多年前的那种故弄玄虚的风气如今又回来了，事实上人们一刻也未曾放松和停止过对庸俗的追求……是的，我刚下飞机，皮肤略感松弛，有些炙手可热，这个世界在作假，我不得不有所提防……先别介绍，我认识你们几个，从左向右，依次是许世昌，于鼎，肖张扬。你是刘涟，对不对？流连忘返，哈哈哈，你和王京旗一起去过我家，去拜访我，恰逢我正在旧金山讲学……怎么，你不是刘涟？也从未到过我家？那么，你是谁呢？我一定知道你是谁。啊……你是毛炳文，对吧？是的，你就是毛炳文，我一看就知道是你。

怎么……你也不是毛炳文？

是的，我们正在过冬……有一些令人非常失望的局面……友情如污水，利益如太阳，从上至下，我们集体向着那个镶了金边的太阳走。全民发狂。背后的议论不少？谁议论谁呢，大家不都是一样的么，手心手背，不分伯仲……我是某某某的女弟子，别看我现在人老珠黄，说话不再管用了，当年我可是一朵美艳的罂粟花，我是他第十三个入室弟子，多年以前他的真传至今令我受益匪浅。是的，我无数次领略他的画风，我记得他的技法和风格好像是这样的：先浓后淡，避实就虚，由浅入深……我们也有过摩擦，但那纯粹是基于好事多磨，真正的人民内部矛盾，家庭般的插曲。不乱说乱动，任何时候都不失为一条颠扑不破的真理……什么，又有一位大师诞生了，横空出世了？好啊，太平盛世，缺少的正是这些。是的，不是多了，而是少了，正确的做法应该是越多越好。到二十世纪中叶，我们至少要培养造就出五十名我们自己的大师，另外，还要有二百名预备大师……什么？去年新出来的那位大师原来是个小人？那怎么可能？不要乱讲！不要看见别人在高处闪耀，就心生妒忌，这很不好嘛，有能耐你也来嘛，荣耀的大门一直都是敞开着的……生活，岁月，借给我一双慧眼吧！没有慧眼，鹰眼也行……胡说什么！你不是也有一双么？……实在不好意思，我也不想瞒您，我的那一双早就不行了，早就名存实亡。……听说过唐生智这个人么……听说过南方的貌似娴静实则疯狂的石榴树么……很久以前的时候，我们做过一件提心吊胆的事情，至今滴水未漏，没有人知道那其中的宁静和烂漫……是你吗，未听到你的声音之前，先看到你在路的尽头出现……尽管我知道我还会见你一面的，但我仍然感到非常意外。

沉船启动了……地图落下来了……

我们谈起了这个阴暗漫长的雨季，某些时候，它显得过于缠绵。

楼上忽然传来一阵沉闷的响声，戴眼罩的朋友显然被吓了一跳，他下意识地抬起头，黑眼罩望着上面的天花板。

“可能是一只猫。”我对他说道。

“猫在楼上？”他说。

“是的。”我说。我当然清楚那是怎么回事，张芸睡醒了。

我起身为戴眼罩的朋友的杯子里加水。我告诉他，那只猫——哪来的猫——连日来错误不断，到处糟蹋，已把它关起来了，它常因不满而发出怒吼和悲鸣，上蹿下跳，走投无路。戴眼罩的朋友听完我的话，忽然打了一个冷战。“您似乎不该……拆散它们，”他说。“墙外一定还有一只。”

“一雌一雄？它们是亲密的一对？”我听到自己在不经意之间突然滑出一个令人不安的尖音。那不是我的本意。

“我想是这样的。”他说。

接着，我们又开始继续刚才的谈话。我惊喜地看到，任何时候，他的思路都是清晰而灵便的，像一辆性能良好的车，随时启动，原地转折，无条件地掉头，所有这一切都是在不知不觉中完成的。你刚点着一支烟，就发现已在路上了，你还没来得及睁开眼，就已经到家了。

“……不过，”他接着说道，“从诸多迹象来看，一切似乎都在好转。”

“那么，也包括您的视力吗？”我说。

“眼疾是小节，向来轻飘飘的。”他说，“我说的是那些较重的东西。”

“您是这样看的？”

“是的。”他说，“有一天，我恰好从一台电视机前经过，听到里面有一个人在喊：‘孙先生！请等一等。’我看不见是谁在喊，也看不见那个被喊的人，我想，是哪一位孙先生呢？是孙中山先生么？那就一定是一个民国时期的故事。我又等了一会儿，渐渐地我听出来了，被叫作孙先生的原来是孙悟空。”

“您是说，那个猴子？”

“正是它。”

“好一位孙先生。”

“你难道第一次听说？”

“第一次。”

此前闻所未闻。我发觉自己的声音仿佛有些走调。事情谈不上突然，但多少有些意外。不过我们都能接受，任何一种怪事都能逐渐接受并认可，更何况这不是怪事。它是我们的，它一直是我们大家的，不是由域外引进的，每一个人的记忆都是它的家，每一片翠绿的山林也是它的家。

“这是一片肥沃的土壤。”戴眼罩的朋友轻声说道，“因此，什么样的事情都有可能萌芽，生长，抽穗，成熟……”

我不断地点头，虽然他根本看不见我的首肯。我觉得他说得相当好，有声有色，图文并茂，而且在最关键的时候……

突然，我感到楼梯上有什么东西明亮地闪了一下。我抬头看去，张芸出现在楼梯口上……我感到自己没有呼吸了……她慢慢地，无声无息地从楼梯上走了下来。使用多年的木制的楼梯成人之美，竟没有发出应有的那种吱吱作响的声音。她像是飘下来的。

她光着脚，不，只穿着一双短丝袜，来到客厅正中的那块牛毛黄的地毯上，她无声地旋转了一下，一条翘起来的腿画出一道优美的弧线。然后，她在我们对面的沙发上坐下了。

我突然站了起来。

(不在沉默中爆发，便在沉默中死去。)

戴眼罩的朋友听到我站起来了，他将茶杯握在手里，对我说：

“谢谢，我不想再喝了。”

我看见坐在对面的张芸突然无声地笑了起来。她的两条腿时而呈开放状，时而又相互交叠在一起，一条压着另一条。开合，流泻。

戴眼罩的朋友不知道在这个过程中已经有人加入进来了。

我望着那褐色的折边——

毫无疑问，它压迫着我的目光。柔软可以想象，但不是想象中的事物，一直实实在在地存在着，近在咫尺，清晰可触，盈手可握。此时此刻，她是陌生的，异乎寻常。

“……那正是我们盼望已久的生机。”戴眼罩的朋友接着不久前的话题说道。他喝干了杯子里的最后一滴水，小心翼翼地将杯子放到面前的茶几上。“渴望，等待，内心的需要，”他突然有些不连贯地说道。“某些时候……”

某些时候？

某些时候通常是不起什么作用的。我更想知道眼下，了解现在的情形。我无法掩饰自己的情绪，我就那么一直站着，既忘记了坐下，又始终没有向前跨出一步半步。

“那么，目前，您究竟看见了什么？”我大声对他说道。

听到我的高声，戴眼罩的朋友微微吃了一惊，在黑眼罩里他愕然地望着我。他的一只手出现在茶几上，几经摸索之后，将他用过的那只杯子一下抓到了手里。他不想喝水。

“那是原野上微露的生机。”短暂的沉寂之后，他忽然说道。“仿佛初现的曙光，新鲜的浆果，湿润，蓬勃……”

镜子里的妖孽发出满足的笑声。

我几乎不再邀请戴眼罩的朋友来家里聊天了。他恢复了最初的那种习惯和生活状态，一个人坐在河边，一动不动，肃穆的黑眼罩望着前方。我走到河边的时候，总要特别地放慢行走的速度，尽量不让自己发出什么声音。

我站在离他很近的地方打量着他。有时是我一个人。单独的一个人打量着另一个孤零零的人，我的心情是复杂的。

而更多的时候，衣着华丽的张芸站在我的身边。两个人共同打量一个人，与先前那种一对一的情形完全不同了，我的心情也随之发生了变化，我很想更多地知道一些什么。譬如，他是谁？为什么在生命的上升时期突然出现了一连串僵硬的负数和锈死的红字？差不多每个人都有自己的难言之隐，他当然也不能例外。那么，此前的记忆对他来说又意味着什么？他真正的心事？那不能丝毫触碰的伤口又在哪里？……殷红的伤口，一碰就流血的伤口。

当河面上舟楫往来，樯橹林立，异常繁忙的时候，我们会因喧闹而暂时将他忽略，在不知不觉中将他遗忘。

眼前的南方仿佛九百年前的南方，王国的黄昏美丽而忧伤。草木葱绿…… 白云如盖……桑林青翠……幽篁若画……繁重的农事……长达数年的水利工程……春风送暖入屠苏，千门万户曈曈日……天人之道，程朱理学，蕴藏于拙朴而简易的民间游戏之中……客舍青青……佛光道影……商贾军士……江湖魅影……骚人墨客………家有贤妻……邻人逆子……山中古寺……隔墙有耳……红袍飘舞……皇冠闪烁……秀才出门……姑娘远嫁……京城求学……宫中谋职……策马边关……逐鹿中原……

喧闹逝去之后，我们在沉寂中又看到了他。他像河边的一块石头，一切看上去都与他无关。我们离开河边，开始往回走。

“你知道，咱们在这个镇上住不了多久了。”张芸说着，看了我一眼。

我听着，示意她说下去。

“何况，他并没有做错什么。”她说。

快要转弯了，我听出了她的弦外之音。经过一家临街的竹器店的时候，我做了一个继续邀请的手势，张芸马上就明白了，她掩饰不住内心的喜悦，脸上露出了晴朗的笑容。

“我就知道你会同意的。”她说，“咱们继续邀请他来。”

“只要你不再当着他的面……”

我的话还没有说完，张芸的脸就已经红了。我们之间忽然出现了一种一米左右的距离。张芸落在我的后面，她的脚步声清脆而拖沓，高跟鞋敲击着沿街一带的古旧的青石。

“他不是什么都看不见吗？他能看见什么？”张芸在后面边走边说。

我停下来，看着路边店里的那些异常凌乱的东西，尽管某些毫不起眼的货色看上去分文不值，但仍然在那里等待出卖，出卖牵动着店主的神经。几乎没有什么不能卖的。

张芸从后面走上来，说：

“你真的以为他能看到什么吗？我不明白，你怎么会那样想？”

“我不知道。”我说。

这样的问题带给我的烦乱是无穷尽的，我想摆脱它，不仅仅因为其虚无程度胜过任何一种哲学。我想远离那种啁啾之声。

一位面带病容，看似手无缚鸡之力的妇女，正在临街的柱子下宰杀鳝鱼，她周围的现场鲜血淋漓。许多人站在那里。

一个摄制组看中了那血迹和那古老的柱子，他们要在这里拍摄一场重要的戏。宰杀鳝鱼的妇女听说要将她的门前布置成一个相当逼真的杀人现场，立即吓得从凳子上站了起来，她先说，这不是让我们吃官司吗？之后又声言不吉利，干什么不好，偏偏要杀人？她坚决不干。

“不干也得干。”蓄着大胡子的导演说道，“你的鳝鱼我们全包了。”

谈判成功了。开始拍摄。

一位女演员绕着那些旧日的柱子转了几圈，哭丧着脸说道：

“导演，就在这个破地方杀我呀?”

“嗯。”导演哼了一声。

“不能换个地方吗?”

“少废话!”导演说，“我跑了六个城市才选中了这里。你要眼睛干什么呢?你没看见鳝鱼款已经付出去了么。”

转移无望，女演员只得进入实质性的准备。她脱掉一件长外衣后，露出了里面的旗袍。这时，一个疑问涌上她的脑际。

“导演，”女演员说，“先杀我呀，还是先强奸我呀?”

“真让人伤脑筋。”导演恼羞成怒地说道。“你怎么这么多废话?连这点常识都不懂，还跑出来搞艺术。你要是先被杀了，接着还能被强奸吗?听着，当然是先强奸了你，然后才能考虑杀你。记住，以后不要提这种差劲的问题。”

“人家是尊重你嘛。”女演员说。

围观的人群哄笑起来。

导演气咻咻地巡视着拍摄现场。但过了没多久，却是女演员又发现了新问题。

“导演，谁强奸我呀?”

“我还没想好呢。”导演说，“不过，有一点可以肯定地告诉你，强奸你的肯定是敌人，绝不可能是我们自己的同志。”

“我看还是让白匪军强奸她为好，这样比较合适。”副导演说。

“为什么?”导演反问道。

“白匪军是中国的男人，中国的女人难道不应该让中国的男人来吗?凭什么让外国人占便宜?”副导演振振有词地说道，“再说，日本人是什么东西?他们坏透了。”

“你很有民族自尊心。”导演对自己的副手说道，“不过，眼光要放远一点，不要在这种小事上纠缠，浪费精力和时间。正因为他们坏，我才考虑把这个任务派给他们。”

“事实上他们也的确强奸了我们不少的妇女。”副导演说道。

“是的是的，”导演说，“这个我知道。我们不会忘记……咳，说这个干吗。”

女演员化了妆以后，风情万种地走了过来，对导演说道：

“导演，能不能把这一段稍微改动一下？”

“什么意思？”导演警觉地看着她。她的毛病很多，但身段和相貌却很合他的胃口。他不能忍受她的那些可笑的问题。

“我想和前来接头的那位负责同志以夫妻的名义……你看可以吗？”她说。

“住嘴！”导演几乎是怒吼了一声，脸涨成紫色。“你敢？”他说，“牛吃赶车的，这里究竟谁说了算？一会儿一个馊主意。你没有权利与我讨价还价，你以为你是谁？”

女演员委屈地跑到一边。

导演选中的这座临街的木楼具有明清建筑的风格。正式开始以后，他吩咐有关的演员陆续上楼，该露面的露面，不该露面的统统躲到后面去，一个也不准出现。

“赶快上楼去。”导演对那个女演员说道，“上去以后，立即打开临街的窗户，然后就把你的头从里面探出来。向下面看，向街上看。注意，一定要像潘金莲那样往下看。”

“导演，”女演员又遇到一个疑问，“潘金莲是谁呀？”

人群哄笑起来。真他妈的一个蠢货。连看热闹的老百姓都知道潘金莲是谁，她竟然不知道。还是学表演的呢，真不知道她是怎么学的。导演低声骂道。他刚想对她说点什么，但很快又将涌到嘴边的话咽了回去。他非常悲哀地发现，一切都没用，无论说什么都不管用，只有粗野的命令能够多少发挥一些威慑作用。

“不要管那么多了，赶快上楼去。”导演吩咐道，“按我的意思去做。至于你想和谁睡觉，那不是你要考虑的问题，那得由我来安排，由我来决定，懂了吗？我说了算。”

女演员扭动腰肢向临街的木楼上走去，不一会儿她推开了上面的窗户，向下面的人群抛了一个飞吻。导演大声喊道：

“你他妈的那是干什么？谁让你那样了？你那一套纯粹是鸡的动作，过去的人谁那么干？”

“过去的人怎么干？古典是怎么回事？”女演员在上面探出头来，尖声问道。

“上去两个人，”导演对身边的人说，“赶快把那个蠢货换下来。”

狭窄的街道被堵塞了，人群如潮水一样涌来涌去。除了导演和那个女演员，在场的每一个人都十分开心，仿佛节日的喜悦荡漾在这个古老而玲珑的小镇上，人们看到了生活的趣味。天空虽然有些阴暗，但人们的脸上是晴朗的。

“快看，西门庆来了。”人群中突然有人高声叫道。

一个穿长衫戴礼帽的人从那边走了过来，神色警觉地望着四周。

“不要误会！那是前来接头的同志。”导演说，“闪开，请大家让一让，联络员要上木楼了，请让他赶快上去。”

……穿过拥挤嘈杂的拍摄现场，我们向姑妈的家里走去。

“好吧，”张芸对我说道，“我尽量按你的意思去做。”

“我不是导演，你不必凡事都听我的。”

“那么，难道我是那个演员？”

我想对她说，你的演技比她强多了，但没有说出口。

当那破败的园子呈现在我们的视线里的时候，我们已摆脱了不久以前的嘈杂，周围渐渐变得寂静下来，视线中的某些树干上流淌着黏稠的胶汁。有一种细长的树叶，红得像水锅里的虾。我没有请教过二表姐，因而对其名称习性一无所知。

走上那碎石的甬道以后，我看到张芸的唇边轻轻地动了一下，不知道她说的是什么。

我们又开始邀请戴眼罩的朋友来家里聊天了。因为，张芸已保证不再在他的面前表现自己了，虽然他什么也看不见。

一天下午，戴眼罩的朋友刚进来不久，张芸就从楼上下来了。她穿着衣服，没有袒露自己，因而她坦然又不乏怨恨地看了我一眼，就从我的身边走过去了，她仍然坐在我们对面的那只长沙发上。就在她刚刚翘起一条腿的时候，我突然意识到了她的某种用心良苦的手段——

这个女人，我简直拿她一点儿办法也没有。

不错，她是穿着衣服。可那是什么？——一件我从未见她在家里穿过的够得上放浪形骸的衣服。

我愤怒地看着她。她的两条腿交叠在一起，对我的注视她全然不理。她看上去多么舒服，慵懒地靠在沙发上，不时地又将腿分开，听着那柔软的丝质摩擦皮肤的声音。

“天气很热，是吗？”我说。

“不至于很热。”戴眼罩的朋友说道。严谨的黑眼罩望着我。

我不能忍受张芸的举动，包括她的那种发自内心的媚笑……我站起来，向对面走去。当我站在她的眼前时，她那两条敞着的腿立即下意识地合到了一起，两只手放在腿上。透明的丝质，柔软的蠕动，手感惬意，青纱隐隐……

我用世上最低最愤怒的声音对她说道：

“你到底想干什么?”

“这点小事还用问我。”张芸忽然大声说道，“朋友来了，当然要……”

“你们在说什么?”戴眼罩的朋友望着我们，不解地问道。

“啊，是草莓。”张芸充满快意地说道。“整整一个上午，我一直在园子里采摘草莓，都已经洗好了，在楼上放着呢。”她推了我一下。“你去呀，快上去拿下来，大家一起吃。”

“有草莓吃?”戴眼罩的朋友轻声说道。“啊，太感谢了。”

我向楼上走去。

我回头去看张芸，快意从她的眉目之间淋漓尽致地流溢出来。她开始变得湿润，活泼，不安分地在沙发上动来动去。

楼上的房间里是有草莓，但那是从街上买回来的。我选好一盘，走至楼梯口时，张芸正在对戴眼罩的朋友说话，她显得很冲动。她已不在那个长沙发上面了，正在客厅中央的地毯上走来走去，丝裙使她的身体纤毫毕露。

我听到一个数字：十二。

送走戴眼罩的朋友以后，天已经黑了，园中的树叶沙沙作响。

路过二表姐住的那两幢平房时，我看见里面亮着灯，但没有声音。我来到窗户前，看见二表姐坐在轮椅上，正在一张纸上慢慢地记着什么。她的安详的神态打消了我进去的念头。我回到楼上，张芸披着一件薄毛衣站在窗前。

“有点冷，是吗？”我说。

“你……”

“是的，结婚十几年了，你一反常态，我不知道你究竟要干什么？”

“他看见了吗？他什么都没看见，草莓把他的嘴堵住了。”

“这就是说，你可以让自己……”

“别这么仇恨地看着我。有些事情，我也说不清是怎么回事。”

“像妖怪一样？吃着草莓，讲着故事……”

“随你怎么说。你至少应该相信我。”

她对他说，她曾经有过十二个始终如一的追求者，他们身份不同，神色各异。

五 味

半夜里的时候，我听到有人叫我的名字，王家陵，王家陵……像布谷鸟的声音，嘹亮而充满了圆润的回音，在阳光明媚的春天的田野上低低地飞过……我从床上起来。

外面下着冷雨。除了雨声，周围非常寂静。我睁着眼睛坐了一会儿，疑心是一个梦，不久就又躺下了。刚闭上眼睛，又看到曙色大明，一片青光，说话声，笑声隐约传来，越来越近，最先露出的是一角莲叶状的石榴红裙……我又坐起来时，天光仍然未明，黑暗尚在延续，窗外还是方才那冗长的冷雨，缓慢而均匀地下着。我听见人们安详的呼吸。

最亲密的人互相牵着手，共同进入梦乡。河水很低。我摸着黑重新躺下，正要睡时，忽然又听到了那急切而低促的叫声，似在窗外，又像在远处的雨里。我听到祖宾的床响了。

“他们来了。”祖宾忽然说，“快拿椅子，他们一共十二个。”

“十二个什么？”我在外间低声问道。我的床也在吱吱作响。

雨水顺着铁皮的表面无声地渗漏下去。听声音，祖宾仿佛又睡着了，却又像是披着衣服走到漆黑的雨里去了。雨里有什么呢？傍晚之前，只有几只孤零零的鹅在雨里来回走动。鹅是一种呆头呆脑的东西，常把狭窄的天井认作故乡，将水中的倒影看成是终生的配偶。

“……十二只孜孜不倦的狐狸，空有冲动，抑制欲念，至今柔情似水，忠贞……是的，不要怠慢他们，请他们到葡萄架下来……”

冲动的热情在你的手中膨胀，扩大，如同茸厚而秀美的尾巴。

我听见丁香树在滴水。

我坐着船，从故土的怀抱里分离出来。清水涟漪，小桥，岸柳，芦花，烟雨中的农舍，水边的人影，白的月亮，乌桕，枯树，塔，伽蓝，晒着的衣裳，和尚，蓑笠，竹……

船行在水上。在狭窄而古老的麻石桥下，我有一种情不自禁地错觉：我觉得我就是某一位离家在外的游子……二十里水路过后，我仍然排除不了那种念头。沿途的映山红和斑红花够热烈的了，青天的底子铺在水中，一切事物交错在上面，有的荒唐，有的有趣，有的被撕成了碎片，下落不明。

我这是干了些什么？

一个面色苍白的人坐在岸边，两眼失神地望着粼粼的水面。他的样子很快就让我想起了祖宾。又是一个郁闷得不到排遣的人。后来，船从一座年深日久的石桥下钻出来以后，我看不见他了。我看见了远处的炊烟，听到了那里的鸡声和近处的橹声。我不敢确定我是在梦里，还是在离家越来越远的船上，水声似乎也不能做证。

撑船的老人说，天下不舒服的人多着呢。

王尔荡

民间的节日实在多得让人有些应接不暇，我记得清明节好像昨天才过去，并没有多久，后面的鬼节这就又已经在逼近了。连日来，镇上几乎到处都在出售大把大把的冥钞，我是在看到那些玩意儿以后，才明白又要过鬼节了。我想起了我那死去的女人，该给她烧点了，不然她会过得越发冷清。每逢节日来临，差不多每一个亡人都要收到来自家中的礼物。更重要的是，作为她的男人，我还活着，我还能寄礼物给她。当别人都在欢天喜地地收取节日馈赠的时候，我不能让她在阴风习习的河边空等一场。节日到了，别人都烧纸，我也要寄钱给她。我要给她寄很多很多的钱，补偿她生前的夙愿。

我来到街上。罗世文的铺子里有着大量的冥钞，印得很是精美，都整整齐齐地码在那里。我进去的时候，罗世文正在给一个年轻的女人打包，那个女人买了一提包冥钞。

“几日不见，你可发了。”那个女人走后，我对罗世文说。

“大叔，您这是说哪里话？”罗世文说，“我这不是为人们服务嘛。”

是的，人们的要求很多，除了时时需要真钱，有时候也需要一点儿这样的假钱，寄给亡人。我看着那花花绿绿的纸钞，从柜子的顶端一直码下来，层层叠叠，不计其数。“你可以开一个银行了。”我对他说。可惜都不是真的。

“您要多少？”罗世文说。

“来六百万吧。”我说。

“大叔，没有您这么办事的。”罗世文说，“您对得起死去的大婶吗？”

“六百万还少吗？”我说，“她活着的时候，连六百块也没摸过。”

“所以，越是这样，您越得多买一点。”罗世文说，“夫妻情分嘛。”

“别人是怎么个买法？”我说。

“凡来我这里的，”罗世文说，“最少的都不低于一个亿。”

“一个亿？”

“瞧您，一个亿也没有多少。”罗世文说，“总共也就那么几张。”

“刚才，那个女人买了多少？”我想起了那只鼓凸的提包。

“十个亿。”罗世文说。

“天哪！”我吓了一跳，“她要那么多干什么？她一定还有别的用处。”

“能有什么用？”罗世文说，“都不过是一把火的事。”

“那么，照你看，”我对罗世文说道，“我应该买多少？”

“怎么也得三个亿。”

“好吧。三个亿就三个亿。”

三个亿拿到手以后，我那可怜的女人会怎么样呢？她的脸一定会被那巨大的数目吓得苍白得没有一点儿血色，手脚发抖，四肢冰凉。可不是么，她哪曾见过这么多的钱，连听都没听说过。当年她活着的时候，她口袋里的钱从来没有超过二十块……我们的女儿越秀出嫁的时候，男方倒是送来一笔钱。那时候，我多想让她拿在手里数一数，点一遍，不对，接着再点一遍，结果还是没有弄清准确的数目。可是，女儿出嫁的那时候，她已经不在了，她做梦也没有料到她的女婿会送来那么一笔钱。

我拿着那三亿元的纸钞回到家里。小海看见后，跑过来对我说：

"爹，你给我妈买了多少钱？"

"三个亿。"我边说边将那五颜六色的纸钞掷到桌子上。虽然那不是真钞，但我仍然有了一种明显不同于以往的奇异的感觉，腰杆挺直了，口气很冲，声调里忽然增加了某种不可思议的东西，那是什么？我想，那就是人们常说的底气吧。鬼节将至，我忽然有了底气。

"才三个亿？"小海撇着嘴说道，"你知道人家别人买了多少？"

"多少？"

"钢蛋他爸爸给钢蛋他姥姥买了十八个亿。"小海说，"钢蛋他妈妈给钢蛋他姥姥买了十五个亿的股票。"

"股票？不可能吧？"我吃惊地看着小海，"那边难道也兴炒股？"

"当然，炒得可凶了。"小海边说边用手比画着，"冥国的股票，都这么大，最小的面值也不少于一万元。"

听小海这么一说，我忽然坐不住了，转身又上了街。

一走进罗世文的店里，我就对他说：“你这里有股票吗？”

“当然有。”罗世文说。

“那刚才为什么不告诉我？”

“看我，忙昏了头了。您要多少？”

“她是新手，以前又从没有见过这玩意儿，暂且先来五个亿吧。”

“越是新手，手气越好。”罗世文边包扎边说，“大婶尽管不一定在行……”

“谁一生下来就是行家里手？”我说，“不管她是不是在行，这么一笔钱放在她手里，总是一笔财富。我倒不希望她真出去炒。”

罗世文笑了。这个店一向有些阴森，一年四季的檀香味。

忽然，有人冒冒失失地在我的后腰上撞了一下，我回过头。原来是小海。

“怎么了？”我忍着痛说道。

“爹，不好了，出血了。”小海说。

“什么？”

“大哥的胸前在流血。”

……我跑回家里，祖宾一个人站在门前，似乎正在出神地想着什么，他连我们那么急促的脚步声也没有听见。我慢慢走到他的身边，悄悄地观察他，他的胸前果然有一片比指甲大不了多少的红渍……我再凑近仔细一看，不禁先在心里笑了起来。那哪是什么血，那是草莓的鲜汁溅到衣服上后留下的痕迹，还有几个黄色的小颗粒呢。祖宾穿着白衬衣，因而看上去尤其显眼。我瞪了小海一眼。

我走到旁边，轻轻咳嗽了一声。这样，祖宾就知道我回来了。

“你那衬衣该换换了。”我对他说。

“怎么，脏了吗?”祖宾转过身说道，“昨天中午刚换的。”

“是的。”我说，“有一点点脏。”

“什么位置?”祖宾说。

“就在胸前。”我说。

“很大的一片吗?”祖宾咧了一下嘴。

“不，不很大，比指甲大不了多少。”我说，“不过，很显眼。”

“黑的?”祖宾伸手在胸前摸着。

“红的。”我说。

“红的……”祖宾的手慢慢地在胸前摸着。他摸到了衬衣上的一粒扣子，却始终没有摸到那片显眼的红痕。他继续在摸。

有些脏东西也许用手是摸不到的。

我走进屋里。我将那三个亿的纸钞与股票捆扎在一起，然后放进一个竹篮子里。我在心里对我那可怜的女人说道，再耐心等几天吧，很快就要给你发薪水了，你无论如何也不会想到这一回的数额有多么巨大，说不定你因此会成为那边的资本家。当然，你还不能算很有钱，只是过得去而已。报纸上记载，现在世界上最富有的人是一个国王，这不是废话么，国王不富谁富。那么，由此看来，钢蛋的外婆在那边想来也应该算是一位富人。等下一个节日来临的时候，我也一定让你成为富人，虽然你还不清楚真正的富是怎么回事，但那已是势在必行，不可避免的了。等着吧，我那苦命的孩子他娘，你将不可避免地要富起来。

“是这个吗?”祖宾忽然在门外说道，“我摸到了，像一片血痂。”

我从屋里出来，祖宾的一个手指按着他胸前的那片红渍。我多少感到有些吃惊。我走过去。“是的，就是它。”我说。他要不是很在意它，是不会去理会，更不会去摸它的。

“不是血吧？”祖宾问我。

“当然不是。”我说。

“……蕃茄汁？”

“看上去像草莓的汁。”

“草莓？”

我开始准备午饭的时候，祖宾已经把他的那件白衬衫换下来了，现在，他穿着一件蓝衬衫。我一边淘米一边看着他，蓝色的衬衫或许更适合他，看上去忽然增添了不少精神。当然，白色的也不错，但白色只表示洁净，与精神似乎关系不大，而对祖宾来说，精神又恰恰是最重要的，不是吗？不过，他好像更看重洁净。现在，他坐在台阶上洗那件白色的衬衫。我原以为只要把那一小片痕迹洗掉就完事了，没想到他把整件衣服浸到水里又重洗了一遍。我一边做饭一边想，他不是在赌气吧？我觉得他不像是在赌气。哪来的气？我和小海都没有惹他生气，老二很少回来，五味到学校去了。没有人让他不高兴，他的情绪很好，看上去心平气和，用完一盆水后悄悄倒掉，接着又打来清水。

我洗净一把青菜，用刀切成两段。安宁与和平是多么难得，心平气和又是多么值得珍惜与爱护。一切都需要保卫。

弄好饭以后，估计他的衣服也快洗完了。于是，我从屋里的热气包围中走出来，一边看他洗衣服，一边随口问道：

“你在哪里吃的草莓？”

听到我的问话，我看到祖宾的一双手忽然停在水盆里不动了，白色的肥皂沫覆盖在上面，从水盆的边沿溢了出来。

我转身向屋里走去，一头扎进虚无缥缈的蒸气中。我知道我问了不该问的话。我没有别的意思，草莓使我多少感到有些陌生，它牵扯着某些从前的旧事，我已有很多年没有吃到过了，我甚至忘了它是怎么回事，我只记得那么一个鲜红的形象，像缩小了的小丑的帽子。我们后面的园子里长着一种酸甜的果实，它的叶子红得像枫叶，软得像丝绸，那多汁的果实就包在叶子的里面。不过，那不是草莓，那是好景不长的“红姑娘”。

第五章

祖 民

傍晚又下起了雨。

船到终点，最后一次靠岸的时候，船上只剩下我和孙彩云两个人了。我们并排着坐在那冷椅子上，像是去走亲戚。有一段时间，我们感到很冷，互相靠在一起，在散发着腥气的河水上，孙彩云闭上眼睛。我看着她那轮廓，二十年前，她应该是非常漂亮的　个女人。

走出昏暗的船舱以后，岸上的灯火照亮了我们的脸。有人打着伞在附近一带走动。在灯光照不到的那些地方，有一排黑的东西，看上去像人，又像是河边的植物。坐了一天的船，孙彩云一点也不显得疲倦，只是头发多少有些凌乱。我站在她的身边，她的脸有一半以上在闪着光，一缕乌黑的头发垂到她的脸前。

“她知道咱们今天要来吗？”我说。

"应该知道。"孙彩云说。

应该知道？这就是说，她也有可能不知道，不知道也是正常的？

我在活动筋骨的时候，触到了她的身体，她仿佛没有察觉。我们带的东西不多，我是按照她的吩咐去做的。我也没有多余的东西。准备是必要的，但有些时候也并不见得有多么重要。你费尽心机，千方百计地筹集起好几套万无一失的方案，但到头来却发现什么问题也没有，你枉费心机，成了废话和包袱的持有者。我在心里对自己说，这样的事情真是可笑。

这时，有两条人影悄无声息地从后舱里走了出来，经过我们身边的时候，我回头看了他们一下……一阵河风袭过来。我打了一个冷战。他们走着碎步，像是从上游的水面飘下来的，很快就走到前面去了。我碰碰孙彩云的手。

"怎么了？"孙彩云说。

我低声告诉她，那两个像影子一样的人，他们抬着一个死人。

他们没有发出哀哭之声，但其中一个人的脸庞湿漉漉的。如果不出什么意外的话，我想。那一定是充满了悲恸的泪水。……电车行驶到一个叫双鱼街口的地方时，车身剧烈地震荡了一下，孙彩云突然抱住了我的腰，我则扑到了另一个人的背上……车上有一些男女，他们都若即若离地抱在一起，我和孙彩云也抱在一起，但我们很快就分开了。

那个售票的姑娘不无吃惊地看着自己的搭档——神情恍惚的电车司机，她关切而又忐忑不安地对他说道：

"宋师傅，你难道又……"

"是的，刚一转弯，我就又看见它了。"电车司机说着，摘下油污的白手套，像洗脸一样在自己的脸上狠狠地自上而下地抹了一下 。“小卉，”他用异常沉闷的声音对她说道，“它还像前几次那样，向我张大了它的嘴……小卉你不知道，它有二十六颗牙齿，每一颗……”

“上一次我听你说是二十四颗……”

“是么？我说过么？我不记得了。”

“宋师傅，这些天你不该出车，该在家里休息才对。你为什么不向公司请个假？等一会儿收了车，我去找找值班经理——”

“小卉，你千万别去。”

我们下了车。

我们站在路边，看着那辆蓝色的电车，它轻轻地摇晃着，渐渐向远处去了。

孙彩云说，我们的行程看上去有些晦气，不知不觉地陪着一个死人在船上坐了一天，临到终点才看见一脸泪水。我们像两个护送秘密的人，走完全程，仍然不明内情，不知底细，仍然不清楚一路上维护的是什么。孙彩云的情绪有些低落。我对她说，我觉得我们并没有陪他，我们在前舱，他们在后舱，况且一路上并不知道，根本不能算数。

“可毕竟是在同一条船上。”孙彩云说。她轻轻地揉着胸前。

要是这样去想问题，那就复杂了，事情会变得越来越遥远，越来越麻烦，甚至非常糟糕。就说我们乘坐的那条船，你现在觉得它有些不祥，那么，退回很多年以前，它未必不是一只溅满鲜血的贼船，这种可能性完全是有的。谁能说得清楚，从它诞生并下水的那一天起，共有多少无辜的或有罪的人曾被秘密地杀死在舱里，或者在睡梦中人不知鬼不觉地被心生歹意的船家推入水中？……秀才的血……珠宝商人的血……公差的血……官吏的遗孀……美女的肌肤与皮箱，乌黑的长发浸在水中。

我们向旁边的一条安静的小街里走去，那个即将雇佣我的，叫桑林的女人就住在这一带。紫藤，石榴，丁香树，小黄楼，孙彩云不止一次地向我描述过这些柔软的，湿漉漉的，向上生长着的情景。在所有这些听上去比较阴性的事物中间，现在忽然又多了一种最坚硬的成分——那就是我。是的，我是春天的马，我是向阳的山，我是最上面的石头，我有足够的韧性，随意伸缩的程度远远超过那些高出我数尺的青藤或紫荆……想到这些，我毫无睡意，甚至忘记了天上正在下雨。有人曾对我说，每一时每一刻都是机会，大好的时光，就看你是不是善于捕捉的好手。是的，这说的是多么的好，而我曾不以为然，反倒常常自以为是。我浏览着雨中的街道和沿街一带的某些固定的设施，今后的日子里，断不了要出来，干这干那。街头的灯一部分是蓝色的——阴间那边的街道想来也就是类似的轮廓与情调，出入不至于太大，另一部分是橘黄色的，那些光芒在雨中变成了多彩的雾气。在不下雨的晚上，天空晴朗，树木翠绿，白色的灯蛾在那些灰蓝和橘黄的光线里飞来飞去，它们的样子如同传说中的灵魂——小人儿。我没想到我们的灵魂是白色的，我一直错误地以为它鲜艳如血。就是那种白色的小人，据说它相当脆弱，胆小如鼠，当你熟睡以后，它会暂时地从你的鼻孔或耳朵眼里悄悄地溜出来，擅离职守地在身体外面玩一会儿，当你快要醒来的时候，它早已又顺着原路——你的鼻孔或耳朵——回去了。这些事情与变化本身都比较平安。最险恶的一幕是这样的：它从你的身体里出来以后，突然改变了主意，再不愿回去了，它开始四处乱跑，像流浪的孩子；或者，由于怯懦，它迷失了回去的方向，在外面久滞不归；或者，在它贪玩儿的时候，突然被什么人捉了去……要是发生了这样的事情以后，你就完了，你将一直睡着，永不再醒来。

几年前的一个光线晦暗的午后，母亲在绕毛线的时候，忽然感到有些疲倦。我让她去床上睡一会儿，我替她接着绕那团毛线。母亲躺到床上以后，很快便睡着了。我一圈一圈地缠着毛线……不久以后，我就突然看见那个白色的小人儿了，它像一条蚕，但蚕是爬行的，而它却是直立的。小小的一个东西，它站在母亲的脸上，正在东张西望，寻找着出路。果然，它从母亲的身上跳到了床上，又从床上跳到了地上，无声无息的三级跳……我放下手里的毛线，我知道它是母亲的灵魂，我得将它拦截回母亲的身体里去。于是，我开始小心翼翼地捕捉它，尽量准确地缉拿它。那个白色的小精灵，开始四处躲闪，椅子上，玻璃瓶子上，窗户上，火柴盒上，几乎到处都留下它的身影。有几次我几乎已将它拿住了，可反手之间又让它逃掉了。它一次次 地漏网，像一粒不断飘移的光斑一样难以捕捉。我把各种办法都用过了，还是逮不住它。一下午的时光就那样过去了……母亲仍然睡着，脸色非常难看。我低声怒吼着，我开始用脚踩它，我顾不得那么多了。就在我抬起一只脚，落下另一只脚的时候，我看见它突然从门缝里逃出去了，我的眼前感到一黑，我向外面追去……

那时候有两个人正在河边，我跑过去以后，大声对他们说道：

“看见一个白色的小东西没有？”

“什么？”

"一个白色的小东西。"

"是鹅吗?"

"这么大……"我掐着小拇指的一半，向他们比画着。那两个人盯着我看了一阵，突然转身跑走了，他们跑得很快。

我站在河边。我知道它在河边消失了。我听见天上在打雷。

是我的莽撞和冒失吓跑了它，它再也不露面了。明知它脆弱而胆小如鼠，我还是没有控制住自己的粗暴与急躁。现在，它逃走了，踪迹全无，我拿什么向母亲交代，向家里的人交代?我不敢回家去。不难想象，今天晚上，家里会是一种什么情形——母亲再不会醒来了。

我听见天上在不断地打雷。

我在河边走了很久。闪电中的田畴和树林是铁青而透明的……直到时间很晚了，我才心怀鬼胎地踏上了回家的方向。我有一个大胆的想法，我有一种侥幸的念头，可是……

还没走进院里，我就听到了越秀和五味的哭声……

我们从一座小楼的旁边经过，我停下来，我闻到了从墙内飘出来的石榴花的香气。孙彩云从后面推了我一下，我们继续往前走。桑林不住在这里，后面的那个小黄楼才是她的。这个时候，她正在家里等着我们。她家的石榴花也开了。桑林有过一个女佣，据说服侍了她二十多年。一路上，孙彩云总是不断地问我：

"你知道她的门朝哪个方向开着吗?"

"如果不出什么意外的话，"我说，"那一定是朝南。"

"不，你错了。朝上。"说完以后，孙彩云开心地笑了起来。

什么意思?我在问自己。有朝上开着的门吗?当然有，比如地窖。两个人一起走路，也许很需要不断地点燃自己，刺激对方。我不排除孙彩云有这样的一层意思。有时候，她走在我的前面，不停地晃动自己，晃啊，摆呀。我在后面看着她的大腿和腰，我就在想，她这么卖力干什么？也许她有自己的什么打算吧？

“她有四十了吗？”我说

“你在说谁？”孙彩云警觉地看了我一眼。我们并排走着。

“当然是我们要去的那一家。”我说。

“我告诉你，前面就是她的家了，赶快收起你那副嘴脸。”孙彩云说。我能看见她的牙齿，像雪白的糯米。那么，假如她比现在再年轻十岁……她边走边说，“你怎么什么都想问上几句？你打听这些干什么呢？不管她的年龄有多大，与你的工资无关。”她渐渐地慢下来。

“当然，这一点儿也不重要。”我说，“我也只是随便说说。”是的，我并不是认真的，我只是在照她的样子去做。为两个人的行走增添某种声色。很早以前我就知道，把一切都弄得清清楚楚，明明白白，不见得就有多好，事实上有时候会显得更糟。光亮就像钱财，有多少是个够，多少能看见一点就行了。我想起五味曾经念过的一句诗：忽闻海上有仙山，山在虚无缥缈间。

过了一会儿，孙彩云又对我说，你终究会弄明白的。日子一长，她不说，你也能看得出来，这还用问么。她意味深长地笑了一下。我已经把那事忘记了，再说，我有什么权利挑剔？从来都是雇主选择雇员。几年来我自以为对孙彩云很熟悉，现在看来满不是那么回事。在船上的时候，她曾经睡了一会儿，睡着以后，头靠到了我的身上，使我端坐在那里，一直无法移动。后来。船到吴家渡口的时候，上来几个大呼小叫的人，孙彩云在他们的叫声中突然醒了。她一边用手拢着头发，一边问我，你怎么不抓紧时间睡一会儿？

（我至今不明白那是什么意思。她有理有据，不乏惋惜地说，你怎么不抓紧时间睡一会儿？我不明白，我为什么要抓紧时间睡一会儿？我睡着了，她怎么办？我和她的东西怎么办？）

我们来到那座小院的外面。

孙彩云没有上去摁门铃，而是离开正门，朝围墙的另一侧走去。我跟在她的后面。很快，我看见墙上有一扇月亮形的小门。

"人的年龄是火。"孙彩云说，"所以，纸是无论如何包不住的。"

那扇矮小的月亮门原来是象征性地虚掩着的，孙彩云轻轻用手一推，门就开了。我对眼前这扇小巧而神秘的门产生了意想不到的好感，它在开启的过程中竟然鸦雀无声，没有发出任何令人不愉快的响动。长这么大，我还从来没有见过这么好的门，打开一把扇子都不免会发出某种相应的声音，而这门……眼前的情形真让人安心。我们家里的那几道殷切而勤快的门，你轻轻碰它一下，它至少能支支吾吾地响上十下，多数的时候，我们是无意的，而它……

"比如我，"孙彩云说，"再怎么精心拾掇，也不可能再回到二十岁去。"

那倒是。在我们镇上，有一位退休的演员，香气袭人，袅袅娜娜，从背后看上去像十八九，正面一看，说五十八九六十八九也是一个非常保守的数字。悬殊得令人惊异。推开那道悄无声息的门以后，我们立即走了进去。我走在孙彩云的后面，花香扑面而来。人的年龄是火，那么，什么是纸呢？服饰？脂粉？努力出来的天真……不外乎就是这些东西。孙彩云轻车熟路，在前面走得很快。四周似乎都是湿漉漉的花木，幽深，无边。我回头去看那道小小的月亮门，似乎已经不见了。我不知道它历来都是那样象征性地虚掩着的，还是今天才刚刚去掉锁链。

我们一直朝里，朝深处走去。我们没有遇见过任何人。

有一道短小的回廊仿佛是假的，但必须绕过一个花坛才有可能接近它。我们试了几次，均没有成功。我们绕开那水塘一样的花坛，向幽深与虚静中走去。我能感到在我们的脚下渐渐出现了细沙，树叶，螺纹砖，砖的声音如磬。

我还是自由的。

“咱们这是要干什么？”我说。

“上去呀！”孙彩云说。

我知道这个城里有一些保存完好的绣楼，我还听说……我不知道那个叫桑林的女人为什么不出来招呼我们？黑暗中，我突然摸到了一段光滑的东西，我以为是扶手，却没想到是孙彩云的腿，她微微向旁边闪了一下。

木制的楼梯，又陡又窄，一次只能上一个人或下一个人，两个人要想同时并排着在那楼梯上走，就不那么容易了，甚至完全不可能。现在，我走在孙彩云的后面，她的身体不断地在我的脸前摆动。我抬起一只手……我多少有些明白从前的小姐们为什么不轻易出门了，把楼梯修成这样，这至少是一个原因。人为的障碍，使她们的出入变得极为不便，上下楼梯，充满了艰辛，成了一件极其麻烦的事情……空洞的楼板吱嘎作响。蛛网。灰尘。酱色的扶手在向上延伸——回旋的过程中，不断地形成一些光滑的弯头和优美的弧度。

又陡又窄的阶梯，在上面转了两三圈后，没有通往任何地方便消失了。

晚些时候，我们见到了桑林。

一个瘦女人，目光清澈，身体修长。

三天后的一个上午，天上下着细雨。我正在小楼后疏浚水道，一抬头，看见桑林打着一把雨伞站在不远处。我愣了一下，以为自己挡住了她的去路，于是，便带着手里的铁锹，离开那条铺着红色细沙子的便道，站到丛树旁。

“别停下来。”桑林忽然说道。

她站在原地没动，那把月白色的雨伞罩在她的头顶上方，看样子她并没有要走过来的意思。于是，我又回到那条便道上，继续铲起那些淤泥。我穿着一件旧日的汗衫，细雨淋到我的身上。我低着头，当视线稍显外延的时候，我能看到她的锃亮的皮鞋——它移动过来了。

“你不喜欢吃糯米做的食物，是吗？”她说着，来到我的身边。

“喜欢。”我说。我将手臂放低，以免泥水溅湿她的裙子。

“昨天晚上。”她说，“青凤给你送去的，你都吃了吗？”

“啊…… 吃了。”我说。我看到了我的慌乱的动作，我差一点儿让自己趴进淤塞的水渠里。我想起了那只闪着青光的白盘子，盘子里那些白色的小东西，一看见它们，我就会想起母亲的灵魂，我的粗暴和鲁莽将它从家里逼到河边，最终消失了……是的，我将它们倒掉了。自从母亲死后，我就不再吃糯米了。它们不甘寂寞，善于逃逸，将灾难留在沿途。

“青凤都看见了。”她说，“浪费很不好，而且本身也没有什么意义。”

我吃了一惊。我把丁香丛下的土培好。我想对她说那不是存心要扔东西，抛弃与浪费离我还很远，而是……可是，她已经打着雨伞走远了。我将水道扒开，耳边传来呼的一声。

青凤是一个十五六岁的小姑娘，她的母亲就是那个在桑林的家里干了很多年的女佣。现在，她顶替了她母亲的位置，从她们的那个小镇上出来了，她的母亲回去了。晚上，在楼下的一道小巧的回廊里，我堵住了她，我对她说：

“好啊，想不到你小小年纪就已学会了告密。”

“我当然要说。”她说，“在这里，你，我，我们所做的一切都是为了娘娘。哪里漏雨了，哪里生了虫子，霉菌……”

“什么？我是霉菌？”我打断她的话。她的眼睛仿佛在说话。

她笑了起来。“只要改掉你那毛病，你就算不上是霉菌。”

我向外面走去。

“我要去告诉娘娘，”青凤在后面说道，“你堵截我，还威胁我。”

“你就不怕我拧断你那细脖子吗？”我回头朝她龇了一下牙。

“你有点儿变态。”她说，“你看你那样子？我要说服娘娘辞了你。”

我看着她，我没想到她这么难对付。她提着一桶热水上楼去了。是的，她真像一个朝天椒，又小又辣，有一种让人吃不消的劲头。

我住在小楼旁边的一间红顶子的平房里。我直接去厨房里吃饭，青凤也在那里吃。在我们开始以前，她先得送饭到楼上去。

第二天，忽然来了一辆卡车，几名工人抬着一个锅炉从外面走了进来。我跑出去，不知道发生了什么事。就在这时，桑林也从外面走了进来，她穿着一条紧身的长裤，上面是一件宽松的工装服，她指挥那些工人放下锅炉。

“这是要干什么？”我说。

“专门给你买的。”她拢了一下头发，指着那个锅炉对我说道。

“给我？”

“是的。”她说，“你要每天把它烧好，保证全天二十四小时内都有热水。我随时都有可能要洗澡。”

“这也是雇我的主要原因吗？”

“可以这样说。怎么，不乐意？”

“非常乐意。”

是的，就是这么回事。早上一起来，她换过装束以后便出去了，亲自挑选热水锅炉，指挥工人们运输，定位，安装，大声地命令着，她像一位能干的女地主。

锅炉很快就烧起来了，火光熊熊，水汽弥漫。从今以后，青凤那个小丫头再也用不着一趟一趟地往楼上送热水了。我站在金色的水龙头前，耳边听着那欢畅无比的水声。水往高处流——我仿佛看到了楼上那间充满了雾气的浴室，看到了她身上的蓝色的静脉，她浸泡在浴缸里，全身沉没在水中，水雾蒙蒙。

我感到有一种肥皂一样的东西突然从我的心里滑出去了。

“为什么还不巴结我？”

中午，在厨房里吃饭的时候，我对青凤说道，“我手里有的是热水。”

青凤没有说话，她从开水锅里拎出一把明晃晃的刀子，在我的眼前晃了一下。我被她吓了一跳。接着，她用那把烫过的刀子切好一盘水果，端着上楼去了。没多久又下来了。

“想洗澡吗？”我一边吃饭一边对她说。

青凤不声不响地走过来，突然伸手夺过我的碗，将里面的饭全部倒进了旁边的一只脏水桶里。我毫无准备。她说，你有热水，我有的是饭，我能保证自己三天不洗澡，你也保证你三天不吃东西。你能做到吗？就这样定了。

到了晚上的时候，我们之间的那种若有若无的摩擦便消失了。我正在小楼后面加固一道栅栏，忽然发现紫丁香丛后面露出一张脸——青凤站在那里。于是，我放下手里的事情，朝她走去。我看见青凤的手上沾满了面粉。

“想洗澡了？”我笑着对她说道。她扎着围裙，是从厨房里来的。

“还说！”青凤瞪了我一眼，“都是你，娘娘已经说我了。”

“噢？她说你什么了？”

“‘你不给他饭吃，他的力气从哪里来？’”

“这才是明白话。”

“娘娘说了，今天晚上提前让你吃饭。锅炉保持余温就行了。”

半个月以后，我拿到了第一笔钱。我去了一趟第一中学，我把钱送给五味的时候，他一个劲地问我钱是怎么挣来的。我告诉他，我正在修缮一座从前的旧楼，工期很长。五味说，那是木匠干的活儿，你根本不会。我说，我是那个木匠的助手。五味又打听那座旧楼坐落在那条街上，什么位置，我没有告诉他。有些事情不需要让很多的人都知道。我说五味，钱到手了，你只管用就是了，该堵什么窟窿就去堵什么窟窿。五味盯着我的脸看了一阵，忽然惊讶地说道：

“你看你的粉刺，看上去比一个月前好多了。你用了什么药？”

我把脸浸到水里，眼前深不见底，一片蔚蓝，仿佛沉进了海里。这时，我听到有人从后面走过来，快捷的脚步声穿行在煸炒芝麻的气息里，我听出是青凤的声音。

“你这是干什么呢？”青凤在我的背后说道，“在洗脸盆里扎猛子？”

我抬起头，用力甩去脸上的水珠。“听着，”青凤对我说，“有一个人正在纠缠娘娘，你赶快上楼去，把他赶走。”

“是一个什么人？”

“一个叫翟老的人。”

“翟老是谁？”

“你不认识。你快上去呀。”青凤推了我一下，我绕过花圃向楼上跑去。我推开桑林的门，果然看她的屋里有一个老头，他的脸贴在桑林的小腹上，使劲地拱，像是要钻进她的身体里面去。我大叫了一声，那个老头被突如其来地吓了一跳，立即转过脸来看我，他用手指着我说：

“你是谁，你要干什么？”

干什么？当然是要收拾你。我走进里面，一把将他拎了起来，他轻飘飘的像一只猫。我用手捏着他的脖子，抚摸他的喉结，不时地用大拇指用力摁一下。他翻着白眼，快要喘不过气来了。我听见他的喉咙里咕咕地叫着，像一只病鸡。他就是翟老吗？

“他的身体一向不好。”桑林对我说道，“小心把他掐死。”

我松开手，他像一堆衣服一样落到了地板上。但是，他很快就挣扎着站起来了。他说："桑林，你竟这样对我？雇了打手……黑社会……"

桑林站在窗前，她的裙子被他揉皱了，臀部，胯部，小腹前，到处都留下了难以舒展的褶子。我打量了一下那个翟老，他粗声喘着气，用手理着凌乱而灰白的头发。

"你这个婊子，我要是还在台上……"

这老头，竟然说我是打手，黑社会……我走到他的面前，他突然不说话了，伸手在自己的脖子上摸了一下，转身向楼下跑去。我追出去以后，他已消失了。事后，我多少知道了一些，那个人曾经有权有势，另外还对政治啊历史呀，科学呀艺术呀……什么都能来两下，许多人都曾对他无比敬重，也曾得到过他的好处，桑林也在其中。吓走他以后，我一边上楼一边想，我都干了些什么？愣头愣脑，自以为是，你知道他们到底是怎么回事吗？你根本不知道。同样，你也想象不出他们曾经的情景，更不清楚那中间的前因后果。你站在一池多年以前的浑水前，目光散乱，心绪不宁，多数的时候连自己的影子都捉不到，哪里还能谈得上其他。

大约二十多年前，桑林和孙彩云曾经共同争夺过一个男人，表面看上去，桑林最终占了上风，但那个名叫王英的男人与桑林在一起生活了没多久便很快死去了。这是孙彩云告诉我的。

午后。我一边在丁香丛中剪枝，一边与桑林说着话。她坐在花圃旁边的一张白椅子上，上午被揉皱了的那条裙子已不在她的身上了。她让我谈谈我的父母和兄弟姐妹，她显得饶有兴趣。她对丰镇是很熟悉的，那当然是因为有王英的缘故。我忽然想起了一件事情。

“孙彩云养了一条狗，”我告诉桑林，“狗的名字就叫‘王英’。”

桑林从椅子里欠起身，虽然我没有听见她的呼吸，但依然看到了她的惊讶。她摘了几片树叶拿在手里。树叶有什么好看的呢，我剪下一枝白丁香放到她面前的石桌上。两个女人狩猎一个男人，其中必有一个注定要空手而归。

“王英是干什么的，”我说，“他一定是个了不起的人吧？”

“不是因为他出色，”桑林说，“而是因为我们都不懂事。”

我拿着剪刀，从树丛中直起身看着她。我很赞同她这样说话，因而，此时此刻我觉得她看上去非常漂亮。是的，男人有什么好的？能好到哪里去？我将她从头至脚浏览一遍后，我忽然有一种渴望顺从的念头，这时候她要是劝我拿着手里的剪刀在我自己的喉咙上来一下，我也一定会不假思索地按她说的去做。但过了这个关键性的时候，那就很难说了。我不知道像这样的时刻在一个人的一生中能有几次？……我坐在两排树丛中间的一道低矮的畦垄上，我不敢让自己站起来，直挺挺地面对着她——我感到那种肥皂一样的东西正在我的体内上下游弋，迅速滑动。尽管眼前的一切还谈不上多么熟悉，但那缤纷的花木，锅炉，蒸气，以及绕墙而行的水道，仿佛都是我自己的一部分，我在走近并触动它们的时候毫无生疏的感觉。桑林穿着柔软的白衬衫（上午她穿着一件丁香花色的绸长裙）在石径上慢慢走着，有时她抬头仰望空中，如同一位与天谋事的巫女。

对于我来说，她的往事只是一些并不重要的斑点，但在其中的某一个斑点上却渐渐扩散出一种令人迷惑的疑晕：孙彩云为什么要介绍我来？当年，在争夺（且不说那争夺本身是否有什么意义）王英的过程中，她无疑是一个可怜而凄楚的失败者，而现在……我有些迷惑不解。我忍不住问了一下，我不熟悉不含糊，所以一上来就开门见山。

“那是她的一种构想。”桑林说，“她正在期待一场狂喜的毁灭。”

“毁灭？”

“是的，她天天想着这事，恐怕在梦中都在不停地祷告。”

“毁灭谁？”

“首先是我。”

“我们活得好好的，怎么可能毁灭呢？”

我不是在随便地信口开河地应付她。说真的，就眼前来说，我还确实没有看到什么破败的迹象和不祥之兆，有些事情的本身就是妖术也无能为力的，祷告又能起什么作用？眼前，花木芬芳，蒸气湿润，劳动是祥和而烂漫的身体运动，直接导致洁净，通向美丽，开出轻飘飘的花朵，结出沉甸甸的果实，如同她的服饰与身体。

“她还是那样，”桑林说，“天天祷告，却从来没有一点儿慈悲心。”

她们曾经是很要好的。两个女人一起坐船，乘火车，吃零食，购买光线柔和的灯罩和三寸宽的软皮带（能扎在腰间将上下都勒出曲线的那种）。有一种美丽得异乎寻常的丝绸，其质地与色调无不充满着放荡而堕落的意味，她们表面上显得若无其事，不屑一顾，瞟一眼就过去了，但暗中却都想得到……矛盾必死无疑，争斗透明而红肿……很多年过去了，桑林的叹息像坠地的花朵，远离了枝头，贴近了流水。她常常可怜昔日的女友，可怜死去的王英。

很显然，她们的过去充满疙瘩。我在花圃里捡土块。许多拳头大小的土块，水汽包在其中。我找来筛子，将过滤后的细土培集起来，然后埋在根部。

桑林在石径上走着走着忽然停住了，她有些心不在焉地望着这边。她说："你为什么不直接用手捏碎它们？"

筛子慢慢地晃动了几下后终于停住了，我捡起其中的一块土在手心里捏碎。她经常在这短短的石径上独自行走，有时手里还端着一杯水。看着她那样子，我常常觉得她一定还喜欢吸烟。我问过青凤，青凤坚定而严厉地对我说："我看你有点儿过分了。她吸不吸烟，与你何干？"我讨了个没趣。是的，也许她根本不会，她的房间里从来没有烟雾，本人更是一身芬芳。我的某些念头如同多余而无用的毛边。事情本来也就非常简洁，比如我，每天把水烧热就行了，至于谁在弥漫的蒸气中长久地伫立，谁在水中嬉戏或伤感，那真不属于我应考虑的范围。还有，我的工作不是保证要让所有的花都不死，像某一类人一样蔫蔫地活着，而是要让她们每天都呈现新的精神，滋生出新的欲望，经常盛开。弄清这些基本的含义，区别开这些不同的概念以后，事情就明白多了。贪污显得可耻，意味着出格与过分，不贪污是本分，可实际的情形常是一叶遮目，本分变成了荣耀，甚至成为成就。还有的时候，本分会掩盖缺陷，比如无能或骄横粗暴。不过，清白的本分任何时候看上去都十分可贵。

不少男人都有一个习惯，常常不知不觉地将一个女人对他说过的话讲给以后遇到的另一个女人，或者将他对这个女人说过的话告诉那个女人，有时是出于遗忘，有时则纯属故伎重演。我告诉桑林，孙彩云曾将我比作一粒樟脑。

她虚泛地笑了一下走开了。记得刚来以后的第二天，我去厨房里吃饭。青凤一边给我盛饭，一边问我：你叫什么？

我说，我叫樟脑。

青凤停顿了一下，忽然尖声说道，“快来接住你的碗，我的手快没劲儿了。”

也许，除了她自己，谁也不了解她目前的处境。我只知道她每天在楼上写书，每当写不下去的时候，就一个人来到那短短的石径上，有时坐着，有时行走，有时突然向我提出一二个问题。乡下的河流在春天的时候是什么样子的？金黄的油菜花能否炒着吃？我不得不承认，有些问题是古怪的。根本不可能回答的。

她说，一个受人尊重的女人，为什么就不能在另一个人的面前流露出她的某种情感？而那一切恰恰……

“谁说不能？当然能。”我说，“你说的那是从前的老规矩。”

“难道她可以出格——不计后果？”

我站在被我救活的一株白海棠前，一片叶子垂触到我的颈后。像一条清凉的舌头。我想，那要看她是不是很想，如果确系她内心的需要，为什么不可以向上冒一下？并不是人人都有机会出格。人们日复一日地活着，很容易变得像瘟鸡一样，除了还会呼吸，其他的一无所有。再说，后果不一定就在眼前，它离我们还远得很——我们这边已经开始了，它还没有上路，甚至尚未成形，那么，我们怕它干什么呢？我们为什么要心绪不安地虚设一个远方的消息来威胁自己，恐吓自己？从某些方面来看，它也许并不存在，即使存在，也未必能及时赶到。也许，等它后来真的来了，我们已不在这个世界上了。后果无非是一个圈套，一个网，一个狱，当网中无物的时候，它形同虚设，只是一场表面庞大的白雾。

可是，人真的能不计后果么？当真正的恶果结出来时，没有人能笑着面对。

有些时候她的脸像是在燃烧，而惯常的那种仿佛瓷晕般的神情完全隐没在她的淡红色宽衣的褶皱里。她说起过一位女士，那位女士只对危险和邪恶感兴趣，对一切与死亡有关的话题津津乐道，在其笔下，所有的人物动不动就会死去，无缘无故地死去，不明不白地死去，无一例外地死去。也许她不知道死亡意味着什么，也许她太清楚死亡是怎么回事，看起来一切都出于年轻气盛。年老的人不会那么去看问题，更不会那么去写。让一位老人动手去铲除其笔下的某一个人，其过程明显拖沓，将会无比冗长而琐碎，初一拖到十五，从初春等到年底，瞻前顾后，彷徨不定，而且到头来也不见得就真能弄死个人，就真的能出现人头落地的情景。并不是每一件事情都有一个结果，出人意料只表示一部分活力。……知道我为什么一直都按兵不动么，我迟迟没有动手，不是因为顾虑，不是因为我惧血，更不是囿于某种戒律，而是因为我想亲眼看到你活得多么不易！

这天黄昏，在靠近一棵桂树的这间平房的外面，当我弯下腰想捉住腿边的一只蝴蝶的时候，我忽然看到一团温软而安详的目光，或者说是一种令人窒息的曲线，一切都仿佛是基于某种流泻或跳跃……紧接着，我毫不费事地就想起了蛰伏在家乡小镇上的祖宾，他一反常态，在飘着芦花的河边狂奔，像一个精力旺盛而又目的明确的疯子……这样的闪现让我难以接受，他的变化与事实不符，背道而驰，没有依据，像一段荒唐的戏，刚要推敲，墙就塌了。

蝴蝶飞走了，潮湿的翅膀只是一种迷惑人的表象，丝毫不代表她的决心和诸多的想法。我的手落下来贴到自己的腿上。这时，我听到那个声音——重新飞回来的声音：

“你真的只有二十五岁吗？”

“可不是么。”

我低着头答道。那棵桂树是七天前的早上开的花，我刚从房里出来，一抬头就看见了那些淡色的黄花挂在树上，算不上繁茂。

“这样，四分之三个世界对你来说还是生的。”

应该是这样的。我想起了我在河边见过的那具白得耀眼的女尸。是呀，头一次目睹女人的身体，她就不能动了。那两个收尸的老头，他们像揉面一样把她摆弄了很久。近来我常常在想，一个死去了的人，到底应该是属于哪一个世界的呢？这样的界限还真不好界定和划分。你说她是属于另一个世界的吧，可是她分明就躺在我们的生活中，实实在在地躺在那里；说她是属于我们这个世界的吧，她难道和我们这个世界还有什么关系么？她永远都不会再起来一下了，无论我们这个世界乱成什么样，好成什么样，都不再能影响到她了，她的灵魂早就走远了。

我抬起头——微笑从她的脸上消失，她的两道眉毛高高地扬了起来，整个脸上浮现出一种特殊的表情，可以说那是一种抑制着的光辉。

她说四分之三个世界对我来说还是生的，我相信。

那是什么？犹如初春的绿意，将爬满所有的空隙。

薛 隐

刚下车，就遇到了爱情。

……

还没有起床，爱情就已经堵到了门口。

王家陵

雨又下起来了。

灰白的雨雾里，一个穿着灰绿色雨衣的人在一片水汪汪的青苔上重重地滑了一下，若不是有怀中突然滑落出的几本书作证，单凭他那副看不到手脚和五官的灰绿色的外表，更像是从另一个世界里来的一个人。

汽笛声从远处的河面上响起，茫茫的雨雾阻隔并削减了它的声音，听上去沉闷而遥远。

学校里的牛在操场的边上站着。

几枝白伞黑褶的蘑菇静静地在墙角里站着，细胳膊细腿，苍白，宁静，从我这边望过去，像是小人国里的一幅生活情景。

周策田

离开丰镇以后不久，张芸忽然开始低烧。一路上她一直都在昏睡。船行至庞浜一带的时候，她的眼睛曾微微睁了一下，但很快又闭上了。沿途的湖光山色，藤桥渔父，仿佛一种可供穿越的梦境。有些东西是我所不熟悉的。不远处的一个座位上有一个人，一直在注意着我们。一开始的时候我没有留意。因为他看上去显得忐忑异常，魂不守舍，身体和随身带着的旅行包不停地在座位上辗转起伏，东张西望，他的样子使人觉得他如不是遗失了什么最重要的东西，那一定是坐错了船。可是，当我和他的目光几次相遇以后，我确信他一直都在注意着我们，他的神情里没有丝毫的迷路以至觉醒后的恐慌和不适，只有满脸困惑的思索——回忆与确认中裹挟着某种即将知遇的狂喜。

感恩？

家庭般的欢乐？

快要下船的时候，我叫醒了张芸。她的脸色很不好看，疲倦与某种绝望像面纱一样覆盖在她的整个脸上，我不停地对她说话，她并不回答，只是偶尔嗯哈几声，算作应声。周围的人已经不多了，只剩下寥寥的几个。这时，那个一直坐卧不安的人突然抓起自己的旅行包，飞快地向我们走来——我看到他的脸上洋溢着一种胜利般的微笑，他的包悠起来在我的腿上撞了一下。他站到我们的身边来了。

“真好啊。”他笑着说道。

我看了他一眼，没有说话，扶着张芸走出船舱。一个莫名其妙的人，说着莫名其妙、没头没脑的话，谁也无法确定谁是其倾诉的对象，也许那正是他本人。总之，在我看来，没有人乐于接受他的那些短小而来历不明的句子。

他跟在我们的后面出了船舱。我听见一阵若有若无的喘息，一双皮鞋吱吱地叫个不停。我听得清楚，那两种声音都是他发出来的。

现在，他拎着他的那只肮脏的旅行包摇摇晃晃地靠上来了，一上来就开始说话。这回我明确地看到他是在对我说话。

“我早就认出您了。”他说，“而您好像刚刚才认出我来。”

“你是谁？”我说。

“您真不记得我了？我是福柱呀！”他坚定而急躁地说着，忽然跳到我们的面前，以便使我更好地打量他，准确地认出他。“我的学名叫星星，胡星星，是天上的那种星星，不是树杈上的那种猩猩。”

他几乎挡住了我们的去路。我们站在船与码头之间的一道湿滑的木板上，我听到张芸低声呻吟了一声。于是，我对他说：

“不管你是天上的还是树上的，我都不认识你。你认错人了。”

“夏大夫，夏大夫！”他低声嚷道，“您让我说您什么好呢？您这样说话我感到很伤心，什么叫不认识？难道我们不是老朋友吗？我，还有我的姐姐翠花，包括我们那个不成器的姐夫，我们都记着您呢，而您一开口却说不认识……”

张芸的身体在我的臂弯里扭动了几下。她闭着眼睛，不耐烦地说道：“怎么不走了？快走呀，快去叫车，我要回家。”

“好的，马上就走。”我用低声安慰她。我很想告诉她，我们遇到了一点儿小小的麻烦，我被人认成是医生了，而且姓夏。一个自称是福柱或星星的人，一个热情澎湃的人，站在码头前湿滑的踏板上，强烈要求相认，要求理解。

“我知道你的心情，”我对他说道，“可是我不姓夏。”

“唉，我知道您就会这样说。我今天心烦死了。”他说道，将那个拎在手里的旅行包背到肩上，接着又很快地拿下来。“夏大夫，您害怕什么呢？我只想表示感谢，又不是逼您比武招亲。唉，可怕呀，真是可怕呀，我都干了些什么?”他脸上浮现着忧虑，而笑容几乎看不到。

“我不知道你为什么要谢我?”我说，“难道我曾经做过什么?”

“是呀，难道您没有用您的技术救过我的母亲？一开始您用您的清晰的声音说——镊子。刚说了镊子，那镊子就到了您的手里。后来您又含糊地说——棉球，那棉球已转眼又在您的手里了。嘿呀，当时我就在想：真是有趣呀，皇帝的语言也没有这么简短，他也得不可避免地说一些多余的赘词，他要是想要您那把镊子，他就得说——将那玩意儿呈上来，让朕看看……”

“你的母亲，她现在还好吗?”

“说不上有什么好，她已经死了。”

“是吗?”

“是的，她的命没有保住，我的一点积蓄也没能保住，唉，唉，都用光了，一个子儿也没给我剩下，但是叫我怎么办呢？我的天啊！她临死前几分钟一直叫着您的名字。”

“为什么？她为什么要那样叫?”我的脚下突然滑了一下。

“死人的事，活人谁能说得清楚呢?”他幽怨而不乏理解地看了我一眼，低声说道。“我猜测，只有您能解除她的痛苦和不安，才能让她闭上嘴不叫，不再发出那种让人发疯的声音，可那时候您在哪里呢？您听吧，我本来一心要帮她的。不过，现在好了，您终于又出现了。”

“什么叫‘又出现了’？我一直都在。”我有些精疲力竭地说道。纠正之后才意识到多余。“你难道真的认识我?”

“瞧您说的！您二位——您和您的美丽的夫人，”他说着偏过头望着我的身旁，想证实自己的确认。“难道不是夏永清、戴琳丽夫妇吗？您想说您不是夏永清，夫人也并不是戴……”

“绝对不是。”

我扶着张芸，向码头上走去。

“哎，夏大夫，夏大夫……”他一路嚷着，小跑着从后面跟了上来，皮鞋吱吱作响。我们继续向前走着。我回头对他说道：

“听着，我再说一遍，我绝对不是夏永清，她也不是什么戴琳丽。”

“唉，夏大夫。您要是拒不承认你们是夏永清戴琳丽夫妇，那么，我也将不再承认自己是福柱，更不是什么星星，我还有什么脸承认……”

“随你的便。”

“天哪！这到底是怎么回事？”

回来后的第二天，我去了学校，与每个人分别握过手，最后走进自己的办公室，秘书的手里积压着一批连日来的公文，整整一个上午我都在处理那些事务。在与第一中学分别接壤的几家机构中，一个外省驻本市的类似委员会的办事机构不久前突然撤走了，被另一家地下夜总会取而代之，他们在地下修造了上千平方米的豪华包厢，地面上正好是我们学校的操场。这样，学校东南角一带变得有些岌岌可危了，地面已塌陷过一次，未造成人员伤亡。那些躲在包厢里的人时常听到有踢足球的声音从他们的头顶上面轰轰烈烈地滚过。

“那都是些什么人？”我翻阅着那份卷宗，随口问道，“其中有无名人？”

“什么人都有。”年逾五十的秘书坚定而愤慨地说道。

“百分之九十以上是闲客，都是慕名而来，秘密地，大摇大摆地。”

“消息可靠吗?”我说。

“当然可靠。不是消息，而是事实。”秘书站在我的对面说道，“一开始我只是听到一些孩子们——就是咱们的学生——在私下里嚷嚷，我没怎么在意。后来，我突然去了一次。”

“就是这下面?”我指着地下。

“是的。”

“果然是那样吗?”

“比我们想象的还要糟。”

“看起来这倒是一个严重的问题。”

“严重的问题不是他们在寻欢作乐的时候听到头顶上有踢足球的声音传来，而是我们的数千名师生！这些人已经公开躺在我们的脚下了，不分昼夜地在我们的眼皮子底下……”

他突然停住了，一只手颤抖着向上衣口袋摸去，继而又下意识地发现口袋里没烟。他戒烟已有数月。我看着他，这一代人有着深厚的防线与积淀，注定是不会将某些词语说出口的，尽管他们对那事实本身深恶痛绝。我的脑海里突然浮现出他深入虎穴，独闯夜总会的情景……他所做的一切的一切，都是为了学校，为了那数千名尚在成长中的孩子。

“谢谢你。”我对他说，“这件事要专门召集一次会议，向上面报告。”

他有些疲倦地看着我，终于舒了一口气。我示意他在我办公桌对面的椅子上坐下。他刚落座，忽然又惴惴不安地站了起来。

“怎么了?”我抬头看看他，打开一只烟盒，推到他面前，他摇了摇头。我知道他戒烟不是出于健康的需要，而是基于手头拮据，他有一个生病的妻子，两个孩子在大学里读书，最小的那个读中学，到处都需要开销，入不敷出使他活得举步维艰，应该说，他的心一直都期待着转动的喜悦，并洋溢着某种有罪的感情。

“还有一个不幸的消息……”他有些悲戚地说道，“你还记得前几届的学生中，有一个叫马德旺的吗？很瘦，来自乡村。”

“哪一届的？”

“115班，孙正武的得意门生。说起来我和他们家还有些关系。”

我似乎想起那个多少有些腼腆的马德旺了，十四岁从乡下考进第一中学，刚入学的第一个星期里，几乎天天都在独自偷哭，想家，想念他乡下的父母和兄弟姐妹。令人奇怪的是，在以后的那些日子里，他则极少回家。有一年春节过后不久，我刚走进学校就看见空荡荡的操场有一个瘦小的身影正在迎着风吃力而缓慢地走着，那正是他。我对他说，马德旺，难道你没有回家去吗，他腼腆地朝我笑了一下，就迎着风跑远了，像一只可怜的鸟。时间很快就过去了，自从马德旺考上大学离开以后，几乎再没有过他的消息。“他怎么了？”

“他不再叫马德旺了，他用一个笔名不断发表创作，是的，主要是诗，名声渐起。我留意了一下，我在咱们学校的阅览室里还专门看了他写的一首诗，写得很怪。”

我一边翻阅其他一些公文一边听他说。

“可是，就在不久前，马德旺死了。”

“什么？你是怎么知道的？”我放下手里的文件——那是一份任免通知，有两个人高高兴兴地升上去了，另外两个人则被换下来了。意外的是秘书所说的话，我的眼皮跳了一下。

“我是在一份杂志上看到的，他用一种软刀子杀死了自己。”

“什么叫软刀子？”

“我不明白他为什么要那样？他那么年轻，什么都不缺。像我这样的人，都从来没想到过要去死，死去多么省事，可我要是死了，她的病怎么办？几个孩子的学费从哪里来？唉，马德旺，年轻的诗人，他的父母亲他都不放在心上，至于祖国一词，更不在他的眼里，年纪轻轻的，他倒好，他把什么都抛弃了，所有的。”

“有些事情不是你我所能理解的，因为我们都是俗人，燕雀安知……”

“是的是的，我也在这么想，所以我才想找你聊聊。论职务，你是校长，你比我大；论年龄，我比你大，而且……”

“在你我之间，不存在什么校长。”我打断他的话。

“唉，不好这么说。辱骂和恐吓不是战斗，自嘲也不见得对头。我是说，那些不俗的人纷纷扔掉现有的一切，都寻找各自的归宿去了。只有一代又一代的像我们这样的人咬着牙活下来了，我们怎么就做不出那样的事呢？”

“老曹，我非常赞同你的看法，咬着牙，厚着脸皮活下去。中午不回去可以吗，我们在一起喝一杯？去对面的‘沁园春’。”

“唉，我哪能呢。我还得回去招呼她喝药。医生嘱咐每一副药只喝一遍，她为了省钱，非得每副药煎煮两遍才肯罢休。”

我翻动着那些无用的东西。请柬，入场券，展览说明，协议书，会议报告……“人活着哪能全是为了自己呢，有一半为了自己，那就不得了啦。个人的事实在没有多少。”他喃喃自语，轻声唠叨着。“有那么一些个人真是不像话呀，什么事都做得出来……没有廉耻，没有心肠，那不是堕落又是什么？唉，马德旺，这个不懂事的孩子，还诗人呢。社会上的人们到处传颂他的名字和诗。在我看来，整件事情，最受伤害的只有他那可怜的爹娘。”

我的目光落在一张薄薄的纸上。

“厨师王大头那件事到底是怎么回事？”我说，“对学校危害很大吗？”

“啊，是的，那个女人就住在咱们学校的附近，家里有一片翠绿的菜园子，人不怎么样，一望便可知……唉，那事主要怨王大头，他太蠢了，我早知道他很蠢，可没想到他那么蠢。他找到我，不停地说，‘老曹，这可怎么办呀？真是可怕呀！要不，我暂时回老家去躲几天？’”

“王大头是公职人员吗？”

“是的，很多年了。”

“以往这类事怎么办？开除？”

“是的，可以这么做，也可以不这么做，方法很多。王大头处理不得法，他能把馒头蒸得雪白，可在这件事情上却越弄越黑，碱太大或者干脆没放碱，事实上……”

“是另一回事？”

“是的，那完全是……两相情愿的事，只不过对方现在死活都不承认了，非要一口咬死他。唉，女人啊，千万招惹不得。”

他的脸突然红了起来，从衣袋里掏出一块手帕。他的样子使我想起一个人。很小的时候，经常有一个携带着一把胡琴的流浪艺人，在街头或桥边说唱着一个故事。他几乎每年都来，每次都重复着那个故事。那时候我们都不知道他到底在唱些什么，只隐约明白故事的主人公是一个女人，故事与杀有关。每当唱至杀的时候，艺人的弓弦就突然抖得非常厉害，凄凄戚戚，呜咽不休，听众也倍觉紧张。及至长大以后，仔细回想，才明白那是一个带有纪实色彩的，凄惨的情殇故事。一屋子的人都死了，就连屋外的人也只逃走了一两个。

官司。资料。苛捐杂税。兵役。竞赛。比例。幻影。纪律。潮汐。有些东西正在不可否认地循环，消失。腼腆的马德旺。年轻的诗人。为什么不能再来一次？不屑一顾。握手言和。理性的恐怖多于感性的害怕。据我记忆所及，我受人憎恶是在我炉火纯青以后，那时候到处都有出不尽的风头，而且如麻疹一样不可避免。我们也得纳税。我们无论做什么都忘不了事先声明，忘不了宣言。真理像一块铁板上的烤肉，炙手可热。是的，狠狠地给他们来一下，这样一来我们的目的自然就达到了。有人带着一身膻气，却到处表达清白，自以为是玫瑰和甘露的化身。我是一个怯懦的人，现在不妨说出来，为了避免招摇。我听说有一些人品行卑污，却要造成某种声势，离了他们还不行。法轮不转。

我推开那些繁文缛节，给自己点上一支烟。我不怕它们堆得像山一样，人是可以从山间的小道上完全走脱的，永不再回来。

我的老秘书像一台多年以前的机器，某些部件已经完全锈死了，但其本质依然令人感到可敬，他在很多方面自觉而默不作声地分担了本应属于我的麻烦。时间是分岔的，我们因此而时常相遇，互致问候，拿出各自的一部分心事，作为一天甚至几天内的资料与依据。有可供我们触摸的东西，一般来说总能找到。他默默地在地上走了一阵，看到我把那些事情处理得快差不多了，于是，他忽然站住了，回头对我说道：

“薛隐老师住进了医院，你知道吗？”

“什么时候？”我吃惊地看着他。

“你和大家一一握手的时候，难道就没发现少了一个人吗？”

我僵坐在椅子里，一种多么不可名状的东西正在远远地到来，迅速涌上我的脸庞。她不在那些人中间？那一双双干瘦的、温热的手中没有她的手？可是我自以为握住了她的手，象征性地融合，不露声色地松开。我的脸上扩散出一种十分难看的笑容，老秘书远远地注视着我，慢慢地走过来。她是一枚别针吗？当然不是。忽略不是我的本意，而是一种倥偬的又类似昏昏沉沉的情景，多么可怕！打击自上而下，我感到疼痛而不安，我听到了严厉的拷问之声。

想起来，她像是一枚胸针，在一个春天的晚上深深地刺进我的心里，然而，长久以来，麻木代替了疼痛，遮盖了一切。

“去看看她吧。”他走过来站在我的面前，他的脸上几乎看不到笑容。

“好吧，下午或者明天。”我拖过一张吸墨纸，盖住一份令人绝望的报告。老秘书似乎看穿了那种无用的掩饰，他摇了摇头。

“我会抽时间去的。”我对他说道。忽略当然是一种令人伤心的错误，即使是无心的。现在，我已完全将它看成罪孽。

“为什么不现在就去”？他说。

“现在？”

“对，马上。”

“把这些交给我，我知道怎么处理它们。”老秘书拿走了我面前所有的公文。我从椅子里站起来，我感到自己异常虚弱，到头来无法接住她的目光。我是一个怯懦的人，对什么都没有把握，有很多事情听来都难以置信。见到她说什么好呢？问她为什么病了？当她把提前收拾进旅行包里的那些闪耀着女性光泽的东西又一一地重新拿出来的时候，我突然感到了愧疚。

多么可怕呀。

早上逃走的光线迟疑着回到窗前。

二表姐的轮椅出了一点毛病，在地上走着走着，忽然就不动了。我把她从轮椅里抱出来，放到床上，又将她织了一半的毛衣和一本书放到她的眼前。二表姐总是一边织毛衣一边看书，难得她心如止水，娴静安详，干活儿读书两不误，换了别的女人，比如张芸，两种事情同时做，两种事情都会不可避免地出错，乱成一团。

我出门去找人修理轮椅。二表姐说，你哪能找得到？他又没贴着标签。后街上的余师傅很在行，请他来一趟就行了。

余师傅带着几样简单的工具到来以后，一进门就对二表姐说：

“我就觉得它又快坏了。”

“有你咒它，它能不坏么。”二表姐说。她的手短暂地停了一下。

余师傅放下工具，与我握手。

“余汉文。”他说。

我的眼前跳了一下。

“久仰。”我说。

我回过头，二表姐悄悄地瞪了我一眼。她时而织得飞快，时而又停下来，一部分毛线缠在她的手臂上。余师傅是一个沉默寡言的人，可一旦说起来，竟也颇为健谈。那轮椅在他的手里变得异常轻巧，像一件玩具。他一边干活儿，一边与我们说话。二表姐与他很熟，熟悉可使许多惯常的没必要的东西全部免去，从而直达正道。即使是边缘性的话题，也不是通常的那种不着边际，而是努力循序渐进。

“老虎上个月还没有回来吗？”二表姐说着，飞快地瞥了那修车人一眼。他拆卸开一只轮子，清洗着其中的油污。

“没有。”他说，“不管他。”

“余汉文，你应该给他写封信。”二表姐说，“他已不是孩子了。”

“他应该主动给我写才对。”他说，“你别护他，我知道该怎么办。”

二表姐叹息了一声，看着杯子里的水。我帮她向后翻了一页书，第二百八十八页，起首是两行短短的诗。我瞟了一眼。

“你既想让他认错，又不给人家铺设台阶，他能下来吗？”二表姐说，“那需要勇气和足够的把握，你得给他。”

“我没有。”他看了她一眼。

认错本身如同一个风烛残年的老人，能独自沿着脚下的台阶一步一步地走下来，那就相当不容易了。可是，当脚下什么都没有的时候，也许就只能闭上眼睛了，以后的事不再去想，以前的经历像风声一样呼呼地从耳边掠过，吹拂着濒临绝境的面容。别劝我，也许我什么都不知道，天亮之前我只有一副发烫的表情，以后不会再有。安息的香火已经点燃。

还有一种非常恶劣的说法叫无关紧要，其出发点是——认为人生是一场无限的赌博。

“宋喜呢？”二表姐关切地问道。她用一根毛衣针在自己的头发里划了一下，任何时候她都娴静如水。她看着他。

“只要那件东西不在他的手里，”他满怀信心地说，“我们就不怕他。”

二表姐有条不紊地编织着，余师傅看上去更像一位勤于钻研的民间发明家。我看着他，与其说他在动手修理什么，毋宁说在一定程度上他已陷入某种思索之中，斟酌，归纳，推测，想象，什么困难就面对什么，什么深奥就思考什么。认罪——并非铁板一块——不难实现，转机很多，而精确制定，重新开始，良性循环那倒值得怀疑。他们说着一些我根本不知道的人和事，有一种默契在他们之间轻轻颤动，距离很短，像一根簪子，从他的手里插到她的头上，又从她的发间回到他的手心，往返运行，不知不觉已是多时。

装好一个轮子以后，余师傅说起一个人，是他的一位同事，那个叫潘岛的人一开始的职业并不是现在所从事的机械修理，而是一位心情沉重的鼓手，歌剧院枯燥的演出和重复的杜撰简直看不到什么意义，照猫画虎，天天作假，毫无出路，他常为那些虚构的剧情而所苦所累，一边吃着米饭与干鱼。一边为剧中的“希腊人”和“马其顿人”擂鼓助威，宣告凯旋，其荒唐的程度不言而喻。生活中有些口齿不清的人，常把“剧院”念成“妓院”，不排除某些别有用心的人，故意口齿不清，利用庸俗、无聊和粗鄙，以实现其某种内心的喜悦。……有一天晚上，他突然发现所有的问题都解决了。

又有一个人，睡梦中被一种巨大的，突如其来的喜悦所惊醒，他含着微笑起来，赤着双足向外面跑去。夜晚的雪地是蓝色的，辽阔的雪景里有一辆欢乐的马车刚刚驶过，夹竹桃腐烂在路上。喜悦盈满了他的内心，仿佛一种羞涩的醉意，他颇为不好意思地对那辆轧响雪地的马车发出了礼貌而克制的要求：

“等等我……”

“一辆欢乐的马车?”我说。

“是的。”

“那么，后来呢?”

“就是一个梦，没有后来。”

一团深色的毛线滚到轮椅附近跳了两下，在他的脚边停住了。轮椅开始滑动，向前走去。余师傅看着二表姐，他从口袋里掏出一支烟，放到鼻子下面嗅了一下，马上又装回去。

他说得很多，但不是在畅所欲言。这是我的一种感觉。

我从里面告辞出来。我从窗外的石径上走过的时候，那裱糊着白纸的窗户和菱形的窗棂仿佛在重现过去的一段生活，那样的日子洁净，温暖，安详，炉火通红，水仙怒放，纸笔砚墨一应俱全，稻粱菽粟正在陆续运抵谷仓。是谁在西厢房里焚香拜佛，如数家珍?是谁经年不归，在大雪纷飞的日子里背负着漂泊与相思?又是谁在紫苏与卷帘之后喁喁私语?藿香未曾燃尽，沉香又已徐徐熏来。红杏出墙，萱草疯长，黄水仙——美人剑一样的黄水仙!大雪封门。愁云漫卷。

里面传来了他们的说话声：

“才织了这么一点点?我真怀疑冬天到来的时候，我还能不能穿上这毛衣?”

“离我远点。瞧你这双油手……”

张芸正在楼上照镜子。

镜子里那苍白的脸色不禁使她感到一阵惊骇，而昨天下午，这张脸却红得有些不能自持，仿佛在经久不息地燃烧着。是的，那也许是她一个时期以来最为得意的日子。当我拿着返程的船票从外面回来的时候，我无比惊讶地看到那位戴眼罩的朋友正在用他那潮湿的手指仔细而持久地触摸她的脸。而她，像一位情窦初开的少女，温顺而不乏迷醉，她合着双眼，听任对她的触摸，她的鼻翼不可思议地振动着，唇齿湿润闪亮，满脸霞光熠熠……

晚上，吃过晚饭以后，我们沿着一道厚实的松墙走了一段。天上没有星宿，空气里颤动着一种酸甜的气息。张芸没有吃晚饭，在小楼前和松墙下行走的时候，她一直与我保持着一种距离。我呢，看到松针挂到了她的肩膀上或者她即将踏进有水的落叶里，也全然装作看不见。从某种意义上来说，我们已变得相当生疏了，仿佛不久前才刚刚认识，关系和感情都有待于深化，并取决于日后的缘分或志趣。可是，一个陌生人难道就应该让松针扎破皮肤吗？就要从松墙下走上那斜仄的石径的时候，我忽然将手伸到她的臂膀上。她停住了。

“瞧，”我举着两根短小的松针对她说，“它们即将要掉过头来扎你。”

张芸看着我，她的脸上浮现出一种让我非常陌生的表情。一个人的表情大致有多少种？我确信它像数目和欲望一样都是无限的。明代洪武年间，一位名叫戴笼的人曾为此陷入不可知的泥淖之中，最终，无限的烦恼和单一的疑问像两根一粗一细的绳子一样将勤于思考的戴氏勒死在他自己的床前。她甚至没有抬手去抚摸一下她的松针停留过的臂膀。也许，不是她的肌肤怕扎，而是我对刺痛充满着惊讶与恐惧？

她的依然美丽的眼睛经过一段时间的行走与放逐之后，已变得毫无温情可言。某些东西已所剩无几。她转过身去，望着楼上的一间亮着灯光的房子——在那里，一棵最高的树的树影在窗前的光晕中摇曳着，其枝叶因稀疏而愈显孤独，因临高而仿佛天上的草。

有太多的问题，至死不能解决，其方法、机遇和时间互为犄角；当你终于找到一种方法以后，你的时间已经没有了。更多的时候，你因束手无策而不断摸索，你没有方法，想象也不能代替方法，作乐与作恶都不能代替方法，那么，你以为这几十年来你在干什么？你无非是在吹皱空气，消磨粮食，弄脏水——你无非是在浪费时间，临走前给世界留下一堆无处堆放的垃圾；你的不仁不义的垃圾，你的肮脏的成果，那就是你一生中所做的一切。

我提出沿着小楼前的石径到外面去走走——再也不走有松针的路了，张芸站在那里没有动，她还在望着那楼上的灯光。“你自己去吧。”她说。她转身欲往回走，我拉住了她。

“就这样回去了吗？”我说。

“我困了。”她说，“我想去睡。”

她的头慢慢地昂起来，双唇紧闭。她现在已不再用不久前的那种忧郁的眼光去看这件事了，仿佛一切都已明白了。她沉浸在排除一切后的那种镇定之中，所有的问题突然一下子都解决了。彷徨是那样的虚张声势而不堪一击，思虑随风而去，痛苦并非如想象的那样可怕。她转过身来，用率真坦然的目光看着我。

我松开了她。

她神情坚定，唇齿闪亮，遍体畅意。……戴眼罩的朋友离去的时候，脸上挂着甜蜜而小心翼翼的表情，迈着绅士般的步子——仿佛某种风雅的舞步——，一只胳膊充满宗教色彩般地平放在胸前，另一只手垂在胯下。应该说他的（肿胀或滑湿的）手指上带走了她的唇膏和柔情。她的迷醉的柔情使他越来越接近于健康，越来越趋向平稳，望见热情簇拥的前方；他话语不多，动作稀疏，——而那正是他最显著的特征。

我们没有再往下说。张芸转身向小楼里走去，她的鞋跟在暗夜里发出清脆的响声，她走得很快，转眼已离我很远了。夜色掩盖了她的丰满的体态与脸庞上兴奋的红晕。

我站在楼前的石径上，我一直看着她走进楼里，走上楼梯，进入那间亮着灯光的房子。不久以后，她关掉大灯，亮起了墙上的两只小灯。接着，她好像忽然消失了。

苍白的石径仿佛大地上的一根伤痛的肋骨，痛苦地扭曲着，起伏着，向外面蜿蜒而去。从二表姐住着的那两间平房前路过的时候，我看到里面的一种祥和的灯光从那裱糊着白纸的窗格上浅显得映了出来。二表姐还没有睡。或许她已躺到了床上，或许仍在一边织毛衣一边看书。那刚刚织了一点点的毛衣，当冬天忽然到来的时候，它能否完全地如期成形？

夜晚的丰镇像一条疲倦的木船，轻轻地伏在水上，除了某些边缘或触角偶有晃动外，镇子的中心是宁静的，房屋如伞，小桥恍若蛇腰，空寂而陈旧的街道如同几条闲置不用的腰带。等我从街上回来以后，楼上的灯光和楼下的平房里的灯光都已熄灭了，远处传来几声狗叫，我摸着黑走进前厅。墙边多出一道暗影。

那是楼梯。

第二天一早，张芸还没有起来，我已向她出示了当日的船票。她刚从梦中醒来，掩着胸脯，头发凌乱，脸上现出困惑不已的神色。我看到她注意听着。我有一种凄楚的感觉：在她的梦中，有人对她滥施爱抚，不断地弄出响声。

我转身向楼下走去。天气有了某种晴朗的迹象，聚集在镇子上空的那些厚重的积雨云开始分崩离析，化解为岛屿或狭窄的长卷，云的颜色也正在逐渐退浅，由黑色向银灰色过渡，边缘部分已呈现出明亮的棉花般的白色。姑妈和金针也是今天从城里动身回到镇上，但我们不可能在途中相遇。

张芸起来后慢条斯理地换着衣服，我们几乎没有说什么话。我突然发现她的身体变得比以前宽了。不过，也许那是我的错觉，是睡袍与披散的头发的作用。我没有告诉她，没有一个女人会喜欢听这种话，而某些创伤更谈不上平复。她到了窗户前。以前她曾亲口对我说，将来哪一天如果看到她有什么不对头的地方或某些很糟的表现，应当及时告诉她，以便纠正，防微杜渐；而现在，她几乎什么都听不进去了。有多少这样的盲目乐观的女人？有多少被各种乱七八糟的玩意儿冲昏了头脑的女人？

在向二表姐告别的时候，我的头脑里仍然不时浮现出她的某些特征，她的身体，她的性情，她的一件越来越小的内衣……二表姐送我们到门口，张芸俯下身与二表姐轻轻地拥抱了一下。二表姐目光坚定，但流露着依恋之情。

我们刚走出不久。一个人忽然出现在我们的面前——戴眼罩的朋友，他似乎刚刚过来。我有些惊讶地望着他，而张芸已经停住了。我又看到了她的那种使我感到陌生的表情：一种女学生般的模样，她就那样站在那里。

肃穆的黑眼罩面对着我们。

“就要走了，是吗？”他轻轻地说着，向前移动了一下。我注意到了他的雪白的衬衫领子，裤子熨过不久。我放下手里的箱子，走上前去握了握他的手。我似乎隐隐地握到了他的某种激情，某种一直深藏着的花蕊般的内力。

“是的。”我说，“我很希望您的视力很快能够恢复，我们……”

“谢谢您。”戴眼罩的朋友说道，“但愿能够。”他的笑容如一种透明而软性的胶质，几乎不易察觉。张芸伸出一只手，眼睛却看着我；我将脸转向一边；她握住了他的手。

“时间过得真快呀。”戴眼罩的朋友喃喃地说道，一只手放在眼罩旁，另一只握着张芸的手，“您刚才对我说了什么？”

“我们也许还会再见。”我说。我看了一下表，时间还没到。

“但愿能够，但愿能够。”他说。一丝微笑出现在他的唇边。但只停留了一小会儿，便很快沿着他的脸颊上行，在那黑色的眼罩下面顿住消失了。“可是，”他说，“您知道吗？要想重逢，我们每个人都必须拼命使劲。否则，所谓的重逢几乎是不可能的。”

他们松开手。张芸忽然说道：

“您知道什么样的情景最让人伤心吗？‘遍插茱萸少一人。’”

张芸泪流满面。

这一年的春天多么美好，空气湿润，鲜花怒放，随便插一根手杖便能长成一缕绿烟，甘露茶炊不时地出现在我们所经过的路上。

我们走在她的中间。这个小镇似乎将一切善恶的大意默写下来，嵌入她的那些蒙着尘埃的白色山墙里，照进水里。

我举目观看，见有四角——那是过去的城。四四方方的城。

我又举目观看，见一人手拿准绳。

已过的世代，无人纪念；将来的世代，后人也不会纪念。

现在的城以杂乱为荣，以高为荣，无须准则。你站在天上，向下俯瞰人间，哪里最杂乱，哪里就是现在新近兴起的城，其表象及特征有如住在其中的那些背约的人们。诡诈的天平。贻羞的妇人，如同朽烂在她丈夫的骨中，不甘心用手做工。

我们默默地走着，仿佛一个难以启齿的祷告。

一九九六年四月

编后记

除了另外三部长篇小说以及部分短篇小说由于版权等原因未能收入外，这次编辑出版的作品系列囊括了我目前面世的全部作品，共计有长篇小说六部、中篇小说四十四部、短篇小说三十七部。在各册的编排上，力求和谐。不过，因篇幅字数的差异，有时又确难做到内容与风格上的高度一致甚至相近，如此，同一册之中，有时会有完全不同面目的作品并存。阅读一本风格内容相近的书犹如在一个熟悉宁静的地方漫步，反之，则如同在同一座山上浏览四季；对于阅读者来说，很难说哪一种方式更好。也许，这中间并不存在可比性。此外，部分篇章中偶有另造之词句，我视之为自己之词句，更视之为一个写作者对于语言、对于表达所做之努力或曰贡献。我不喜并厌恶被无数人咀嚼过无数遍的词句及语言，故在与各册编辑商榷后，使它们得以保留。保留它们，也意味着保留了我之所思所想，更是一次与它们生离死别之苦痛的避免。

这套作品系列，贯穿了我迄今为止的写作生涯，从最早到最近。

感谢此系列最早的策划者续小强、孟绍勇二位青年才俊，感谢北岳文艺出版社，感谢北岳文艺出版社众位编辑朋友在此系列的编辑、校阅、出版过程中付出的大量艰辛的劳动和努力，她们认真、求真、严谨细致的工作作风和编辑精神给我留下了深刻难忘的印象，也使我深为感动。

吕 新

二〇一七年十月二十四日